UN CAS NON RÉSOLU

SÉRIE « LES MYSTÈRES DE LUCA »

DAN PETROSINI

Disponible en version numérique, imprimée et audio.

Première édition : 2025

ISBN Print: 978-1-960286-90-1

Naples, Florida, USA

LIVRES DE DAN PETROSINI

REMERCIEMENTS

Merci tout particulièrement à Julie, Stephanie et Jennifer pour leur amour et leur soutien, et merci au sergent de brigade Craig Perrilli pour ses précieux conseils sur le monde réel des forces de l'ordre. Grâce à lui, mon récit reste authentique.

1

C'ÉTAIT UNE ÉTRANGE CONVERSATION. MON INTERLOCUTRICE prétendait détenir des informations qui permettraient de résoudre un meurtre vieux de vingt-cinq ans. Elle a identifié la victime, Debbie Boyle, âgée de dix-sept ans. Quand j'ai insisté pour en savoir plus, elle est devenue évasive, disant qu'il s'agissait d'une sorte de confession sur un lit de mort et qu'elle préférait en discuter en personne. J'ai griffonné son adresse et j'ai raccroché.

J'étais à Naples, en Floride, depuis plusieurs années, et le nom de Debbie Boyle ne me disait rien. Même si j'avais très envie de faire autre chose que de courir après des voleurs à la petite semaine, je devais consulter les archives des affaires classées avant de sortir profiter du soleil.

Le protocole voulait que je transmette les informations aux inspecteurs qui avaient travaillé sur l'affaire. En tapant « Debbie Boyle » dans la base de données, je pariais qu'ils n'étaient plus là depuis longtemps.

Une photo granuleuse d'une jolie jeune fille de dix-sept ans a rempli l'écran. Des cheveux blond cendré lui arrivant aux épaules encadraient un petit nez et des sourcils épais et foncés. Ses cheveux étaient-ils teints ? La gamine mesurait un mètre soixante pour quarante-huit kilos. On aurait dit qu'elle portait le maillot de sport de son lycée.

SOUS L'IMAGE, **il y avait un résumé :**

Dossier N° 038231 - Inspecteur Ernest Foster

Deborah Boyle, DDN 19/04/1976. Corps retrouvé au parc Delnor-Wiggins Pass le matin du 15 mai 1993. Multiples blessures par arme blanche de type couteau. Traumatisme contondant à l'arrière de la tête.

Aucune arme retrouvée sur les lieux. Le frère de la victime, Brian Boyle, âgé de 7 ans, était avec elle, mais n'a pas été témoin de l'agression.

PERSONNES D'INTÉRÊT :

John Wheeler - Petit ami - Avec la victime la nuit de l'homicide. A affirmé avoir également été attaqué, recevant un coup au front qui lui a fait perdre connaissance. Incapable de se souvenir des événements de cette nuit.

Clem Walker - Pêchait au surf-casting près de Wiggins Pass la nuit du meurtre.

Spiro Papadakis et Diane Nielsen - Se promenaient séparément sur la plage dans le secteur cette nuit-là.

Matt Boralis - Un homme de 37 ans du comté de Lee, interrogé pour avoir attiré des jeunes filles dans le parc.

Lew Mackay - Signalé au parc par des témoins, mais a nié y avoir été.

. . .

PIÈCES À CONVICTION, documents du dossier et notes d'interrogatoire archivés aux Archives, Section 3, Rangée L, le 15 novembre 1996.

BIZARRE, le rapport avait été classé il y a exactement vingt-deux ans aujourd'hui. Je me suis penché en arrière. L'inspecteur Foster avait mis l'affaire en sommeil en moins de quatre ans. Pourquoi ? Il semblait avoir tout un défilé de suspects. À mon avis, on ne qualifie pas quelqu'un de personne d'intérêt s'il a été innocenté. Peut-être que c'était lié à la façon dont ils avaient numérisé les affaires classées quand tout était passé en ligne.

J'ai composé un numéro de poste interne.

« TIMMY, c'est Luca. Tu peux me sortir le dossier 038231 ? ... Non, juste le dossier... Super, je descends dans dix minutes. »

2

Une fine couche de poussière assombrissait le dessus de la boîte d'archives en carton. J'ai soulevé le couvercle avec précaution. Accueilli par une odeur de renfermé, j'ai posé le couvercle par terre.

Ça datait de vingt-cinq ans ; n'utilisait-on pas plus de papier à l'époque ? Le dossier ne contenait que quatre chemises, et elles n'étaient pas bien épaisses. Est-ce que Timmy avait oublié une boîte ? J'ai vérifié l'onglet de la chemise principale : Deborah Boyle 19/04/76.

On avait utilisé un marqueur noir pour écrire le numéro de dossier et pour barrer un tampon rouge indiquant *en cours*. La chemise préimprimée n'avait pas de case pour les homicides, qui sont rares dans le comté de Collier. Quelqu'un avait coché la case *autre* et écrit *homicide* à côté.

Personne n'avait consulté le dossier depuis que l'affaire avait été classée. C'était étrange. Rien de neuf en vingt-cinq ans ?

Réprimant un éternuement, j'ai ouvert la chemise principale. Un portrait de Debbie Boyle était agrafé sur la gauche. C'était le même que celui en ligne, mais bien plus net.

En fixant l'adolescente, une infime vibration a parcouru la base de mon crâne. Cette sensation ne m'était pas arrivée depuis mon premier homicide, l'affaire Barrow. Ignorant à l'époque, je m'étais laissé intimider et j'avais arrêté quelqu'un que je ne pensais pas coupable.

Avaler ma fierté n'était rien comparé à la culpabilité que j'ai ressentie quand Barrow s'est pendu lors de sa première nuit en cellule. Je savais que je continuerais de regretter d'avoir ignoré cette alarme biologique pour le reste de ma vie.

Je n'allais pas refaire cette erreur.

———

« SALUT, Frank. Qu'est-ce que tu lis ? »

« Salut, Vargas. J'ai reçu un appel étrange sur une affaire, une gamine, Debbie Boyle, qui a été tuée à Wiggins Park. »

« Un meurtre à Wiggins ? »

« Il y a vingt-cinq ans. »

« Oh, tu m'as fait peur. »

« Ça date, et je ne veux pas critiquer ce Foster qui a mené l'enquête, mais il a fait un sale boulot sur ce coup-là. »

« C'était à quel sujet, l'appel ? »

J'ai cherché mon bloc-notes. « Une femme, Betty Kennedy, a appelé en disant qu'elle avait des informations qui pourraient résoudre le meurtre de la gamine. »

« Qui était l'inspecteur en chef ? »

« L'inspecteur Ernest Foster. »

« Il doit être à la retraite. »

« Probablement. Bref, cette Kennedy a appelé… »

« Elle était dans le dossier ? »

« Non, mais je ne l'ai pas encore lu en entier. »

« Fais-moi un topo et on ira la voir. »

« Boyle était à Wiggins avec son frère, il n'avait que sept ans, et un petit ami de vingt-deux ans. »

« Quel âge avait Boyle ? »

« Dix-sept ans. »

« Et elle sortait avec un type de vingt-deux ans ? »

« Je sais. La gamine a perdu son père quand elle avait trois ans. Elle cherchait probablement une figure paternelle. »

« Une figure paternelle de vingt-deux ans ? »

« Tu vois ce que je veux dire. »

« Continue. »

« Ils sont à la plage tard le soir et, vers vingt heures, la fille disparaît. »

« Ils ont gardé un gamin de sept ans à la plage aussi tard ? »

« C'est une question qu'on devra vérifier. Donc, Boyle disparaît. Le petit ami a dit qu'elle était allée aux toilettes et, comme elle mettait trop de temps, il est allé voir ce qui se passait. »

« Il a laissé le gamin tout seul ? »

J'ai hoché la tête. « Le petit ami a dit qu'il s'était fait attaquer et frapper à la tête. Il prétend avoir perdu connaissance et ne se souvenir de rien. »

« Il est resté inconscient combien de temps ? »

« Il a dit moins d'une heure. Il a dit qu'en reprenant ses esprits, il était parti à la recherche de sa petite amie et de son frère. Le frère était au bord de l'eau, en train de parler à un type nommé Clem Walker, qui pêchait. Ce Walker a un passé trouble, quelques arrestations. »

« Que s'est-il passé ? Ils ont retrouvé la fille ? »

« Non, ils ont dit avoir ratissé le secteur, mais n'ont pas pu la trouver. »

« Tu penses que ce petit ami savait où elle était ? »

« Il serait le premier sur ma liste. Quoi qu'il en soit, un campeur a trouvé son corps tôt le lendemain matin. Elle avait été poignardée à plusieurs reprises et elle est morte entre 22 h et minuit. »

« Qu'est-il arrivé au petit ami ? Il a dit qu'il avait été attaqué. »

« Il avait une blessure au front causée par un objet contondant, mais elle n'avait pas l'air très grave. »

« Tu penses qu'il se la serait infligée lui-même ? »

« C'est bien pratique, tu ne trouves pas ? Ça paraît sacrément suspect. »

« Je sais. Il est inconscient juste assez longtemps pour dire qu'il ne sait pas ce qui s'est passé ? »

« Je n'en suis pas encore là, mais son dossier médical a intérêt à confirmer un coup assez fort pour le mettre K.-O. »

« Qu'est-ce que son frère a dit qu'il s'était passé ? »

J'ai secoué la tête. « J'ai parcouru un interrogatoire, et on aurait dit que Foster influençait le gamin. C'est une autre chose qu'on devra examiner quand on rouvrira le dossier. »

« Tu vas rouvrir l'enquête sur la base d'une lecture rapide ? »

« Et de l'appel. Et puis, pourquoi pas ? On n'a rien d'autre que ce réseau de voleurs de sacs à main à pourchasser. »

« Tu as un pressentiment sur cette affaire, n'est-ce pas ? »

Elle me connaissait mieux que je ne me connaissais moi-même. « Il y a quelque chose, Vargas. »

« D'accord, allons voir Kennedy. »

« Juste après que j'aie vérifié la boîte des scellés. »

L'inventaire des objets collectés sur la scène de crime était décevant. À quoi je m'attendais ? La liste des objets de la scène se lisait comme celle d'un pique-nique : une glacière rouge contenant des chips et du Coca, une couverture, le sac à main de la victime, des cheveux appartenant à la victime, à son frère et à John Wheeler, le petit ami. Il y avait un jeu de cartes, un magazine, une pelle de plage et un seau bleu.

Les articles obtenus lors de l'autopsie étaient standards : des vêtements tachés de sang, les bijoux de la victime, quatorze dollars en espèces et son permis de conduire.

J'ai fouillé parmi les objets emballés dans des sacs en plastique. La moisissure était visible et étendue. Je me suis demandé quand le passage aux sacs en papier avait eu lieu et j'ai refermé la boîte.

3

SIX AGENTS PARTICIPAIENT À UNE PLANQUE QUE NOUS AVIONS organisée au Saks de Waterside Shops. Au cours du mois dernier, une équipe de voleurs avait pris d'assaut le rayon maroquinerie à deux reprises, repartant avec trente-deux sacs à chaque fois.

Miami avait connu le même genre de coup et nous étions certains qu'il s'agissait du même gang. Ne ciblant que les sacs les plus chers, il fallait moins d'une minute à quatre voleurs pour s'emparer de huit sacs Chanel et Prada chacun. Saks subissait une perte de soixante-dix mille dollars au prix de vente à chaque fois. Qui a dit que le crime n'était pas une activité rentable ?

Vargas et moi étions installés dans le bureau de la sécurité de Waterside à surveiller les flux vidéo. Deux agentes, habillées en vendeuses, patrouillaient dans le rayon maroquinerie. Deux agents traînaient près de chaque sortie et deux autres attendaient, moteur allumé, dans des voitures banalisées sur le parking.

C'était un jeu de patience et, bien que ce fût mon opération, un homicide vieux de vingt-cinq ans m'intéressait plus que de pincer des voleurs de sacs à main. J'ai appelé par radio le sergent d'équipe qui couvrait l'entrée du centre commercial.

« Bill, c'est Luca. Il faut que tu gères ça depuis le bureau de la sécurité. Vargas et moi devons aller voir un témoin dans le cadre d'une enquête pour homicide. »

———

BETTY KENNEDY VIVAIT à Egret's Walk, une résidence de maisons mitoyennes à Pelican Marsh. J'adorais l'emplacement du Marsh, et ses quatre entrées offraient un excellent accès. J'avais moi-même envisagé cet endroit et je m'y serais installé s'ils avaient eu des garages doubles.

L'appartement de Kennedy, au deuxième étage, donnait sur un lac où une fontaine projetait un énorme jet d'eau en forme de V. Je n'ai jamais aimé les fontaines dans les lacs. Sauf si c'était pour couvrir le bruit de la route, je trouvais ça kitsch.

Kennedy nous a ouvert la porte, vêtue d'un jean blanc impeccable, d'un chemisier bleu roi et affichant un sourire. L'intérieur moderne détonnait avec son âge et l'extérieur traditionnel de l'immeuble. Elle avait fait vitrer la véranda qui surplombait le lac, agrandissant ainsi son espace de vie. J'ai donné un coup de coude à Vargas en indiquant d'un signe de menton un revêtement sympa sur un des murs principaux. C'était quelque chose que j'adorerais faire chez nous.

La cuisine était blanc cassé avec des plans de travail en quartz gris. Nous nous sommes assis autour d'une table faite du même matériau, ce qui était un peu excessif.

Kennedy a dit : « Je peux vous offrir quelque chose à boire ? »

Mary Ann me reprochait de ne pas boire assez, alors j'ai répondu : « De l'eau, ce serait bien. »

« Je vais en prendre une aussi. »

Elle a ouvert le réfrigérateur en inox, nous a tendu des bouteilles, puis s'est assise.

Vargas a dit : « Merci. Nous apprécions que vous vous soyez manifestée pour nous fournir des informations. »

« Je dois être honnête, quand ma sœur m'a dit ça, j'étais abasourdie. Je ne savais pas quoi faire. »

Vargas a dit : « Vous avez pris la bonne décision. »

J'ai demandé : « Votre sœur ? Pourquoi ne nous racontez-vous pas ce que vous savez, madame Kennedy ? »

Kennedy a chipoté sa manche et a dit : « Ma sœur Cheryl, elle est décédée il y a deux semaines. Elle souffrait d'une grave cirrhose du foie. Ce n'était pas à cause de l'alcool ou quoi que ce soit de ce genre. Elle a contracté une forme virale d'hépatite. Ils ont dit que ça pouvait venir d'une aiguille lors de son hospitalisation après un accident de voiture il y a vingt ans. » Ses yeux se sont plissés. « Mais cet homme qu'elle a épousé, je crois qu'il fréquentait des prostituées et qu'il a ramené ça à la maison, à Cheryl. »

J'ai demandé : « Quel est le nom complet de votre sœur ? »

« Cheryl Mackay. »

Mackay ? J'étais presque sûr que c'était un des noms des personnes près de la scène de crime.

Vargas a noté le nom et a dit : « Continuez, je vous en prie. »

« Cheryl était très malade. C'était terrible ; elle mourait un peu plus chaque jour. C'était si triste. »

Kennedy a baissé la tête, et Vargas lui a tapoté la main.

« Deux jours avant sa mort, elle était en soins palliatifs à domicile et très faible. J'étais constamment avec elle. Je sentais qu'elle voulait me dire quelque chose. J'essayais de continuer à lui parler de notre enfance, vous savez, pour la distraire. »

J'ai demandé : « Qu'est-ce qu'elle vous a dit concernant le meurtre de Boyle ? »

« Elle a dit que c'était son mari, Lew, qui l'avait fait. Qu'elle avait menti pour le protéger. »

« Menti à propos de quoi ? »

« Après que c'est arrivé, des rapports signalaient que Lew avait été vu dans le secteur. Il était suspect et a été interrogé. Mais Cheryl a dit qu'il était avec elle quand le meurtre a eu lieu, alors ils l'ont relâché. »

« Votre sœur a menti sur son alibi ? »

« Oui. Elle a dit qu'elle s'en était voulue toutes ces années d'avoir menti. »

« Comment le sujet du meurtre de Debbie Boyle est-il venu sur le tapis ? »

« Elle savait qu'elle allait partir et voulait se mettre en règle avec Dieu. J'ai appelé le père Ahearn pour entendre sa confession. Après son départ, elle a dit qu'elle avait quelque chose à me confier, et c'est là qu'elle m'a tout raconté. Croyez-moi, j'étais sous le choc. Je lui ai reposé la question le lendemain pour être sûre, et elle m'a confirmé qu'elle avait menti pour aider Lew. Croyez-moi, je n'ai jamais aimé Lew, mais je ne pensais pas qu'il irait jusqu'à tuer cette pauvre fille. »

« Que pouvez-vous nous dire sur Lew, son mari ? »

Kennedy a plissé le nez comme si elle avait senti une odeur de poisson avarié. « Il n'était pas à sa hauteur.

C'est un homme grossier. Il n'a jamais bien traité Cheryl. »

« Que fait-il dans la vie ? »

« Il travaille pour le service des parcs du comté. »

Vargas a demandé : « A-t-il déjà été violent ? »

« Je ne le voyais pas beaucoup jusqu'à ce qu'elle tombe malade. Il m'a fait des commentaires très déplacés. »

« Pouvez-vous nous dire ce qu'il a dit ? »

« Non, mais je peux vous dire que c'était suggestif et obscène. »

« A-t-il trompé votre sœur ? »

« Oui. »

« Vous en êtes sûre ? »

« Absolument. Cheryl m'a parlé d'une de ses liaisons et je lui ai dit qu'elle devrait le quitter. Elle n'a pas voulu et nous avons eu une grosse dispute à ce sujet. Croyez-moi, je lui ai dit qu'elle était folle de rester avec lui. Après ça, elle n'a plus jamais rien dit sur son infidélité. À mon avis, elle le protégeait, elle ne voulait pas me le dire. »

« Aimait-il les femmes plus jeunes ? »

Kennedy a eu un sourire narquois. « Montrez-moi un homme qui n'aime pas ça. »

J'ai demandé : « Est-ce que Lew Mackay avait pour habitude de fréquenter des filles très jeunes, des adolescentes ? »

« Je ne saurais vous dire. J'imagine qu'il aurait gardé ça secret. »

« L'avez-vous déjà vu fixer une fille plus jeune ? Ou se montrer amical ? Quelque chose qui semblait anodin à l'époque ? »

Elle a pincé les lèvres et a lentement secoué la tête. « Je ne peux vraiment pas vous le dire. »

« Ce n'est pas grave », a dit Vargas. Elle a tendu une

carte. « Réfléchissez-y encore un peu et appelez-nous si quelque chose vous revient. »

On est montés dans notre Jeep Grand Cherokee et on s'est mis en route pour aller voir Lew Mackay.

« Si on coince Mackay pour ça, Chester devrait nous filer un bureau avec vue sur le golfe. »

« Ne fais pas encore tes valises, Frank. Tout ce qu'on a, c'est un ouï-dire à propos d'une confession sur un lit de mort. On n'a pas l'ombre d'une preuve. »

« Si on fait profil bas et qu'on fait le boulot, on trouvera les preuves. »

« C'est une affaire vieille de vingt-cinq ans, avec des preuves et des souvenirs qui datent d'autant. »

« Je sais que ça rend les choses plus difficiles, mais tu sais quoi ? De toute ma carrière, que ce soit dans le Jersey ou ici, je n'ai jamais eu une affaire classée sans suite. »

« Pourquoi ai-je l'impression que tu as trouvé ta nouvelle obsession ? »

« Je n'aime pas la façon dont l'affaire a été gérée. »

« Comment peux-tu dire ça ? Tu as commencé à t'y intéresser aujourd'hui. »

« Je ne saurais pas te dire pourquoi. Je le sais, c'est tout. »

« D'accord, Frank. Je te suis dans ton délire, mais tu dois me promettre qu'on arrête dès qu'on se met à chasser des fantômes. »

« Marché conclu. Mais n'oublie pas qu'on n'a rien d'autre que l'affaire du sac à main. »

« Tu vas en parler au shérif ? »

« Voyons d'abord ce que ce Mackay a à dire. »

4

« J'AIME BEAUCOUP CE CHEROKEE, MARY ANN. PEUT-ÊTRE que tu devrais en prendre un quand ton leasing sera terminé. »

« Tu sais bien que je ne suis pas le genre de fille à rouler en SUV, Frank. »

« Tu vas voir, ça te plaira. Tu es en hauteur, comme ça tu peux tout voir. »

En quittant Livingston, j'ai tourné à droite pour entrer dans Delasol, une petite résidence de maisons individuelles où vivait Lew Mackay. Je n'avais jamais vraiment regardé ce qu'il y avait par ici, mais je savais qu'il y avait peu de services, ce qui signifiait des charges agréablement basses.

Mackay habitait sur Vallecas Lane, dans une petite maison de style méditerranéen que j'ai estimée à cinq cent mille dollars.

Les cheveux clairsemés, Lew Mackay avait un air pincé, comme s'il venait de se cogner le genou. Le teint pâle, il ne semblait pas passer beaucoup de temps dehors, ce qui m'a rendu méfiant. Était-il du genre à se promener avec un parapluie pour se protéger du soleil ? Il ne me plaisait pas, alors qu'il n'avait même pas encore ouvert la bouche.

Mackay a cligné des yeux quand Vargas nous a présentés et il s'est écarté. Une pile de cartes de condoléances et une Bible blanche ornée d'une croix rouge reposaient sur la crédence dans l'entrée.

Vargas a dit : « Nous sommes désolés pour votre perte, monsieur Mackay. »

« Merci. C'est probablement mieux ainsi ; Cheryl souffrait beaucoup. »

« C'est toujours difficile. »

Il a soupiré. « Je sais. Allons nous asseoir dans la cuisine. »

Nous l'avons suivi dans une cuisine aux placards en chêne surmontés d'un plan de travail en granit d'un marron encore plus foncé. Une lourdeur pesante régnait dans la pièce. Je n'arrivais pas à savoir si cette pesanteur venait du récent décès ou de l'atroce palette de couleurs.

Mackay a retiré un vase de fleurs fanées de la table de la cuisine et nous nous sommes installés sur les chaises.

Vargas a dit : « Nous avons rouvert l'affaire Deborah Boyle. »

Les sourcils de Mackay se sont haussés. « Vraiment ? »

J'ai dit : « Oui, en fait, c'est votre femme qui a précipité cette réouverture. »

« Ma femme ? Qu'est-ce que la mort de Cheryl a à voir avec ça ? »

« Elle a parlé à sa sœur, Betty Kennedy, peu avant de mourir. »

« Et alors ? Betty venait ici tous les jours. »

« Il semble que votre femme ait admis avoir menti à la police au sujet de votre alibi. »

« Mon alibi ? »

« Celui qu'elle a fourni concernant l'endroit où vous vous trouviez la nuit où Debbie Boyle a été assassinée. »

« Quoi ? Que j'étais à la maison avec elle ce soir-là ? »

« Exactement. Elle a dit à sa sœur que c'était un mensonge et que vous n'étiez pas à la maison avec elle. »

Il a haussé les épaules. « Écoutez, maintenant qu'elle est partie, je peux vous dire la vérité. Je sortais avec une autre femme ce soir-là. »

Vargas a dit : « D'accord, je comprends pourquoi vous ne vouliez pas que votre femme le sache. »

« Je me sens très mal d'avoir été infidèle, surtout maintenant. »

J'ai dit : « Qui était cette femme ? »

« Euh, je ne m'en souviens pas. »

« Vous ne vous souvenez pas de la femme avec qui vous étiez la nuit où vous avez été accusé de meurtre ? Allons, qui était cette femme ? »

« Son mari deviendrait fou. »

« Vous auriez dû y penser à l'époque. Son nom ? »

Ses épaules se sont affaissées. « D'accord, je vais vous dire ce que je faisais vraiment. C'était stupide, mais un type que je connaissais… eh bien, il dealait de la drogue, et il avait besoin de quelqu'un pour rencontrer un fournisseur du côté de Wiggins. Je n'ai touché à la drogue ni rien. J'ai juste déposé l'argent. »

« Combien d'argent ? »

« Je ne sais pas. J'ai juste passé un sac, il n'était pas si gros. »

« Qui était ce type ? »

« Ah, juste un ami d'ami. »

Vargas a dit : « Il va nous falloir un nom. »

« Je ne sais même pas s'il est encore dans le coin. Je ne l'ai pas revu depuis. »

J'ai dit : « Vous allez nous donner ce nom ou pas ? »

« Hector Machado. »

J'ai noté le nom. « Et sa dernière adresse connue ? »

« Je ne sais pas où il habitait. »

« Où étiez-vous censé le rencontrer ? »

« À l'ancien Pewter Mug, sur la quarante et un. »

« Du deal de drogue. C'est un sacré nouvel alibi que vous avez là. »

Vargas a dit : « À quel point connaissiez-vous Debbie Boyle ? »

« Je… je ne la connaissais pas du tout. »

« Vous en êtes sûr ? »

« Absolument. Je le jure. Je n'ai jamais vu cette gamine. »

« D'accord, monsieur Mackay, ce sera tout pour aujourd'hui. »

La porte s'est refermée derrière nous. J'ai dit : « Regarde-moi ce ciel. Pas un nuage à l'horizon. »

« Belle journée. Qu'est-ce que tu as pensé de Mackay ? »

Haussant les épaules, j'ai fait tinter les clés. « Tu veux conduire ? »

Vargas a jeté un œil au Cherokee et a froncé les sourcils. « Non. »

« Tu rates quelque chose. »

« Peut-être plus tard. »

« Très bien, on va vérifier ce Machado et voir si la brigade des stupéfiants sait s'il y a eu du bruit du côté du Pewter à l'époque où c'est arrivé. »

———

DEPUIS L'AFFAIRE dingue de l'Aquatic Assassin, les choses dans le comté de Collier étaient revenues à un calme typique. Je n'arrivais pas à comprendre pourquoi le shérif Chester semblait sur la défensive quand je l'ai salué.

« Asseyez-vous, Frank. »

« Merci de me recevoir, shérif. Ne vous inquiétez pas, il ne se passe rien de fou. Je voulais juste vous tenir au courant de ce sur quoi je travaille. »

Il n'a pas souri. « C'est bien. »

« Il y a eu un meurtre, il y a vingt-cinq ans, au parc Delnor-Wiggins. Une fille était au parc avec son frère et son petit ami. Elle a disparu et a été retrouvée morte le lendemain matin. »

« Comment s'appelait la victime ? »

« Deborah Boyle. Elle n'avait que dix-sept ans. »

Chester a secoué la tête. « Terrible. »

« L'affaire a été classée sans suite trop vite, à mon avis. »

« Nous n'avions pas vraiment de brigade criminelle digne de ce nom à l'époque. Qui s'en est occupé ? »

« Le détective Ernest Foster. Il ne semble pas avoir beaucoup d'expérience en matière d'homicides. »

« Vous voulez la rouvrir ? »

« Oui, j'ai reçu un appel d'une femme dont la sœur a fait une confession sur son lit de mort. Elle avait menti au sujet de l'alibi de son mari. »

« Vous pensez que c'est lui ? »

« Je n'en suis pas sûr à ce stade, mais je peux vous dire, et j'ai le plus grand respect pour mes collègues, que non seulement ça a été bâclé, mais en plus c'était du travail de cochon. »

« Je ne veux pas que ce service soit dénigré. Assurez-vous qu'aucun mot sur le fait que vous croyez que l'affaire a été mal gérée ne filtre. Vous comprenez ? »

« Absolument, shérif. Je veux juste que la famille ait le sentiment que justice a été faite. »

« Ce serait bien. D'accord, allez-y, rouvrez l'affaire. J'adorerais classer une vieille affaire. »

« Merci, shérif. »

Je commençais à me lever quand Chester a dit : « Attendez une minute. J'ai quelque chose dont j'aimerais discuter. »

Je me suis rassis. « Bien sûr. De quoi s'agit-il ? »

Chester a posé un bras sur son bureau. « Vous et l'inspectrice Vargas. »

« Oh. À quel sujet ? »

« Dites-le-moi. Je suis au courant de votre relation. Je ne porte aucun jugement là-dessus. En fait, j'apprécie l'inspectrice Vargas et je trouve que vous formez un joli couple. »

J'ai bredouillé un merci et Chester a poursuivi : « Le service a des règles concernant les relations entre collègues... »

« Mais nous nous sommes renseignés, shérif. On nous a dit que ça ne posait problème que si l'on était mariés. »

« Mariés ? Cela n'a plus tout à fait la même signification qu'avant. Il existe toutes sortes de relations de nos jours, et le service juridique estime que l'intention de la formulation était d'éviter les situations compromettantes. »

Le service juridique ? Le shérif avait parlé à de foutus avocats de ma relation avec Mary Ann ?

« Il n'y a absolument aucune raison de s'inquiéter, shérif. Nous nous comportons avec le plus haut niveau d'intégrité qui... »

Chester a levé la main pour m'interrompre. « Laissez

tomber, Frank. Ça me dépasse. Vous vivez ensemble et, de ce fait, vous ne pouvez pas travailler ensemble dans le même service. »

« Alors, c'est soit ma petite amie, soit ma coéquipière ? »

« C'est le moment idéal pour changer de partenaire. » Il a tapoté du doigt sur le bureau. « Nous n'avons pas de crime majeur sur les bras. »

« Mais nous travaillons si bien ensemble. »

« Vous avez beaucoup à offrir, Frank. Vous formerez quelqu'un de nouveau. »

« Combien de temps nous reste-t-il ? »

« Pas plus de quatre-vingt-dix jours. »

5

PLUS J'Y PENSAIS, PLUS JE M'ÉNERVAIS. J'AI FAIT ATTENTION À ne pas claquer la porte en entrant. La télé était allumée, et une odeur d'ail flottait dans l'air. Je me suis dirigé vers la cuisine.

Mary Ann regardait *WINK News* tout en remuant une casserole sur la cuisinière.

« Qu'est-ce que tu prépares ? »

« De la scarole et des haricots. »

Mon plat réconfortant préféré. Comment diable cette femme savait-elle que j'étais contrarié ?

« Qu'est-ce qui ne va pas, Frank ? »

« Qu'est-ce que tu es, une espèce de sorcière ? »

« Tu vas me le dire ? »

« Chester nous sépare. Il nous donne quatre-vingt-dix jours pour mettre fin à notre collaboration. »

« Il fallait s'y attendre, Frank. Pourquoi es-tu surpris ? »

« Je ne suis pas surpris. Je suis furieux. Tu te rends compte que je perds ma coéquipière pour la deuxième fois ? »

« Calme-toi. C'est complètement différent. » Elle m'a enlacé. « Je suis toujours là. Je serai toujours là pour toi. »

« Mais ça ne te fait rien ? »

« Si, ça me fait quelque chose, mais honnêtement, c'est mieux comme ça. On pourra séparer nos vies professionnelles du reste de nos vies. »

« Mais je n'ai pas envie de faire ça. J'aime travailler avec toi. »

« Moi aussi, Frank, mais crois-moi, c'est mieux comme ça. »

————

APRÈS QUE MARY ANN s'est endormie, j'ai pris un dossier, une bouteille d'eau et je me suis retiré sur la véranda. Une grosse lune pleine reposait sur la cime des arbres, projetant une lueur jaune sur la piscine. J'ai ouvert la bouteille d'eau, en pensant qu'avec cette ambiance feutrée et ce décor de carte postale, j'aurais plutôt dû me faire un café.

Brian Boyle, le frère de la victime âgé de sept ans, avait été interrogé trois fois. La première fois, sa mère était présente, et l'interrogatoire avait été mené par l'inspecteur Foster au domicile des Boyle. Il avait eu lieu l'après-midi de la découverte du corps et n'avait pas été enregistré. Un agent en uniforme nommé Henry Glevek assistait à l'interrogatoire. La signature de Foster figurait sous son résumé :

LE TÉMOIN, Brian Boyle, a accompagné sa sœur au parc Delnor-Wiggins Pass dans la nuit du 14 mai 1993. Ils se sont rendus au parc dans la voiture de Wheeler. Le témoin n'était pas certain de l'heure, mais a déclaré qu'il faisait encore jour quand ils sont arrivés. Le parc est ouvert du lever du soleil jusqu'à deux heures après le coucher du soleil, qui était approximativement à 20 h 07.

La mère de Brian et Debbie Boyle a confirmé qu'elle avait assisté à un mariage ce soir-là, un vendredi, et qu'elle avait laissé Debbie s'occuper de Brian.

Le témoin a déclaré que le petit ami de la victime, John Wheeler, était également présent et a apporté un ou deux sacs de sport. En arrivant à la plage, la victime a étalé une couverture et ils se sont assis dessus. Ils ont joué aux cartes et mangé des sandwichs que la victime avait apportés de la maison. Ils se sont promenés au bord de l'eau et se sont tenu la main.

Le témoin a dit que d'autres personnes se promenaient au bord de l'eau, mais n'a pu identifier personne. Il a dit que quelqu'un pêchait depuis la plage, mais n'a pas pu estimer la distance. Après insistance, le témoin n'a pu être certain qu'il s'agissait d'un homme ni qu'il ou elle pêchait réellement.

Quelque temps après la tombée de la nuit, alors qu'ils étaient tous les trois allongés sur la couverture à regarder les étoiles, sa sœur est partie pour aller aux toilettes. Il n'est pas certain de sa destination, mais d'après son souvenir, elle s'est dirigée vers le nord.

Après un certain temps, d'une durée inconnue, le petit ami s'est levé et a dit au témoin de rester sur la couverture, qu'il allait voir où était la victime. Après une période indéterminée, le témoin a quitté la couverture et a emporté l'une des deux lanternes avec lui jusqu'au bord de l'eau. Il pensait que le couple était peut-être parti se promener.

Le témoin a rencontré Clem Walker, qui a affirmé être en train de pêcher à ce moment-là. Le témoin et Walker ont marché dans la direction d'où venait le témoin et ont rejoint John Wheeler.

Le témoin a déclaré que M. Wheeler avait une contusion sur le front, qu'il était agité et qu'il criait. Ils ont cherché sa sœur pendant un certain temps tous les trois, mais ne l'ont pas trouvée. Il ne savait plus qui avait suggéré d'appeler la police.

J'ai posé le rapport. Les jeunes enfants comme Brian Boyle étaient incapables d'évaluer le passage du temps. L'incapacité du gamin à déterminer quand sa sœur était partie et combien de temps elle et Wheeler avaient été absents contribuait à rendre l'affaire encore plus obscure. Mais ma principale question concernait la supposée blessure de Wheeler. Il avait été assommé, mais avait été capable de chercher Debbie Boyle et de rentrer chez lui en voiture ? Qu'est-ce que le pêcheur avait à dire sur cette blessure ?

Le deuxième interrogatoire avait été mené deux jours plus tard, le dix-sept mai. Il avait été mené par l'inspecteur Foster dans son bureau. La mère de Brian Boyle n'était pas présente, mais les échanges avaient été enregistrés. En parcourant la transcription, j'ai repéré le passage le plus intéressant :

FOSTER – Quand vous étiez assis sur la couverture, que faisaient votre sœur et John Wheeler ?

Boyle – On jouait à la bataille corse.

Foster – Les petits amis et les petites amies aiment s'embrasser. Est-ce que votre sœur et son petit ami s'embrassaient ?

Brian – Un peu, je crois.

Foster – Les petites amies aiment que leurs petits amis les touchent. Est-ce que Johnnie touchait Debbie ?

Brian – Je ne sais pas.

Foster – Réfléchissez. Étaient-ils assis près l'un de l'autre ?

Brian – Oui.

Foster – Est-ce que Debbie rigolait ? Elle aimait bien Johnnie, n'est-ce pas ?

Brian – Oui.

Foster – Alors, elle aimait bien quand Johnnie la touchait.

Brian – Oui.

Foster – Votre sœur et Johnnie étaient souvent ensemble, n'est-ce pas ?

Brian – Oui.

Foster – Johnnie est un garçon gentil, mais comme tout le monde, même votre mère, il lui arrivait de se mettre en colère, n'est-ce pas ?

Brian – « Parfois, il se mettait en colère contre moi. »

Foster – « Et il se mettait en colère contre Debbie, n'est-ce pas ? »

Brian – « Oui. »

Foster – « Et ils se disputaient parfois. »

Brian – « Parfois. »

Foster – « Est-ce que Debbie a quitté la couverture pour s'éloigner de Johnnie ? »

Brian – « Elle a dit qu'elle devait aller aux toilettes. »

Foster – « Parfois, les adultes disent des choses qu'ils ne pensent pas. Vous le savez, n'est-ce pas ? »

Brian – « Oui. »

Foster – « Il est possible qu'elle soit partie pour s'éloigner de Johnnie, pas vrai ? »

Brian – « Je suppose. »

Foster – « Quand Debbie est partie pour s'éloigner de Johnnie, est-ce que Johnnie l'a suivie ? »

Brian – « Non. »

Foster – « Vous en êtes sûr ? N'auriez-vous pas pu être distrait ? En jouant aux cartes, et ne pas l'avoir vu la suivre ? »

Je n'ai pas pu continuer à lire. Foster orientait le témoignage du gamin. Ça ne tiendrait pas debout devant un juge, et encore moins devant un avocat de la défense.

L'histoire de Wheeler était difficile à croire, mais Foster était en train de monter un dossier contre lui qui s'écroulerait au tribunal. Ça n'avait aucun sens.

En allant à la fin du document, j'ai secoué la tête. Foster ne l'avait pas signé. Ce type commençait sérieusement à me taper sur les nerfs.

Le troisième interrogatoire était du même acabit : inutile. Si la famille savait à quel point l'enquête sur le crime était mal menée, elle irait voir la presse ou intenterait un procès. C'était à moi de mener une enquête digne de ce nom et de traduire le tueur en justice.

6

LA NOUVELLE QUE FOSTER N'ÉTAIT PAS UN INSPECTEUR DE LA brigade criminelle a renforcé mon sentiment que j'étais sur la bonne piste. Les effectifs étaient bien plus réduits à l'époque, et le seul et unique inspecteur ayant de l'expérience en matière d'homicides se remettait d'une prothèse de hanche. Pour l'inspecteur Foster, qui s'occupait normalement des cambriolages, l'affaire Boyle était son premier homicide.

Qui était le shérif en 1993 ? Quel qu'il fût, il avait tout fait rater. Il aurait dû demander de l'aide à un autre comté et mener une enquête en bonne et due forme. C'était terrible, mais j'étais convaincu de pouvoir y remédier.

Motivé par l'idée de pouvoir résoudre une affaire classée, je me suis rendu chez John Wheeler, qui figurait en tête de ma liste de suspects.

Wheeler s'en était tenu à sa version des faits au cours de nombreux interrogatoires. Il affirmait être parti à la recherche de Debbie Boyle après une absence de vingt minutes. Wheeler insistait sur le fait qu'ils ne se disputaient pas et qu'elle était allée aux toilettes.

Il a dit qu'il avait quitté leur couverture, qui se trouvait à environ quinze mètres du bord de l'eau, et qu'il avait traversé une zone boisée abritant une aire de pique-nique, en direction des toilettes. Alors qu'il approchait du bâtiment, il a entendu un bruit, et quand il s'est retourné, il a été frappé par quelque chose et s'est effondré.

Il a déclaré que lorsqu'il a repris connaissance, il est allé trouver Brian, qui était avec Clem Walker. Ils sont alors partis à la recherche de Debbie, y passant une demi-heure avant que Wheeler n'insiste pour faire intervenir la police.

———

SI WHEELER AVAIT ÉTÉ AGRESSÉ, et c'était un grand si, je me demandais si Clem Walker avait eu assez de temps pour attaquer Boyle et Wheeler et retourner sur la plage. Qui sait, peut-être cherchait-il aussi à liquider le gamin.

———

C'ÉTAIT UNE JOURNÉE PARFAITE, sans aucune humidité et avec un soleil éclatant et chaud. On était à la mi-novembre, et je me réjouissais d'avoir au moins six mois de temps incroyable. J'ai laissé mes lunettes de soleil sur le tableau de bord et j'ai marché jusqu'à la porte de la maison de plain-pied de Wheeler.

Wheeler vivait à Vasari, une résidence nommée d'après l'artiste italien Giorgio Vasari. C'était à Bonita Springs, à la lisière de Naples. C'était un beau quartier, mais c'était une résidence à services groupés, ce qui signifiait qu'on payait pour le golf, qu'on y joue ou non. Pourquoi des gens qui ne jouaient jamais au golf vivaient-ils dans des résidences à services groupés ?

Sa maison de style méditerranéen était beige foncé, comme toutes les autres, portant le diktat de l'uniformité jusqu'à l'ennui le plus total. En me dirigeant vers la porte, j'ai entendu quelqu'un s'exercer à la trompette. J'ai écarté une feuille de palmier d'un coup de pied et j'ai sonné.

John Wheeler est venu m'ouvrir, une canette de racinette à la main. Ses cheveux noirs étaient mouillés et peignés droit en arrière. Il faisait beaucoup plus jeune que ses quarante-sept ans.

« M. Wheeler ? Inspecteur Frank Luca. »

« Ravi de vous rencontrer. »

Nous nous sommes serré la main. Les siennes étaient charnues et rêches comme du papier de verre. J'ai deviné qu'il était plombier.

Il y avait une poignée de camions-jouets dans l'espace de vie qui menait à une petite piscine entourée d'une mousti-quaire. Le jardin donnait sur une réserve naturelle minable. Une voix de femme, flottant depuis un couloir, tentait de convaincre un enfant de prendre son bain.

J'ai suivi Wheeler à travers les baies vitrées ouvertes jusqu'à une table en fibre de verre. Le débordement du spa couvrait la plupart des crissements du trompettiste.

« Vous avez une belle maison. »

« Merci, on a fait une bonne affaire, il y a environ cinq ans, avant que les choses ne repartent. »

« Que faites-vous dans la vie ? »

« Électricien. »

Presque. « Vous jouez souvent au golf ? »

« Ma femme, oui. Moi, je sors peut-être deux fois par mois. Vous jouez ? »

« Pas encore. Peut-être qu'un de ces jours, je m'y mettrai. »

Il a ri. « Il vous faudra de la patience. Ça peut être frustrant. »

« C'est ce qui m'empêche d'essayer. » J'ai sorti mon Moleskine. « Je voulais vous poser des questions sur la nuit où Debbie Boyle a été assassinée. »

Wheeler a froncé les sourcils et s'est appuyé sur la table. « C'était il y a longtemps, mais à certains égards, c'est comme si c'était hier. »

Il m'a servi la réponse parfaite. « Un appel est arrivé récemment, et nous avons rouvert l'affaire. » Wheeler n'a pas bronché à cette nouvelle, mais ma demande de le voir l'avait mis sur ses gardes. « J'ai quelques questions. »

Il a sifflé le reste de sa racinette. « Bien sûr. »

« À quelle heure êtes-vous arrivé au parc ce soir-là ? »

« Un peu avant sept heures. »

« Avez-vous vu beaucoup de monde là-bas ? »

Il a commencé à presser la canette de soda vide par intermittence, produisant un cliquetis agaçant. « Il y avait pas mal de monde. Vous savez, des gens qui se promenaient sur la plage, quelques personnes qui pêchaient. C'était une belle nuit, de pleine lune, si je me souviens bien, alors les gens sont sortis. »

« Avez-vous déjà frappé Debbie Boyle ? »

« Quoi ? Bien sûr que non. Je n'ai jamais levé la main sur une femme de ma vie. Pour quel genre d'homme me prenez-vous ? »

« Je ne remets pas en question votre virilité, mais vous n'étiez qu'un gamin à l'époque où vous sortiez avec elle. »

« Plus jeune, oui, mais pas un gamin, j'avais vingt-deux ans. »

« Un rapport indique que vous et Debbie êtes partis, laissant Brian seul, pour avoir un peu d'intimité. »

Wheeler a écrasé la canette. « C'est des conneries. On avait plein d'occasions d'être, euh, intimes. En plus, elle n'aurait jamais laissé son frère seul. Debbie était une fille très responsable. »

« Pensez-vous que c'est responsable d'emmener un enfant de sept ans à la plage la nuit ? »

« On ne faisait rien de dingue. Le gamin était en parfaite sécurité. Nous étions deux à veiller sur lui. On ne l'aurait jamais laissé en danger. »

« Quand vous êtes allé chercher Debbie, vous y êtes allé seul, n'est-ce pas ? »

« Oui. »

« Mais vous avez laissé Brian seul à ce moment-là. »

Il a haussé les épaules. « Je suppose que oui. »

« Comment ça, vous supposez que oui ? Vous l'avez fait. Vous avez laissé un garçon de sept ans seul, dans le noir, dans un endroit inconnu. »

« Wiggins n'est pas un endroit inconnu, il y était allé des tonnes de fois. »

« Pourquoi ne l'avez-vous pas emmené avec vous pour la chercher ? »

« Je ne sais pas. J'ai simplement pensé que je pourrais vérifier plus vite où elle était. Un enfant de sept ans ne bouge pas très vite, vous savez. Mon fils a presque sept ans, et il se laisse facilement distraire. »

« Laisseriez-vous votre fils seul sur une plage ? »

« Non. Bien sûr que non. »

« C'est bien ce que je pensais. C'est pourquoi il est difficile de comprendre pourquoi vous avez laissé Brian seul cette nuit-là. Faisiez-vous autre chose d'irresponsable ce soir-là, comme boire ou prendre de la drogue ? »

« Non. Aucun de nous deux ne prenait de drogue, et nous ne buvions pas beaucoup. »

On a trouvé quelques canettes de bière vides près de l'endroit où ils s'étaient installés et, bien qu'il y ait eu une faible quantité d'alcool dans le sang de la victime, personne n'avait dit que Wheeler semblait ivre ou qu'il sentait l'alcool.

« Quand vous êtes arrivé à la plage, comment avez-vous décidé où vous installer ? »

« Euh, je crois que Brian y est pour quelque chose. Il a couru droit vers l'eau et nous, on a reculé un peu à partir de là. »

« Qui a décidé d'arrêter de chercher Debbie et d'appeler la police ? »

« C'est moi. Je paniquais, vous savez. J'avais l'impression que le temps nous était compté. Si quelqu'un l'avait enlevée, plus la police arrivait vite, plus elle avait de chances de la retrouver… »

« Mais pourquoi n'êtes-vous pas simplement parti ? »

« C'est ce qu'on a fait. »

« Mais vous êtes retourné prendre la couverture et toutes vos affaires. »

« Ça n'a pris qu'une seconde. » Il écarta les mains en signe d'impuissance, ajoutant : « De toute façon, il fallait bien que je récupère mes tongs. »

« Vos dépositions sous serment affirment que vous avez cherché aux alentours avant de passer près des toilettes. »

« C'est exact. J'ai ratissé la zone en zigzag derrière l'endroit où nous étions, puis je suis allé vers les toilettes. »

« Elle a dit qu'elle allait aux toilettes. Pourquoi n'y êtes-vous pas allé directement pour la chercher ? »

« Les toilettes sont fermées à clé au coucher du soleil. »

Bonne réponse, sauf que : « Mais en 1993, les serrures du bâtiment des toilettes le plus proche de vous avaient été forcées. »

« J'allais toujours pisser derrière les arbres quand on y allait. »

« Vous alliez souvent au parc ? »

« Ouais, j'y allais beaucoup. C'était un super endroit pour traîner. »

« Avec tout le temps que vous y avez passé, on pourrait penser que vous saviez que les serrures des toilettes étaient cassées. »

« Comme je vous l'ai dit, ce n'était pas un problème, je me soulageais près des arbres. »

« Revenons à votre recherche de Debbie. Vous étiez près des toilettes quand vous avez entendu quelque chose et que vous dites avoir été frappé ? »

« Je ne le *dis* pas. J'*ai été* frappé. » Il se pointa le front du doigt. « Juste là. »

« Qu'est-ce qui vous a fait vous retourner ? »

« Je ne sais pas. Il y avait un peu de vent ce soir-là, et je ne saurais dire si j'ai entendu quelque chose ou si c'était comme un sixième sens, vous savez, quand on sent que quelqu'un est là. »

« Était-ce un homme ou une femme qui, selon vous, vous a frappé ? »

« Je ne sais pas. Je dirais que c'était un homme, pour une question de force. J'ai été assommé. »

« Vous êtes tombé par terre ? »

« Oui, je me suis complètement effondré. »

« Pouvez-vous expliquer pourquoi vous n'aviez aucune autre blessure à part celle au front ? »

« De quoi est-ce que vous parlez ? Je me suis fait frapper à la tête avec une barre ou un morceau de bois et j'ai été assommé. »

« Quand quelqu'un est assommé, il se fait souvent des bleus en tombant, puisqu'il ne peut pas se protéger. Vous savez, se cogner le visage, les bras, les jambes, ce genre de choses. »

« C'était sur du sable ; c'était mou, donc ça a probablement amorti. »

« Aucune éraflure due au sable ? »

Il secoua la tête. « Aucune. »

« Quand vous avez repris connaissance, qu'avez-vous fait ? »

« J'étais désorienté, je ne savais pas où j'étais. Il m'a fallu quelques secondes pour que le brouillard se dissipe. Puis j'ai couru vers Brian. »

« Vous n'avez plus cherché Debbie ? »

« Non. J'étais inquiet pour Brian. »

Nous avons un peu tourné autour du pot. Je n'arrivais pas à savoir s'il cachait quelque chose ou s'il cherchait à soigner sa réputation. Je n'aimais pas cette histoire ; elle tombait bien trop à point. Se faire frapper assez fort pour être assommé, mais sans être gravement blessé ? J'allais examiner Wheeler de plus près qu'un proctologue.

DÈS QUE VARGAS EST ENTRÉE, J'AI JETÉ UN DOSSIER SUR SON bureau. « Il faut qu'on se penche sur Clem Walker. Le dossier le présente plus comme un bon Samaritain que comme un suspect. »

« C'est le type qui pêchait, c'est ça ? »

« Ouais, et si Foster a contesté la version de Walker, ça ne ressort pas du dossier. »

« Bizarre. Peut-être qu'ils l'ont innocenté d'une manière ou d'une autre. »

« Dis-moi franchement si tu penses que c'est encore un raté, ou si c'est moi qui juge trop durement la façon dont l'affaire a été gérée. »

« Pour toi, le scepticisme est un sport olympique, Frank. Mais il n'y a pas de doute. La façon dont ça semble avoir été géré soulève des questions. »

« Je veux dire, était-ce une coïncidence que Walker se soit trouvé près du gamin après la disparition de la fille et de Wheeler ? Ou était-il impliqué d'une manière ou d'une autre ? Regarde ce que j'ai trouvé sur lui. Ce Walker a un passé trouble. »

« Hmm, je ne sais pas, juste quelques arrestations pour marijuana, vol à l'étalage... »

J'ai frappé la paume de ma main sur mon bureau. « Il a agressé son voisin, bon sang ! »

« Calme-toi, Frank. Je pensais que tu te concentrais sur Wheeler. »

« Il y a toute une liste de personnages qui doivent être réexaminés, et qui sait ce que Foster a raté ? On doit aborder ça comme si c'était arrivé hier. »

« D'accord, mais ça ne va pas être facile. Quelles que soient les preuves, elles ont un quart de siècle. Entre ça et les souvenirs qui s'effacent, ça va être dur. »

« Le temps érode la mémoire, c'est sûr, mais certaines choses restent limpides, surtout quand c'est lié au meurtre de quelqu'un que tu connaissais ou à quelque chose de traumatisant. On se souvient tous de ce qu'on faisait quand ces salauds ont fait s'écraser les avions sur le World Trade Center. On n'oublie pas des choses comme ça ; ça reste gravé dans le cerveau. »

« Je sais que tu as raison, mais je dis juste... »

« Écoute, la réalité, c'est qu'aucune affaire n'est facile. »

« Tu ne crois pas que je le sais ? Je ne sais pas pourquoi tu es dans tous tes états. »

J'ai montré du doigt un tableau blanc surmonté de la photo de Debbie Boyle. « Pourquoi je suis dans tous mes états ? Cette pauvre fille n'avait que dix-sept ans. Elle et sa mère. C'est une maigre consolation, mais nous avons la responsabilité de veiller à ce que justice soit faite et que quelqu'un rende des comptes. J'ai le sentiment qu'on va pouvoir y remédier. L'idée qu'un tueur s'en soit tiré et soit quelque part en train de se moquer de nous, ça me met hors de moi. »

« On l'aura si on peut, Frank. »

« Il y a quelque chose dans cette affaire, Vargas. Je peux le sentir. Je sais que tu vas me dire que je dis toujours ça, mais cette fois, c'est différent. »

———

CLEM WALKER VIVAIT dans une petite maison sur Capri Island, une minuscule île juste avant le pont menant à Marco Island. Ce n'était pas vraiment l'Italie. Un bateau et un pick-up rouge se trouvaient dans l'allée de la maison bleu ciel.

La porte d'entrée était ouverte et les voix d'un jeu télévisé s'échappaient à travers la moustiquaire. La sonnette avait un son faiblard. J'ai appuyé deux fois. Une chaise a gratté le sol et, une cigarette à la main, Walker est apparu.

Walker était très bronzé, son visage ridé et tanné. Son T-shirt moulait sa silhouette mince, au logo illisible.

« Monsieur Walker ? Inspecteur Luca. »

La moustiquaire a grincé en s'ouvrant. « Entrez donc. Vous voulez une bière ? »

« Non merci, je suis en service. »

La maison n'avait pas l'air conditionné, mais deux ventilateurs dans la pièce principale la rendaient confortable. Nous nous sommes installés autour d'une table de cuisine. L'endroit avait une odeur discrète de poissonnerie.

Walker a écrasé sa cigarette dans le coquillage qu'il utilisait comme cendrier.

« Alors, après toutes ces années, vous enquêtez sur le meurtre de cette gamine ? »

« De nouvelles informations ont fait surface dans l'affaire. »

« Vous allez réussir à trouver le coupable ? »

« Je le pense, oui. »

« Qu'est-ce qui a changé ? »

« Je ne peux pas en discuter, mais c'est un élément important. J'ai quelques questions à vous poser. »

Walker s'est agité sur sa chaise, sortant une autre cigarette de son paquet. « Bien sûr. »

« Que faisiez-vous sur la plage la nuit où Boyle a été tuée ? »

« Je pêchais. »

« Où exactement ? »

« Je ne peux pas vous le dire précisément. Je marche le long de la plage, je lance ma ligne et je la ramène. »

« Combien de temps êtes-vous resté là-bas ? »

« Deux heures environ. »

« Quand vous avez croisé le gamin, Brian Boyle, où étiez-vous ? »

« Bon sang, je ne sais pas exactement. J'ai vu le gamin marcher près de l'eau. Il était seul, et j'ai marché vers lui. »

« Qu'est-ce qu'il a dit ? »

« Que sa sœur était perdue, et qu'il voulait la retrouver. »

« Combien de temps après John Wheeler est-il apparu ? »

« Peu après. Je lui ai posé quelques questions pour être sûr au sujet de la sœur du gamin et tout ça. Puis on a commencé à marcher vers l'endroit où le gamin a dit qu'ils se trouvaient. »

« C'était à quelle distance ? »

« Je ne savais pas où ils étaient installés. »

« Mais vous avez dit que vous pêchiez le long de la plage

depuis deux heures. Il y avait la pleine lune cette nuit-là. Vous avez dû voir où ils étaient. »

Il a hésité avant de dire : « Je les ai vus une fois, je suis presque sûr que c'était eux. »

« Qui d'autre avait un enfant là-bas cette nuit-là ? »

« Personne que j'aie vu. »

« Quand Wheeler vous a approché, quelle a été votre impression de lui ? »

La cigarette de Walker est devenue rougeoyante alors qu'il tirait une bouffée. « Il était agité, nerveux, un peu essoufflé. Il parlait vite, disant qu'il avait été attaqué par quelqu'un. »

« Avez-vous remarqué son bleu ? »

« Ouais, son front était rouge et saignait un peu. »

« Avez-vous remarqué si une bosse s'était formée ? »

« Je crois, oui. Rien d'énorme, mais on voyait que quelque chose avait heurté sa tête. »

« Qu'avez-vous fait ensuite ? »

« On est partis chercher la fille disparue. »

« Où avez-vous cherché ? »

« On est allés à leur couverture. Je lui ai demandé dans quelle direction elle était partie, et on est allés par là. »

« Vous vous êtes séparés ? »

« Non, on est restés ensemble. »

« Pourquoi ? Vous auriez pu couvrir plus de terrain en vous séparant. »

« J'imagine. Écoutez, c'était le chaos. Une fille avait disparu, ce type disait qu'il avait été attaqué, et on avait un gamin avec nous. »

« Pendant combien de temps avez-vous cherché ? »

« Environ une demi-heure, puis j'ai dit qu'il fallait appeler la police. »

« C'est vous qui avez suggéré d'appeler la police ? »

« Ouais. »

« Wheeler portait quelque chose aux pieds quand vous cherchiez Debbie Boyle ? »

« À ses pieds ? Euh, je crois qu'il avait des tongs. Ouais, j'en suis presque sûr. »

« J'ai juste une dernière question. Vous avez dit que vous étiez parti pêcher, c'est bien ça ? »

« Ouais. »

« Quel genre de poisson cherchiez-vous à attraper ? »

« On trouve de tout par là-bas. Parfois, on peut attraper du snapper, du pigfish, des requins de sable. Une fois, j'ai même pêché un cobia. »

« Comment se fait-il que vous n'aviez pas de seau avec vous ? »

Ses épaules se sont affaissées de manière perceptible. « Vous en êtes sûr ? »

« Absolument. »

« Ça remonte à loin, je ne me souviens pas. Et puis, la plupart du temps, je vais juste pêcher pour le plaisir. Ça me calme. »

Je me suis levé pour partir et j'ai dit : « Vraiment ? Vous faites toute cette route jusqu'à Wiggins pour pêcher, la nuit ? Il doit y avoir plein de poissons dans le coin. »

8

On a frappé à la porte et j'ai enfoui mon visage derrière mon moniteur. Vargas a reculé son siège à roulettes de son bureau et s'est dirigée vers la porte. « Frank, il est là. »

Ça y est. Derrick Dickson allait être mon nouveau partenaire. J'avais rencontré ce rouquin d'un mètre quatre-vingts dans le bureau du shérif une semaine plus tôt. Le trentenaire était descendu au paradis depuis une banlieue miteuse près de Washington. Ce jeune inspecteur avait une expérience correcte avec les gangs, les réseaux de prostitution et la drogue. Le problème, c'est qu'on n'avait pas grand-chose de tout ça dans le comté de Collier. J'ai repoussé ma chaise et je me suis levé.

« Comment vas-tu, Derrick ? »

Il a posé l'un de ses sacs à dos et nous nous sommes serré la main. « Bien, chef. J'ai hâte de commencer. »

Je n'ai pas pu en dire autant, mais Vargas a dit : « On va se partager mon bureau pour le moment. Je déménage à l'étage. »

« Tu es sûre ? Je ne veux pas te déranger. »

« Aucun problème. De toute façon, je ne serai pas souvent là. »

J'ai dit : « La Criminelle, c'est très différent des réseaux de drogue. Ça peut retourner l'estomac. Tu as l'estomac bien accroché ? »

« Oui, chef. Mon père disait que j'avais un estomac en béton. »

J'ai eu envie de le tester sur-le-champ en sortant quelques photos de cadavres en décomposition pour voir s'il allait gerber.

Vargas a dit : « Ça va aller. Il essaie juste de te faire peur. »

« Sur quoi travailles-tu maintenant, chef ? »

J'ai répondu : « Un cold case. On a reçu un appel concernant une affaire vieille de vingt-cinq ans, où une jeune fille a été poignardée à mort au parc Delnor-Wiggins. »

Vargas a ajouté : « L'inspecteur Luca a reçu un appel d'une personne affirmant détenir des informations pour résoudre le meurtre. »

« Quel genre d'informations ? »

J'ai dit : « On verra tout ça plus tard. Déballe tes sacs, et après on commence. »

« Ça me va. »

« Et Derrick, par ici on aime s'habiller de façon professionnelle. Je ne sais pas comment ça se passe à Washington, mais ici, c'est costard-cravate. »

Vargas est sortie pour aller aux toilettes et Derrick s'est mis à siffloter en s'installant. J'ai eu envie de lui coller des photos du corps de Debbie Boyle sous le nez pour qu'il arrête de siffler, mais j'ai maîtrisé mes pulsions.

En étalant une douzaine de photos sur mon bureau, j'ai demandé : « Regarde ces photos. Qu'est-ce que tu vois ? »

Vargas est revenue au moment où Derrick se penchait, le nez à quelques centimètres du collage de photos de la scène de crime. « C'est une scène de crime. »

« Qu'est-ce qui t'a mis la puce à l'oreille, la rubalise ? »

Vargas m'a lancé un regard à glacer le sang et je me suis adouci.

« Regarde attentivement les enquêteurs eux-mêmes. Tu remarques quelque chose à leur sujet ? »

Derrick s'est redressé, une goutte de sueur perlant sur sa lèvre supérieure, et a secoué la tête. « Je suis désolé, je vois des inspecteurs et des agents en uniforme sur les lieux. Ils ont l'air de fouiller le secteur. »

« Regarde leurs mains, leurs pieds. »

Derrick a pris deux photos et les a examinées. « J'abandonne. »

« Premièrement, on n'abandonne jamais à la Criminelle. Tu crois que les pauvres familles qui ont perdu un être cher voudraient qu'on abandonne ? »

« Non, chef. »

« Deuxièmement, et j'espère vraiment que tu apprends vite, la scène de crime est contaminée. »

« Comment peux-tu le savoir juste en regardant des photographies ? »

« Personne ne porte de gants, de surchaussures, ou, Dieu nous en préserve, de combinaisons de protection. Ils piétinent partout là-dehors, détruisant des empreintes de pas, laissant tomber des cheveux, des fibres et Dieu sait quoi d'autre. »

« Mais cette affaire a vingt-cinq ans, non ? Ils ne devaient probablement pas faire mieux. »

« Conneries. La police scientifique n'était pas ce qu'elle est aujourd'hui, mais ils ont foiré les bases. Ça fait une éternité que les flics coincent des gens grâce à des cheveux et des fibres. »

« Je me souviens qu'à l'académie, on nous a dit que l'ADN a été utilisé pour la première fois à la fin des années quatre-vingt. »

Vargas a dit : « Je crois que la première affaire où l'ADN a été utilisé au tribunal date de 1984. »

J'ai dit : « Cette femme est incroyable. Derrick, si tu arrives à être ne serait-ce que la moitié aussi bon qu'elle, tu seras un sacré bon inspecteur. »

Vargas a souri. « Tout ira bien. Je ne suis vraiment pas si douée, mais tout ce que je sais, c'est l'inspecteur Luca qui me l'a appris. »

Elle ne savait pas que je paniquais chaque jour qui passait, me rapprochant du moment où je perdrais mon soutien. Elle m'avait sauvé la mise tellement de fois que j'avais arrêté de compter. Est-ce que ma mémoire était mauvaise à cause de la chimio que j'avais suivie pour mon cancer de la vessie ou étais-je devenu paresseux, réalisant que j'avais Vargas pour assurer mes arrières ?

Derrick a dit : « Je ferai de mon mieux. »

Vargas a dit : « Pose autant de questions que nécessaire. N'aie pas peur. L'inspecteur Luca sera patient avec toi. Hein, Frank ? »

« Bien sûr. »

« Ne le laisse pas t'intimider, Derrick. Ce n'est que du cinéma. En vrai, c'est un nounours. Je dois monter aux RH. On se voit plus tard, les garçons. »

Depuis que Chester avait mis le point final à notre relation professionnelle, nous avions commencé à venir au bureau dans deux voitures séparées. J'ai mis Derrick au courant de l'affaire Boyle, en pimentant les entretiens que

j'avais menés avec Wheeler, Walker et Mackay de mes soupçons. Mon nouveau partenaire a posé quelques questions
pertinentes, mais sans la perspicacité magique que Vargas
semblait toujours avoir. Il était dix-huit heures, l'heure de
rentrer. J'ai dit : « On va voir un témoin ou deux demain,
alors mollo sur l'alcool ce soir et sois prêt à neuf heures. »

« D'accord, pas de problème. Ça te dérange si je reste
pour lire le dossier de l'affaire Boyle ? »

« C'est une bonne idée, mais ne reste pas trop tard. »

———

LE FILET de saumon et les brochettes de crevettes que j'avais
pris chez Publix étaient sur le gril avant même que la porte
de garage de Mary Ann ne se soit refermée.

« Ça sent bon. Tu veux un verre de vin ? »

« Bien sûr. J'ai acheté quelques bouteilles de Provence. »

« Tu adores dire "Provence", pas vrai ? C'est pour ça que
tu les as prises, en fait. »

« Non, je me souviens que Barnet a dit qu'ils produisent
de bons grenaches et qu'ils ne sont pas chers. Prends-en
une, je les ai mises dans le placard. »

Vargas est revenue avec deux verres de vin d'un violet
sombre et m'en a tendu un.

« Santé. »

Nous avons trinqué. J'ai humé le vin d'encre et j'ai pris
une gorgée. Il avait un goût sombre, de mûres.

« Qu'est-ce que tu en penses ? Moi, j'aime bien. »

« Je ne sais pas, il me semble un peu lourd pour du
poisson. »

« Barnet a dit que le grenache allait avec tout. »

« C'est possible, sauf que ce n'est pas du grenache. »

« Comment ça se fait ? »

« L'étiquette disait que c'était de la syrah, Monsieur le Connaisseur. »

« Il était dans le rayon des grenaches, et je me suis juste dit que… »

« Ce n'est pas grave. J'aime bien. Le poisson est prêt dans combien de temps ? »

———

EN DÉBARRASSANT LA TABLE, Mary Ann a dit : « Derrick a l'air d'être un bon choix comme coéquipier. »

« Vraiment ? C'est un bleu. »

« Tu es doué pour former les gens. Regarde ce que tu as fait avec moi, tu as fini par t'installer chez moi. »

« Qu'est-ce que tu veux dire par là ? »

« Rien, Frank. C'est une blague, d'accord ? »

J'ai forcé un sourire. « Il est resté ce soir pour lire le dossier. Il a l'air correct, mais comment diable a-t-il pu rater le fait que ces dinosaures piétinaient la scène de crime des Boyle ? »

« C'était son premier jour. Il était nerveux. »

« Et pourquoi serait-il nerveux ? »

« Frank, tu ne t'en rends peut-être pas compte, mais par moments, tu peux être intimidant. Tu n'aimes pas qu'on te remette en question. »

« Qu'est-ce que ça veut dire, ça ? »

« Tu aimes diriger. Tu ne veux pas être contesté. »

« C'est des conneries. Tu crois vraiment ça ? C'est comme ça que je t'ai traitée ? »

« Non, non. Pas moi. On formait une super équipe, mais parfois tu peux être cassant avec les gens. »

« Si quelqu'un se comporte comme un connard, je n'ai pas de temps à perdre avec ça. »

« Parfois, on doit composer avec des gens qu'on préférerait éviter, mais on n'a pas le choix. C'est dans ces moments-là qu'il faut trouver un moyen de garder son calme. Ça ne sert à rien de se mettre qui que ce soit à dos. Écoute-les et souris. Ça marche, crois-moi. »

« C'est ce que je fais souvent avec le shérif et ses bureaucrates. »

« Je sais. Maintenant, tu dois faire la même chose avec les gens plus bas dans la hiérarchie. »

« Pourquoi a-t-il fallu qu'ils foutent tout en l'air et nous séparent ? On travaillait si bien ensemble. Je parie qu'ils vont devoir embaucher un autre inspecteur pour compenser le travail qu'on abattait tous les deux. »

« Rien n'est immuable, Frank. Le changement est la seule constante. »

« Peut-être, mais je te dis que ce n'est pas bon pour le service. La prochaine affaire difficile qu'on aura et que Chester commencera à me tanner pour que je la résolve, je lui renverrai ça à la figure. »

L'idée de perdre quelqu'un qui pouvait combler mes lacunes me fichait une trouille bleue. Mary Ann me protégeait quand j'avais une défaillance de mémoire. Ce n'était pas que je ne pouvais pas fonctionner sans elle comme coéquipière. C'était qu'elle connaissait mes failles et les gardait pour elle. Cette protection disparaissait comme une averse de Floride, et cette sensation ne me plaisait pas du tout.

9

DERRICK ÉTAIT EN AVANCE, CE QUI ÉTAIT UNE BONNE CHOSE, mais il portait un costume beige clair. On était en novembre, bon sang. Les gens du Nord ne réalisaient jamais que la Floride aussi avait des saisons. Si on voyait quelqu'un porter un pantalon blanc en hiver, on pouvait parier qu'il s'agissait soit d'un vacancier, soit d'un nouveau résident.

Il m'avait apporté un café, une gentille attention, mais il y avait beaucoup trop de lait dedans. J'allais m'assurer qu'il ne referait plus jamais cette erreur et je l'ai laissé intact sur mon bureau. Nous avons parlé de l'affaire pendant le trajet et je lui ai répété trois fois que son rôle se limitait à observer.

Les Dunes étaient un ensemble de luxueux gratte-ciel à North Naples, en bordure de l'entrée du parc Delnor-Wiggins. Ils n'étaient pas en front de mer, mais les appartements qui avaient la chance d'être orientés à l'ouest jouissaient d'une vue imprenable sur le golfe.

Diane Nielsen résidait dans un immeuble de douze étages nommé Antigua. Dès qu'elle a ouvert la porte de son appartement du septième étage, j'ai senti une odeur de pain grillé brûlé. Dans la cuisine, une télévision crachait le son d'une matinale agaçante.

Les persiennes des portes-fenêtres coulissantes étaient ouvertes, et la vue sur une baie aux mangroves verdoyantes se fondant dans le golfe était hypnotisante.

La soixantaine environ, Nielsen était une petite femme pleine d'énergie. « C'est joli, n'est-ce pas ? »

« Absolument. Il serait difficile de me déloger de cette terrasse. »

Nielsen a ri un peu trop fort. Le collier de perles à son cou trahissait le fait qu'elle avait attendu notre entrevue avec impatience. Je devais faire attention à ce qu'elle n'enjolive pas la réalité ou ne nous retienne pas trop longtemps. J'ai jeté un coup d'œil autour de moi. L'appartement n'était pas aussi ouvert que je l'avais imaginé. C'était probablement l'un des premiers immeubles construits dans les Dunes.

« Je peux vous servir un café, messieurs ? »

J'ai répondu : « Avec plaisir. Si ça ne vous dérange pas, j'aimerais juste un nuage de lait, rien de plus. Et vous, inspecteur Dickson ? »

« Merci, madame, mais ça ira pour moi. »

Pendant qu'une Keurig vrombissait, je me suis dirigé nonchalamment vers les portes-fenêtres, passant devant un buffet couvert de photos de ses petits-enfants. C'était peut-être la perspective ou l'absence de reflets, mais le golfe semblait immense.

D'une main tachée de vieillesse, Nielsen a posé une tasse et sa soucoupe sur une table en verre. « Voilà pour vous, inspecteur Luca. La quantité de lait vous convient ? »

Le café était d'un brun châtain. « Parfait. D'habitude, les gens mettent trop de lait, mais vous avez visé juste. »

« Mon mari était comme ça. Il détestait quand il y avait trop de lait et exécrait la crème dans le café. »

Le genre d'homme que j'apprécie, sauf que je supposais qu'il n'était plus de ce monde. Elle a disparu dans la cuisine et en est ressortie avec deux bouteilles d'eau. Nous nous sommes assis autour de la table et j'ai dit : « Comme je vous l'ai mentionné, nous avons rouvert l'affaire Deborah Boyle. »

« C'est une bonne chose. J'étais contrariée que personne n'ait jamais été inculpé. »

Derrick est intervenu : « Nous travaillons d'arrache-pied pour que ça change, madame. »

J'ai haussé les sourcils en hochant la tête dans sa direction. « En examinant les dossiers et la déposition que vous avez faite, d'autres questions nous sont venues à l'esprit, qui pourraient nous aider à faire avancer l'affaire. »

Nielsen a souri comme si elle participait à un jeu télévisé. « Ce serait un plaisir de vous aider. »

« Que faisiez-vous sur la plage ce soir-là ? »

« Je me promenais. Je m'étais promis avant qu'on emménage ici que si j'avais la chance d'habiter près de la plage, je me ferais un devoir de faire une promenade tous les soirs. Je m'y suis tenue, comme je savais que mon Jack aurait voulu que je le fasse. Vous savez, beaucoup de gens sentent le besoin de déménager quand ils perdent leur conjoint... »

« À quelle heure y étiez-vous ? »

« D'habitude, je sors avant vingt heures. J'aime digérer mon dîner avant de faire de l'exercice. J'ai l'impression que ça... »

« Qu'avez-vous vu précisément ce soir-là ? »

« C'était une nuit magnifique. Pleine lune, une légère brise, parfait. Il y avait quelques autres personnes qui se promenaient et un homme qui pêchait. Je crois qu'ils appellent ça la pêche en surfcasting, mais je ne pense pas qu'il ait attrapé quoi que ce soit. »

« L'homme qui pêchait, avait-il un seau ou autre chose avec lui ? »

Nielsen a regardé le plafond un instant. « Hum, je ne crois pas. Il avait une canne à pêche, ça je m'en souviens, mais rien d'autre, il me semble. C'est bon ? »

Derrick a dit : « C'est très bien, madame. À quoi ressemblait-il ? »

« Oh, il était, comme ils disent dans les séries policières, de sexe masculin, caucasien, de corpulence moyenne… »

J'ai dit : « Vous avez mentionné avoir vu quelqu'un plus près du sentier qui mène à l'entrée. »

« Oh oui, c'était une femme. Elle avait les cheveux blonds. »

« Une femme ? Vous en êtes sûre ? »

« Je pense. Ça me semblait être une femme. »

« Je sais que ça remonte à loin, mais votre déposition ne faisait aucune mention d'une femme ou de quelqu'un aux cheveux blonds, d'ailleurs. »

« J'ai vu ce que j'ai vu. Ce n'est pas ma faute si l'inspecteur ne l'a pas noté, n'est-ce pas ? »

Derrick a poursuivi : « Tant que vous n'avez pas dissimulé d'informations. Si c'est le cas, cela pourrait être considéré comme de l'obstruction. »

J'avais dit trois fois à ce gamin de se la fermer. « Vous n'avez pas à vous inquiéter, madame Nielsen. Que faisait cette femme ? »

« Elle semblait se cacher, si vous voyez ce que je veux dire. »

Non, je ne vois pas ce que vous voulez dire. « Pouvez-vous expliquer ce que cette femme semblait faire ? »

« Elle était près des mangroves. Je l'ai vue la première fois que je suis passée. Ma vision périphérique est très bonne. Le Dr Morton dit que c'est l'une des meilleures qu'il ait vues… »

« Qu'est-ce qui vous a fait croire qu'elle se cachait ? »

« Quand j'ai regardé dans sa direction, elle s'est défilée pour disparaître de ma vue. Elle a fait ça les deux fois où je suis passée. »

« Donc, vous avez vu une femme de corpulence moyenne… »

« Elle était plus corpulente que la moyenne pour une femme. »

« D'accord. Une femme de forte corpulence, aux cheveux blonds. Étaient-ils longs ou courts ? »

« Longs mais pas très longs. Quand j'étais petite, mes cheveux m'arrivaient jusque-là, maintenant regardez-moi. »

« Quel âge donneriez-vous à cette femme, à peu près ? »

« Je ne sais pas vraiment. Mais si je devais donner un âge, je dirais vingt-cinq ou trente ans. »

———

AVANT QUE LES portes de l'ascenseur ne se ferment, Derrick a demandé : « Qu'est-ce que tu en penses ? Ça pourrait être la fille ? »

« Ce que j'en pense, c'est que tu n'écoutes pas. Je t'ai demandé d'observer aujourd'hui, pas de parler. »

« Mais c'est ce que j'ai fait. J'ai à peine dit un mot. »

« C'était quoi, ces idioties à propos de l'apparence du pêcheur ? »

« Ce n'est pas important ? »

« Tu as lu le dossier hier soir ? »

« Ouais, pourquoi ? »

« On a plusieurs témoins qui ont identifié Clem Walker comme étant le pêcheur. Tu as perdu ton temps. »

« Mais il y avait peut-être un autre type qui pêchait. »

« Vraiment ? Comment se fait-il que personne ne l'ait vu ? »

« Mais il n'y a aucune mention de la présence d'une femme, comme l'a dit Mme Nielsen. »

Le gamin marquait un point. « On n'est pas sûrs que c'était une femme. Mais si c'était le cas, ça nous ouvre une nouvelle piste à explorer. »

« Je sais que c'est une question stupide, mais pourquoi ? »

« Si tu avais examiné les photos de Debbie Boyle, tu aurais remarqué qu'elle avait reçu de nombreux coups de couteau au visage. »

« La colère ? »

« Presque. Ça pourrait être une fille qui était jalouse de Boyle. C'était une jolie fille. Peut-être qu'elle sortait avec le petit ami d'une autre et que cette dernière a voulu se venger, non seulement en la tuant, mais aussi en détruisant son apparence. »

« Qu'est-ce qu'on fait ? »

« Pour l'instant, on va aller voir quelqu'un qu'il faut interroger. »

10

Il était temps de faire ce que j'avais sans cesse repoussé : aller voir la mère de Debbie Boyle. J'avais les boules que Vargas ait refusé de m'accompagner. Elle m'avait sorti son baratin habituel comme quoi je devrais bien le faire sans elle un jour ou l'autre. Pourquoi pas plus tard ? Vargas était douée pour la compassion, alors que moi, je devais me forcer pour exprimer des condoléances. Je ne voulais pas que les émotions viennent fausser mon instinct.

Pas question que Derrick m'accompagne. Il était trop jeune et trop bleu pour comprendre à quel point la perte d'un enfant était dévastatrice pour une mère. Vingt-cinq ans plus tard, le fils disait que sa mère avait toujours du mal à s'en remettre.

Cathy Boyle n'avait pas déménagé de la maison de Carlton Lakes où elle avait élevé ses enfants. La maison de plain-pied beige avait une porte noire et un garage pour deux voitures qui partait en biais sur la droite. Un parterre circulaire de rosiers était gardé par deux anges de pierre.

Je ne sais pas pourquoi j'ai été surpris, mais la mère de la victime et sa fille auraient pu passer pour des jumelles. Les cheveux blonds de Cathy Boyle, qui lui arrivaient aux épaules, semblaient même coupés de la même manière que ceux de sa fille. Elles avaient le même nez. La différence principale était que Debbie avait une carrure athlétique, tandis que sa mère était mince et frêle.

« Madame Boyle, c'est un plaisir de vous rencontrer. »

Elle souffrait peut-être, mais son regard d'acier m'a jaugé. « Ça fait longtemps que j'attends un moment comme celui-ci. Entrez, je vous en prie. »

La maison était lumineuse et bien tenue, mais d'un silence assourdissant. Il y avait un soupçon de cire au citron dans l'air. Nous nous sommes assis dans le salon sur des canapés qui se faisaient face. Sur la table basse entre nous, il y avait trois petites photos de famille et une grande photo de sa fille en robe de soirée.

« Comme je vous l'ai dit au téléphone, l'enquête sur votre fille a été rouverte. Je sais que vous avez des questions, mais sachez qu'il se peut que je ne puisse pas aborder certains aspects. »

« Avez-vous enfin quelqu'un que vous pensez être le responsable ? »

« Nous avons de nouvelles informations sur un individu et nous suivons cette piste. »

« Qui est-ce ? »

« Je ne peux pas en discuter, madame. »

« Pourquoi pas ? Quelqu'un a tué ma fille. »

« Je comprends, madame Boyle, mais ce ne sont que des informations préliminaires, et il ne serait pas juste de divulguer quoi que ce soit tant que nous n'en serons pas certains. »

« Vous n'êtes pas certain, mais vous avez rouvert l'enquête ? »

« C'est exact, madame. Les nouvelles informations m'ont poussé à réexaminer le dossier de l'affaire, et je porte un regard neuf sur l'ensemble des éléments. »

Elle a cligné des yeux. « Au-delà des nouvelles informations ? »

« Oui. Je veux être sûr que tout soit réexaminé de près. On ne sait jamais ce qu'on peut trouver avec un regard neuf. »

« J'en étais sûre, l'affaire a été mal gérée. »

« Tout ce que je peux dire pour l'instant, c'est que je réexamine l'intégralité de l'enquête. Si quelque chose change, et quand ça changera, je vous promets que vous serez la première à le savoir. »

Elle m'a regardé d'un air soupçonneux. « Je l'espère, inspecteur. Vous n'avez aucune idée de la difficulté que cela a été pour moi et mon fils. »

Elle avait raison, et le tact de Vargas me manquait cruellement. J'avais envie de m'enfuir de la pièce. « Vous avez raison, madame. Je ne peux imaginer le calvaire que vous avez dû endurer. Je veux traduire en justice la personne qui a fait ça, et je vous promets que je vais faire de mon mieux pour élucider la mort de votre fille. »

« Ma famille mérite mieux. Mes enfants ont perdu leur père. Après son décès, nous avons recollé les morceaux et nous nous en sommes remis. Quand Debbie nous a été enlevée, j'ai perdu l'envie de vivre. J'ai continué à faire semblant pour Brian, mais il méritait une meilleure mère que celle que j'ai pu être. »

« Vous avez fait de votre mieux, madame. Et je vais faire de même pour vous. »

« Je suis désolée d'être si négative, mais ça fait vingt-cinq ans que mon bébé m'a été arraché des bras. Je vous suis reconnaissante, vraiment, de vous pencher sur cette affaire. »

« J'aimerais vous poser quelques questions, des informations générales qui m'aideraient à me faire une idée d'elle. »

« Bien sûr. Debbie était spéciale, si pleine de vie et ouverte à la vie elle-même. Elle adorait essayer de nouvelles choses, vivre de nouvelles expériences. Debbie adorait les enfants et n'aurait pas fait de mal à une mouche. » Elle s'est levée. « Venez, je vais vous montrer sa chambre. Ça vous donnera une idée de qui elle était. »

J'étais surpris et confus. La gamine était morte depuis vingt-cinq ans, et sa mère lui gardait encore une chambre ?

En descendant le couloir, elle m'a indiqué la chambre de son fils. « Voici la chambre de Debbie. »

La lumière inondait la pièce depuis une fenêtre en demi-lune recouverte de voilages. C'était un musée du début des années quatre-vingt-dix. Il y avait des posters des New Kids on the Block, de Mariah Carey et des Guns N' Roses. Cette gamine aimait un large éventail de genres musicaux.

En balayant la pièce du regard depuis le seuil, il semblait que rien n'avait été rangé. Sur la commode, il y avait un bibelot sur lequel pendaient un tas de colliers, ainsi que des cadres photo, des bracelets et des brosses à cheveux soigneusement alignés. Un radiocassette trônait sur une table de nuit, entouré de piles de cassettes.

Madame Boyle a dit : « C'est là que je l'allaitais et que je lui lisais des histoires tous les soirs. » Elle a désigné un rocking-chair blanc avec un coussin à carreaux roses.

J'ai reculé dans le couloir. « Merci de me l'avoir montrée. Discutons rapidement avant que je doive partir. »

Quand nous nous sommes rassis, elle semblait pleine d'énergie.

« Bien, que voudriez-vous savoir ? »

« Les questions que je vais vous poser ont pour seul but de m'aider. S'il vous plaît, ne vous offusquez pas. »

« On m'a traînée dans la boue, traitée de mère indigne pour avoir laissé ma fille et mon fils aller au parc. Les gens m'ont blâmée. J'ai suivi une thérapie pendant deux ans. Je sais que ce n'était pas de ma faute. Je ne pense pas que vous puissiez me contrarier. »

Elle était aussi résolue qu'elle pouvait l'être, alors autant y aller franco. « Debbie a perdu son père très jeune. La plupart des filles dans ce cas sont attirées par les hommes plus âgés. Était-ce le cas de Debbie ? »

« Il est possible que la perte de son père soit la raison pour laquelle elle semblait aimer les garçons plus âgés, mais Debbie était mûre pour son âge. Elle était responsable et intelligente au-delà de son âge. »

« Son petit ami, John Wheeler, avait vingt-deux ans à l'époque. Je n'ai jamais eu d'enfants et je ne porte aucun jugement, mais cela semble être une grande différence d'âge. »

« Où voulez-vous en venir ? Je vous ai dit qu'elle était mûre. »

« Que pensiez-vous de John Wheeler ? »

Elle a plissé les yeux. « C'était un jeune homme charmant et il traitait Debbie comme la princesse qu'elle était. Brian l'adorait. Il ne m'a jamais donné de raison de douter de lui, mais son histoire ne m'a jamais vraiment convaincue. Il a laissé mon fils seul pour chercher Debbie ? Pourquoi ? Il se prend un coup sur la tête et ne se souvient de rien ? Je ne sais pas ce qui s'est passé, mais vous comprenez où je veux en venir. »

« Avait-elle des ennemis ? »

« Des ennemis ? Non. Elle s'entendait bien avec tout le monde. C'était une fille spéciale, croyez-moi, inspecteur. »

« Ennemis est peut-être un mot trop fort. Y avait-il quelqu'un avec qui elle avait des désaccords ? Peut-être à propos d'un garçon ? »

« Pas que je sache. »

« Et qu'en est-il d'un autre garçon ou d'un homme qui aurait pu être attiré par Debbie, mais pour qui ce n'était pas réciproque ? »

« C'était une jolie fille, pleine de vie. Beaucoup de garçons s'intéressaient à elle. Mais je ne peux pas dire que quelqu'un l'appelait ou la harcelait, du moins pas à ma connaissance. »

« Mais il y avait d'autres garçons qui auraient pu être jaloux de sa relation avec M. Wheeler ? »

« J'en suis sûre, mais pourquoi s'en prendre à ma Debbie ? Pourquoi pas à Wheeler ? »

« Peut-être qu'elle a dit quelque chose qui les a provoqués. Vous savez comment sont les jeunes. Peut-être qu'elle a dit quelque chose qu'elle pensait anodin, mais qu'un garçon l'a mal pris. »

« Vous semblez penser que c'était un autre garçon et non John Wheeler. »

« Ma responsabilité envers vous et envers les habitants de ce comté est d'explorer toutes les possibilités au mieux de mes capacités. »

Elle a esquissé un mince sourire. « Vous n'allez pas abattre vos cartes, n'est-ce pas, inspecteur ? »

Je me suis levé. « Je tenais à vous annoncer en personne la réouverture de l'enquête sur votre fille. Nous vous contacterons au fur et à mesure des développements et, dès que nous aurons quelque chose de concret, vous en serez immédiatement informée. »

———

DERRICK S'EST LEVÉ PRÉCIPITAMMENT quand Vargas est entrée dans notre bureau. Il a ramassé une poignée de dossiers et a dit : « Tu peux t'asseoir ici. Je n'ai pas besoin de bureau. »

« Ça va, Derrick. Je ne reste pas. Je suis juste descendue dire quelque chose à Frank. »

« Quoi de neuf ? »

« Hector Machado. Le dealer pour qui Mackay a dit qu'il travaillait. »

« Tu l'as retrouvé ? »

« Il est dans un foyer de transition géré par une église, à Immokalee. Libéré il y a huit mois après avoir purgé onze ans pour trafic de drogue. Voici son casier, il est long comme le bras. »

Elle m'a tendu un dossier. Le casier judiciaire de Machado n'était qu'une litanie de délits liés à la drogue. Où était passée la politique de la peine plancher pour les dealers ? Sa photo d'identité judiciaire était typique des hommes qui avaient passé des années en prison ; les tatouages de Machado ne parvenaient pas à cacher son teint cireux et son regard vide.

« Y avait-il quelque chose sur le Pewter Mug ? »

« Personne à la brigade des mœurs ne se souvient d'un

lien avec la drogue, mais les gars qui étaient dans la police à l'époque sont partis depuis longtemps. Tu veux que je creuse davantage ? »

J'ai secoué la tête. « Je ne pensais pas. Une réputation est difficile à laver une fois qu'elle a été salie. »

« C'est bien ce que je pense. On se voit plus tard. »

« Allez, Derrick, allons voir Machado. »

———

TROIS DES HOMMES qui traînaient sur le porche se sont éclipsés dans la maison alors que nous nous garions. Les criminels ont un sixième sens pour repérer un flic.

J'ai dit : « Laisse ta veste dans la voiture. »

Nous avons hoché la tête en traversant un nuage de fumée de cigarette pour entrer dans la maison et avons été accueillis par le son d'une télévision. Un homme d'une soixantaine d'années dans un bureau encombré près de la porte servait de gardien. Les tatouages grossiers qui serpentaient autour de son cou confirmaient qu'il était un homme repenti cherchant à racheter ses fautes.

Il s'est levé d'un bond. « Bonjour, messieurs les agents. Je m'appelle Jay Crowley. Je suis le directeur ici. »

« Je suis l'inspecteur Luca, et voici l'inspecteur Dickson. Nous cherchons à parler à Hector Machado. »

Il a froncé les sourcils. « Hector ? Ne me dites pas qu'il a des ennuis. »

« C'est une vieille affaire, un homicide d'il y a vingt-cinq ans. »

« Un homicide ? »

« Rien à voir avec Machado. On s'en est servi pour un alibi. »

« Ouf. Tant mieux. Hector, c'est un de mes projets personnels. Je pense qu'il va s'en sortir. Il est sur le porche. »

Crowley a passé la tête par la porte et a crié : « Hector, on a besoin de toi à l'intérieur ! »

Machado sentait le cendrier et ne ressemblait en rien à sa photo d'identité judiciaire. Je devais reconnaître que le directeur avait raison : la prison avait émoussé Machado ; c'était un homme brisé. Il ne ferait pas le poids face aux dealers impitoyables d'aujourd'hui et finirait à nettoyer des toilettes pour payer le loyer d'un mobil-home.

« Ces inspecteurs veulent te parler. Tu n'as rien à craindre. »

J'ai dit : « Nous ne sommes pas là pour quelque chose qui devrait vous inquiéter. Vous nous dites la vérité, et on s'en va, d'accord ? »

« Qu'est-ce que vous voulez savoir ? »

« Il y a vingt-cinq ans, une jeune fille a été tuée au parc Delnor-Wiggins. »

Les yeux de Machado se sont écarquillés. « Je ne sais rien à ce sujet. »

Derrick a dit : « Ce n'est rien. Un type nommé Lew Mackay, il était au parc et vous a utilisé comme alibi. »

« Moi ? Je n'étais pas là. Est-ce que quelqu'un essaie de me piéger ? »

« Non. Écoutez, nous savons que vous dealiez à l'époque. Ce Mackay a dit qu'il travaillait pour vous. Vous vous souvenez de lui ? »

Derrick lui a tendu une vieille photo du permis de conduire de Mackay.

Machado a plissé les yeux et a étudié la photo. « Je ne peux pas dire avec certitude. Qu'était-il censé faire pour moi ? »

J'ai dit : « Il a affirmé qu'il déposait de l'argent à Delnor pour une transaction. »

« C'est possible, les lieux utilisés changeaient tout le temps, et je n'avais jamais la drogue et l'argent au même endroit. Si on se fait pincer, on ne perd que la moitié. »

« Vous utilisiez des passeurs pour déposer l'argent ? »

Il a hoché la tête.

« N'est-ce pas risqué ? Un type pourrait se barrer avec l'argent. »

« Il n'irait pas bien loin. »

Derrick a dit : « Mackay a dit qu'il vous avait rencontré au Pewter Mug, et que vous lui aviez donné l'argent là-bas. »

« Je ne me souviens pas. Mais j'avais l'habitude d'y aller. Leur côte de bœuf est bonne. »

« Oui, j'aime bien leur côte de bœuf aussi. Je ne suis ici que depuis peu, mais jusqu'à présent, c'est la meilleure de la ville. »

Machado était prudent en admettant son implication dans un trafic de drogue. Nous avions besoin d'une identification de Mackay, et mon partenaire parlait de viande.

J'ai dit : « Écoutez, je sais que vous ne nous faites pas confiance, mais tout ce que nous voulons savoir, c'est si vous avez employé Mackay. Jetez un autre coup d'œil à la photo, d'accord ? »

Il a pris la photo et a secoué la tête. « Je ne crois pas connaître ce type. »

« Vous en êtes sûr ? »

« Oui. »

« Très bien, partons d'ici. »

« Quelle perte de temps. Tiens — j'ai lancé les clés à Derrick —, c'est toi qui conduis. »

« Tu penses qu'il mentait ? »

« C'est fort possible, mais ça remonte à longtemps, et les souvenirs s'estompent. »

« Je ne sais pas de quelle somme on parle, mais si Machado l'avait confiée à Mackay, on pourrait penser qu'il saurait qui il était. Et si Mackay avait travaillé avec lui plusieurs fois, il s'en souviendrait. »

« C'est ce qui me dérange. Mackay ne semble pas être ce genre de type, et il n'a jamais eu de problèmes auparavant. »

« Mais ce n'est pas une garantie. L'argent pousse les gens à faire les choses les plus stupides. »

Le gamin avait raison sur ce point. « Il a bien dit qu'il allait au Pewter Mug. »

« Il se pourrait que Mackay ait su qui était Machado et qu'il savait qu'il y allait. »

« Un autre amateur de la côte de bœuf ? »

« C'est affreux. J'y suis allé une fois et j'ai détesté. Je disais juste ça pour essayer de le faire parler. »

Ce gamin était prometteur. « Tu m'as bien eue. Je n'ai jamais goûté leur côte de bœuf, mais l'endroit avait l'air vieillot. »

« Il y a un plan d'eau derrière. Peut-être que quelqu'un va le démolir pour construire quelque chose de sympa à la place. »

« Il va falloir qu'on trouve un moyen de vérifier l'alibi de Mackay, ou alors il deviendra notre suspect numéro un. »

« J'ai une idée. Ça peut paraître un peu fou, mais pourquoi ne pas demander à Mackay s'il portait un déguisement quand il faisait les livraisons ? »

Ce n'était pas fou ; c'était presque génial, et c'est quelque chose que j'aurais dû réaliser. Si Mackay était resté dans le droit chemin jusqu'à ce qu'il fréquente Machado pour se faire un peu d'argent, il aurait sans doute voulu rester discret. On dirait que le complément pour la mémoire Brainol que je prenais ne servait à rien.

« Pas fou, non, mais c'est une piste fragile. Quand on lui parlera, on verra s'il peut nous donner un ou deux autres noms. »

11

Brian Boyle, trente-deux ans, gérait une agence d'assurances située dans le centre commercial Vanderbilt Collections. Ce dernier, dont la construction s'était achevée au moment même où le marché s'effondrait, commençait enfin à trouver son rythme et affichait presque complet.

Vêtu d'une chemise blanche à manches longues et d'une cravate bleue, Brian avait une attitude très professionnelle. Il dégageait une aura de sérieux, probablement la conséquence du meurtre brutal de sa sœur.

Brian avait les cheveux blond cendré et des yeux verts méfiants. Il a demandé : « Ça vous dérange si on parle dehors ? »

« Pas du tout. Je suis content de sortir de la clim. C'est moi, ou il fait froid ici ? »

Il a ri. « C'est drôle que vous disiez ça. Tout le monde ici se moque de moi quand je me plains qu'il fait trop froid. »

J'ai franchi la porte en disant : « On a un point commun. »

J'ai mis mes Maui Jims et Boyle a chaussé des Ray-Bans, en disant : « Le soleil fait du bien. »

« Ça ne fait que quelques années que je suis ici, et j'adore les mois de novembre. »

Boyle a hoché la tête. « Alors, l'affaire a été rouverte. Pourquoi ? »

« On a reçu un appel avec de nouvelles informations. »

« Sur l'identité du tueur ? »

« Je ne peux pas l'affirmer, mais vous avez le droit de savoir qu'en réexaminant le dossier, je... disons simplement que ça méritait une révision complète. D'accord ? »

Il s'est arrêté net et s'est tourné vers moi. « Alors des erreurs ont été commises. »

« Nous avons beaucoup appris au cours des vingt-cinq ans qui se sont écoulés. Nous avons des méthodes diffé-rentes et de nouveaux outils scientifiques. »

« Je ne savais pas ce qui se passait à l'époque. Je faisais confiance à la police. Je n'étais qu'un gamin. Mais en vieillis-sant, j'ai beaucoup réfléchi à ce qui s'était passé. Il y avait tellement de questions sans réponse. Vers vingt ans, j'ai découvert que Foster était inexpérimenté. Ça m'a retourné l'estomac. J'étais convaincu que l'affaire avait été classée trop vite. Au début, je pensais que quelqu'un de puissant l'avait fait, peut-être le fils d'un flic ou un politicien. Ou peut-être un gosse de riche psychopathe. Je ne savais plus quoi penser. Ça me consumait. »

« Ça a dû être difficile. Je sais que c'est une maigre consolation, mais obtenir justice aide à tourner la page. »

Boyle s'est remis à marcher. « J'ai compris que je devais trouver un moyen d'aller de l'avant, sinon j'allais devenir comme ma mère. Elle a cessé de vivre quand Debbie est morte. »

J'ai vu un banc qui offrait de l'ombre. « Asseyons-nous une minute. »

« Qu'est-ce que vous attendez de moi ? »

« Je ne veux pas remuer la merde que vous avez enterrée, Brian. Mais je vous promets que je suivrai toutes les pistes que je trouverai, peu importe où elles nous mèneront. »

« J'en étais sûr. Il y a eu une dissimulation. »

« Non, non. Il n'y a absolument aucune preuve de quoi que ce soit de ce genre. Je dis juste que rien ne m'arrêtera. D'accord ? »

Il a hoché la tête.

« Il y a quelques points qui ne sont pas clairs pour moi. Clem Walker, le type qui pêchait sur la plage, comment l'avez-vous rencontré ? »

« Quand John Wheeler est parti chercher Debbie, je suis resté derrière, comme il l'avait dit, et j'ai attendu qu'ils reviennent, lui et ma sœur. Au bout d'un moment, j'ai commencé à être nerveux tout seul et je crois que j'ai paniqué. J'ai pensé qu'ils étaient peut-être partis se promener, vous savez, le truc romantique. Quand j'ai commencé à chercher de mon côté, c'est là que j'ai vu Clem Walker. »

« Il était près de vous ? »

« Oui. »

« Vous pensez qu'il pêchait vraiment ou qu'il manigançait quelque chose ? »

« Qu'est-ce que vous voulez dire ? Vous pensez qu'il était impliqué ? »

« Comme je l'ai dit, j'examine tout et tout le monde. »

« Je ne sais pas. Je n'ai jamais vraiment pensé à lui. »

« Est-ce que Walker avait un seau qu'il utilisait pour la pêche ? »

« Je ne crois pas. »

« Plutôt inhabituel, vous ne trouvez pas ? »

« Je n'y avais jamais pensé. »

« Quand le petit ami de votre sœur est revenu et vous a rejoints, vous et Walker, quelle a été votre impression ? Avait-il l'air de quelqu'un qui venait de se faire attaquer ? »

Il a haussé les épaules. « Pour être honnête, je m'inquiétais juste pour ma sœur, où elle était et si elle allait bien. »

« Est-ce que Wheeler était agité, blessé ? »

« Il parlait vite. Je n'arrivais pas à comprendre ce qu'il disait, et puis on a commencé à chercher Debbie. »

« Quand vous avez commencé à chercher votre sœur, avez-vous eu l'impression qu'on vous orientait dans vos recherches ? Comme si certaines zones étaient interdites ? »

Il a haussé les épaules. « Je me souviens juste de m'être senti impuissant. Je voulais ma mère et je n'arrêtais pas de dire qu'il fallait appeler la police. »

« Vous avez demandé à ce qu'on prévienne la police ? »

« Oui, je pleurais. On avait besoin d'aide pour retrouver ma sœur. »

« Intéressant. »

« Qu'est-ce que ça veut dire ? »

« Wheeler et Walker affirment tous les deux avoir insisté pour qu'on appelle la police. »

« Je pleurais pour qu'on nous aide. Peut-être qu'ils ne m'écoutaient pas parce que je n'étais qu'un petit garçon. »

« Quand vous êtes partis chercher de l'aide, qu'avez-vous fait ? »

« Ils ont finalement accepté d'aller chercher de l'aide, et on est allés à la voiture de John Wheeler. »

« Vous êtes retournés à la couverture pour prendre vos affaires ? »

« Non, on est juste sortis du parc en courant. »

« Vous ne vous souvenez pas que Wheeler soit retourné chercher ses chaussures ? »

Il a secoué la tête. « La situation était tendue. C'était surréaliste. Je ne peux pas être absolument certain, mais je ne me souviens pas qu'on soit revenus sur nos pas. Tout ce dont je me souviens, c'est d'avoir couru jusqu'à la voiture. »

12

DERRICK A DEMANDÉ : « ON VA VOIR QUI, FRANK ? »

« Igor Papadakis. »

« C'est le type qui a dit qu'il se promenait aussi sur la plage cette nuit-là. »

« Ouais. Mais il n'habitait nulle part près de Wiggins à l'époque. »

« Il habite où, maintenant ? »

« À Estero. »

Igor Papadakis vivait dans une rue sans trottoir près de Corkscrew Road. La maison en parpaings vert anis ne devait pas valoir plus de deux cent mille dollars. Un chien marron, attaché à un piquet à côté d'un garage indépendant, a aboyé quand nous nous sommes garés dans l'allée.

Vêtu d'une chemise grise et d'un pantalon chino, Papadakis, cinquante-sept ans, semblait prêt à sortir. Notre arrivée l'a pris au dépourvu et il a bafouillé. Ses dents criaient l'Amérique, mais son accent était plus russe que grec. Papadakis était là depuis trente ans et il avait toujours un fort accent ?

Le peu de cheveux qui lui restait était teint en noir de jais, comme sa fine moustache. La maison était assez sombre pour y développer des photos. J'ai pu sentir sa peur alors que nous entrions dans une cuisine dont les stores étaient hermétiquement fermés. Posé sur le comptoir se trouvait un exemplaire du *Naples Daily News* de la veille avec en première page l'article annonçant la réouverture de l'affaire Boyle.

« Je peux vous offrir quelque chose à boire ? »

Nous avons tous les deux décliné et j'ai dit : « L'affaire Deborah Boyle a été réouverte. »

Il a tenté de feindre la perplexité. « Oh, oui, la fille de Wiggins Pass. »

« Que faisiez-vous au parc cette nuit-là ? »

« Je suis allé me promener. Il faut bien garder la forme. » Il s'est tapoté le ventre.

« Pourquoi Wiggins ? »

« C'est une belle plage. »

Pas mieux que Vanderbilt, à mon avis. « Mais vous habitiez à Golden Gate. Vous avez dû passer devant des kilomètres de plages pour arriver à Wiggins. »

« Il y a beaucoup de places de parking à Wiggins. »

« La nuit, le stationnement est gratuit près des plages du centre-ville. Et elles sont proches de là où vous habitiez. »

« Je n'aime pas les plages, là-bas. Elles sont trop étroites. »

« Pourquoi pas Lowdermilk, alors, ou Clam Pass ? »

Il a haussé les épaules.

Derrick a dit : « Les plages en Grèce n'ont pas de sable. Elles sont rocheuses, n'est-ce pas ? »

« La plupart le sont, mais on peut trouver des plages de sable si on sait où aller. »

Ce gamin ferait mieux d'apprendre à la fermer et, s'il l'ouvre, à poser des questions pertinentes, pas des conneries de touriste.

« Où êtes-vous né ? »

« À Saint-Pétersbourg, en Russie, mais c'était une période difficile avec l'effondrement de l'Union soviétique, alors mon père a installé la famille en Grèce. C'est un pays magnifique. Vous devriez y aller. Ça me manque vraiment. »

« Alors pourquoi êtes-vous venu en Amérique ? »

« Il y a eu quelques difficultés. La Grèce est merveilleuse, mais la situation juridique, euh, politique n'est pas bonne. »

« Qu'entendez-vous par là ? »

« Rien de spécial. Juste que, aussi agréable que ce soit, ça peut être frustrant, là-bas. »

J'ai dit : « Je ne comprends toujours pas pourquoi quelqu'un irait en voiture jusqu'à Wiggins, en passant devant un tas de plages magnifiques pour aller à Wiggins. »

« Certains aiment le bleu, d'autres le rouge. »

« Quand vous avez quitté la Grèce, vous êtes venu directement aux États-Unis ? »

« Oui. D'Athènes à Miami. Je suis resté à Miami pendant une courte période. Ça ne m'a pas plu. »

« Vous êtes venu seul ? »

« Oui, ma famille est restée en Grèce. »

« Y êtes-vous déjà retourné ? »

« Non, peut-être un jour. »

Je n'en pouvais plus. « Votre déposition disait que vous n'avez jamais vu Debbie Boyle, son frère ou son petit ami la nuit où elle a été assassinée. »

« C'est exact. Je marchais, et je crois qu'ils étaient censés être au nord de l'endroit où je me promenais. »

« Mais votre déposition dit que lorsque vous êtes arrivé

à Wiggins, vous vous êtes garé sur le parking numéro trois, c'est bien ça ? »

« Oui, je crois que c'était ça. Ça fait si longtemps, je ne me souviens pas de grand-chose. »

« Laissez-moi vous rafraîchir la mémoire, alors. » J'ai ouvert mon Moleskine et j'ai esquissé une carte rapide. « Vous vous êtes garé ici, et c'est là que le groupe de Boyle se trouvait cette nuit-là. Vous avez dû passer juste devant eux. Vous êtes sûr de ne pas les avoir vus ou entendus ? »

« Je marchais au bord de l'eau, et quand je marche, je regarde par terre, comme beaucoup de gens. Je ne les ai pas vus, et peut-être que je n'ai rien entendu parce qu'il y avait du vent, et il y avait des vagues, pas des grosses, mais quand même, elles font du bruit. »

« Pourquoi ne vous êtes-vous pas manifesté immédiate-ment quand vous avez appris que Debbie Boyle avait été assassinée ? »

« Je n'étais au courant de rien. »

« Mais vous deviez savoir que quelqu'un vous identifie-rait comme ayant été là, et c'est pour ça que vous vous êtes manifesté trois jours plus tard. »

« Non, non. Je ne pensais pas savoir quoi que ce soit à ce sujet, mais j'ai vu à la télé qu'ils demandaient à tous ceux qui étaient là de se manifester, et c'est ce que j'ai fait. »

Ce type était louche, mais nous n'avions rien contre lui. J'ai décidé d'en rester là, et si quelque chose apparaissait, de revenir le voir.

Aussi difficile que ce fût, j'ai tenu ma langue en quittant la maison de Papadakis.

« Ça va, Frank ? »

« Ouais, mais au cas où tu ne le saurais pas, c'était un interrogatoire pour homicide, pas un podcast de voyage. »

« Désolé, j'essayais juste de suivre une intuition. Oublie ça. Ça ne se reproduira plus. »

« Gare-toi. »

« Quoi ? »

« Gare-toi, sur le parking du CVS. »

Derrick a manœuvré jusqu'à une place et j'ai dit : « Tu avais une intuition ? »

« C'était juste un petit quelque chose, c'est tout. Pas de quoi en faire un plat. »

« C'est là que tu te trompes. Si tu as une intuition, un pressentiment, une prémonition ou un signe de Dieu, tu la suis jusqu'au bout. Tu m'entends ? » J'ai pointé mon doigt vers son visage. « Ne laisse personne te convaincre du contraire. C'est compris ? »

« Ouais, bien sûr, mais vas-y mollo. »

« Je ne veux pas que tu portes ce que je traîne depuis que je suis devenu inspecteur à la Criminelle. Un pauvre gamin s'est pendu parce que je n'ai pas eu les couilles de défendre ce en quoi je croyais. »

« Oh mon Dieu. Qu'est-ce qui s'est passé ? »

« J'étais un bleu et, tout comme toi, on m'a mis en binôme avec un inspecteur chevronné. Mais le type était sur le départ, sa retraite n'était plus qu'à quelques mois. Une fille avait été étranglée, et ce jeune, Barrow, était un suspect parce qu'elle l'avait largué. On l'a embarqué et, même s'il s'est bien enfoncé pendant l'interrogatoire, on n'avait rien de solide contre lui. La fille qui avait été assassinée était de la famille d'un politicien, et on subissait une grosse pression pour arrêter quelqu'un. Mon coéquipier voulait arrêter Barrow, mais je savais qu'on n'avait pas assez d'éléments. Pour faire court, ils ont commencé à me mettre la pression, en disant que ça la ficherait mal pour le service, avec toutes ces conneries sur l'esprit d'équipe. Je suis allé contre mon instinct et j'ai accepté. J'ai dit que je marcherais dans la combine pour ne pas faire de vagues et pour m'intégrer. Je ne voulais pas mettre mon coéquipier en colère. La pire des conneries. On a arrêté Barrow, et il s'est pendu dès sa première nuit en cellule. »

« Oh mon Dieu. »

« C'était terrible. Le père et les journaux nous sont tombés dessus. Je pensais que ça ne pouvait pas être pire, et pourtant si. »

« Que s'est-il passé ? »

« Un criminel a avoué que c'était lui qui avait tué la fille. Le jeune Barrow était innocent, et j'ai participé à sa mort. »

« Je ne pense pas que tu sois juste envers toi-même. »

« Ce qui est fait est fait. J'ai appris à vivre avec, mais je te le dis, quand tu as une intuition, suis-la. Ne laisse personne te convaincre du contraire. C'est compris ? »

« D'accord. Je m'en souviendrai. »

« Bien. Alors, c'était quoi, ton intuition ? »

« Je suis peut-être complètement à côté de la plaque, mais ce Papadakis, il se tire de Russie et atterrit en Grèce. Il a dit qu'il adorait la Grèce et que sa famille y était encore. Mais il n'y est jamais retourné ? Ça te paraît logique, à toi ? »

« Parfois, la vie vous embarque dans un engrenage. »

« Peut-être, mais d'abord, il a fait une gaffe sur le système judiciaire, puis il nous a sorti ces conneries sur la situation politique. »

« Ce n'est pas facile de vivre dans un autre pays. Les choses ne fonctionnent pas comme aux États-Unis. »

« Il venait de Russie, où tout s'effondrait. »

Ce n'était pas faux. « C'est juste, mais je ne vois pas où tu veux en venir. »

« Tu sais ce que je pense ? Je pense que ce Papadakis a eu des ennuis en Grèce et qu'il a dû ficher le camp. Peut-être qu'il y a une autre fille morte quelque part à cause de lui. »

Un tueur en série multicontinental ? Une spéculation sans fondement, mais je ne pouvais pas l'écarter complètement, pas après l'affaire du tueur en série de l'année dernière, qui avait failli me coûter ma carrière. « Intéressant, mais il n'a rien fait au cours des vingt-cinq dernières années. »

« Pour autant qu'on le sache. »

« Peut-être. Quel serait ton plan d'action ? »

« Fouiller un peu, demander à Interpol, aux Grecs, et voir ce qui ressort sur Papadakis. »

« D'accord, mais je n'ai pas beaucoup de temps à y consacrer pour le moment. »

13

J'AI RELU LE RAPPORT D'AUTOPSIE. DEBBIE BOYLE AVAIT ÉTÉ poignardée quatre fois au visage, une fois à la poitrine et six fois à l'abdomen. Il ne semblait faire aucun doute que le tueur était en colère. Elle présentait plusieurs entailles superficielles qui, selon moi, provenaient de la lutte qu'elle avait menée pour repousser son agresseur.

Boyle était athlétique ; elle se serait débattue, même si son tueur l'avait surprise. Aucune des blessures n'était mortelle en soi. Donc, même si elle connaissait son agresseur, elle aurait tenté de le repousser.

« Derrick, venez ici. »

« Oui, monsieur. »

J'ai désigné le rapport d'autopsie. « La victime a subi plusieurs blessures profondes, mais elle avait aussi des plaies superficielles sur les bras et l'épaule droite. Qu'est-ce que ça vous dit ? »

« Qu'elle essayait de s'échapper. »

« C'est bien. J'aimerais que vous vérifiiez auprès de tous les hôpitaux de la région, y compris ceux du comté de Lee, si quelqu'un s'est présenté aux urgences cette nuit-là ou le lendemain matin avec des blessures au couteau. »

« Mince, c'est une super idée. »

Je commençais à l'apprécier, ce gamin.

Je suis retourné au rapport d'autopsie. Les blessures au visage me dérangeaient ; quelqu'un lui en voulait vraiment, ou était dérangé. En supposant que c'était la colère, ça pouvait être une autre femme cherchant à ruiner sa beauté. Il y avait cette femme blonde que Mme Nielsen avait mentionnée, ou ça pouvait être un amant qu'elle avait plaqué.

Nous avions besoin de plus d'informations sur sa vie amoureuse. Il était temps de rendre visite à d'autres de ses amis et à sa famille. J'aurais adoré éviter de revoir la mère. Sa douleur était toujours déchirante, même après toutes ces années. Quel genre de fille était Debbie ? J'avais besoin de la vérité, pas de l'impression de sa maman. Y avait-il eu de la drogue ou de l'alcool ?

J'ai sorti les analyses de sang. Le rapport toxicologique n'a révélé aucune trace de drogue illicite ou de poison.

———

JOANNE WILBUR ÉTAIT l'une des trois amies proches de Debbie. Elles allaient toutes au lycée Barron Collier et faisaient partie de l'équipe de cheerleaders. Wilbur était agente immobilière, ce qui m'a fait me demander combien de temps il lui faudrait pour m'informer qu'elle était prête à m'aider pour mes besoins immobiliers.

Nous nous sommes installés sous un parasol à un Starbucks près de son bureau de Pine Ridge. Elle portait des lunettes de soleil surdimensionnées et trop de rouge à lèvres. Son langage corporel était agressif, mais elle parlait doucement.

« Vous me prenez au dépourvu avec cette nouvelle sur Debbie. Mon Dieu, c'était il y a si longtemps. Je suis gênée de dire que je n'avais pas pensé à elle depuis un bon moment. »

« La vie suit son cours. »

« C'est si vrai. J'ai été tellement bouleversée pour elle, et pendant si longtemps. » Elle a secoué la tête. « Ce qui est arrivé était choquant, et que quelqu'un s'en tire comme ça ? Ça nous a tous anéantis, surtout sa pauvre mère. »

« Depuis combien de temps la connaissiez-vous ? »

Elle a ri. « Nous étions amies depuis qu'on savait marcher, peut-être même avant. Nos mères nous ont emmenées au premier centre Gymboree ici, et c'est là qu'on s'est rencontrées. »

« Les amis entrent et sortent de nos vies parfois. C'était le cas pour vous et Debbie ? »

« Non, pas vraiment. Nous allions dans les mêmes écoles, et parfois, si nous avions des emplois du temps différents, on se faisait d'autres amis, mais on est toujours restées proches. »

« Que pensiez-vous de John Wheeler ? »

« John ? Vous pensez que c'était vraiment lui ? »

Les gens aiment parler, alors j'ai dit : « Je ne peux pas discuter de l'affaire, mais je peux dire que rien ne ferait de M. Wheeler un suspect plus sérieux que beaucoup d'autres. »

Elle m'a regardé par-dessus ses lunettes de soleil. « Je ne sais pas ce que ça veut dire, mais je vais en rester là. »

« Merci. Maintenant, à propos de M. Wheeler ? »

« Il était gentil. Je veux dire, c'était assez excitant d'avoir un gars avec une voiture à l'époque. Elle a commencé à sortir avec lui avant d'avoir son permis. On a passé de bons moments ensemble. »

« Il était bien plus âgé que Debbie. Est-ce qu'elle aimait les hommes plus âgés ? »

« Oui, mais c'était le cas de nous toutes. Vous savez, les garçons de nos classes étaient un peu geeks ou à fond dans le sport, et les plus âgés travaillaient ou étaient à la fac. »

« Est-ce que Debbie avait d'autres petits amis ? »

« Bien sûr. Elle était douée pour obtenir ce qu'elle voulait. J'imagine qu'on pourrait dire qu'elle était du genre à flirter. »

« Si un homme l'intéressait, elle le lui faisait savoir ? »

« Peut-être pas de manière si, euh, directe, mais oui, il recevait le message. »

« Était-elle sexuellement active ? »

Les joues de Wilbur ont rougi. « Je suppose que oui. »

« Vous le supposez, ou vous le savez ? »

« Elle me racontait des choses. Je veux dire, ce n'était pas une fille facile ou quoi que ce soit du genre. Mais je sais qu'il y en a eu au moins deux. »

« Avait-elle des ennemis ? Quelqu'un qui lui aurait voulu du mal ? »

Elle a secoué la tête. « Pas au point de faire une chose pareille. »

« Sa mère a dit que tout le monde aimait Debbie. Est-ce que c'est vrai ? »

« Bien sûr qu'elle dirait ça. Quelle mère ne le ferait pas ? »

Je pouvais penser à une longue liste de mères qui savaient que leurs enfants étaient des terreurs. « Êtes-vous en train de dire que certaines personnes ne l'aimaient pas ? »

« C'était une fille assez populaire, et vous savez comment les jeunes peuvent être. Parfois, elle pouvait être un peu méchante, mais qui ne l'est pas ? »

« Est-ce qu'elle vous a déjà dit si quelqu'un avait été violent avec elle ? »

« Vous voulez dire, la frapper, par exemple ? »

J'ai hoché la tête.

« Elle me l'aurait dit. Mais elle n'aurait jamais supporté ça ; elle se serait défendue. Elle faisait du ju-jitsu et de la gymnastique. Debbie était forte pour une fille. Mais elle n'aurait jamais commencé une bagarre. Je veux dire, elle n'aurait même pas écrasé un insecte. On se moquait d'elle. S'il y avait un insecte dans la maison, elle le mettait dehors. »

« Était-ce le genre de personne à se défendre si on l'attaquait ? »

« Ça ne fait aucun doute dans mon esprit. Elle ne semblait jamais avoir peur. Je sais qu'elle faisait semblant bien des fois, mais Debbie ne reculait pas ; ce n'était pas dans son ADN. »

« Y a-t-il eu quelqu'un avec qui elle a flirté sans jamais aller plus loin ? Quelqu'un qui aurait pu s'attendre à ce qu'il se passe quelque chose et que ça ne se soit pas produit ? »

« Je ne sais pas. Je veux dire, on aguichait toutes un peu les garçons. Pas tout le temps, mais c'était un petit jeu, vous savez ? »

Je savais. Sauf que ce n'était pas un jeu que d'aguicher des types qui finissaient par violer une fille qui était allée trop loin.

« Des situations particulières qui auraient pu aller trop loin ? »

Elle a froncé les sourcils. « Il y avait ce garçon, Jason Norwicky. À la fin de notre seconde, Debbie le taquinait. Je pense qu'elle l'aimait vraiment bien, mais peut-être parce qu'il avait notre âge ou quelque chose comme ça, ils ne se sont jamais mis ensemble. Une fois, au déjeuner, elle y allait assez fort, vous savez, en lui chuchotant à l'oreille et en se penchant contre lui. Quand on est sortis dans la cour, il l'a plaquée contre le bâtiment et elle s'est mise à crier. Les profs sont devenus dingues et il a été suspendu pendant une semaine. »

« Que s'est-il passé après ça ? »

« Il y avait de l'animosité. Je savais que Debbie s'en voulait. La plupart des élèves du lycée savaient qu'elle flirtait avec lui, mais elle a tout nié en bloc, prétendant ne pas l'avoir aguiché, et finalement, l'histoire s'est tassée. »

« D'autres incidents similaires ? »

« Je n'aime pas remuer toute cette boue. La pauvre fille est morte. Elle n'était pas parfaite, mais elle ne méritait certainement pas ce qui lui est arrivé. »

Je l'ai pressée pour obtenir d'autres noms, j'en ai eu deux et je suis parti voir une autre amie proche de la victime.

14

C'ÉTAIT L'ANNIVERSAIRE DE MARY ANN, ET IL N'Y AVAIT PAS de meilleur endroit pour le célébrer que le Bleu Provence. Le temps était si beau qu'il était hors de question de s'asseoir à l'intérieur. La terrasse était animée, mais l'éclairage et la végétation lui conservaient une atmosphère romantique.

Ils avaient la meilleure carte des vins de la ville. La liste d'une centaine de pages m'aurait normalement intimidé, mais il y avait les sélections de Jacques — une liste astucieuse des favoris du propriétaire à des prix raisonnables. Saisissant la carte, je l'ai feuilletée, au cas où quelqu'un regarderait, avant de choisir un grenache de la vallée du Rhône sur la liste des suggestions.

Ça faisait un an que nous sortions ensemble, un événement que nous avions célébré en faisant une croisière en catamaran au coucher du soleil, et tout se passait bien. J'avais quitté ma cabane pour m'installer dans la chambre de Mary Ann. C'était ma seule relation sérieuse depuis mon divorce. Nous étions partenaires depuis environ deux ans, et l'idée de sortir avec elle ne m'avait jamais traversé l'esprit jusqu'à ce que j'aie un cancer de la vessie. Je ne sais toujours pas si c'est la façon dont elle m'a aidée à y faire face ou si c'est le cancer qui m'a changé. Quoi qu'il en soit, j'étais plus heureux que je ne l'avais été depuis des années.

Les femmes qui approchent la quarantaine aiment rarement faire toute une histoire de leur anniversaire, alors en trinquant, j'ai dit : « *Centi'anni* », nous souhaitant à tous les deux cent ans de plus, en italien. Je ne savais pas ce qui sentait le meilleur, son parfum aux notes de pêche ou l'arôme de réglisse du vin.

Mary Ann portait une simple robe noire qui épousait ses formes à la perfection, avec les boucles d'oreilles que je lui avais offertes pour notre anniversaire. J'ai rapproché ma chaise et lui ai embrassé l'épaule.

« C'est parfait. Il faut qu'on trouve un moyen d'arrêter le temps. »

« Si seulement on pouvait. Mais ce qu'il y a de mieux, c'est de vivre l'instant présent, Frank. »

« C'est ce que je fais. »

Elle a haussé les sourcils. « Vraiment ? »

« Enfin, j'essaie. Reconnais-moi au moins ça, d'accord ? »

Elle a entrelacé ses doigts avec les miens. « C'est tout ce qu'on peut faire : essayer de notre mieux, et les miracles arrivent. »

Le mot « miracle » m'a distrait. Je me suis mis à penser à un bébé et au fait que nous ne serions probablement jamais parents, ni l'un ni l'autre. Mary Ann n'en avait jamais parlé, même si je savais qu'elle adorait les enfants. Je voulais savoir ce qu'elle en pensait vraiment, mais avoir une telle discussion me faisait peur.

« Frank ? »

« Oh, désolé, je pensais juste que je devais faire mieux, comme tu l'as dit. »

Elle a souri et a pris le menu. « Qu'est-ce que tu penses prendre ? »

« Probablement le loup de mer. »

« Tu prends toujours ça. »

J'ai posé ma main sur sa cuisse. « Quand j'aime quelque chose, je m'y tiens. »

Après que nous ayons commandé, Mary Ann a dit : « On devrait faire un voyage en France. Aller à Paris et peut-être dans le sud de la France. Il paraît que c'est magnifique là-bas. »

« Ça serait bien. Si la nourriture n'est ne serait-ce que proche de ça, je suis partant. »

« On pourrait peut-être passer quelques jours à Paris, voir la tour Eiffel et le Louvre. C'est du même niveau que la Galerie des Offices à Florence. »

Les musées ? Beurk, j'aimais l'art autant que n'importe qui, mais je ne pouvais pas passer des heures dans un musée. J'espérais que Mary Ann considérait l'art comme elle considérait le shopping. Entrer, voir ce que l'on voulait voir, et sortir.

« Le Louvre, c'est là où il y a *La Joconde*, c'est ça ? »

« Oui, elle est beaucoup plus petite que ce qu'on imagine. En plus, j'ai lu qu'on ne peut plus s'en approcher depuis que ce fou a essayé de la détruire. »

C'était légèrement réconfortant de savoir qu'il y avait des salauds de malades partout sur la planète.

« J'aime les peintres impressionnistes comme Monet et Renoir. »

« Impressionnistes ? Tu me surprendras toujours,

Frank. »

Un serveur nous a apporté nos plats, et nous avons continué à discuter d'un éventuel voyage.

En faisant passer un morceau de saumon fumé avec du vin, j'ai aperçu une femme aux cheveux blonds à travers les fenêtres de la terrasse. J'ai fini mon entrée et je me resservais un verre quand la base de mon crâne a vibré.

Mary Ann a dit : « Comme ce sera notre première fois, on devrait probablement partir pour une dizaine de jours au total. On perd au moins une journée entière en voyage, et on pourrait passer quatre jours à Paris et... »

La femme était enceinte.

« Est-ce que tu penses que Debbie Boyle aurait pu être enceinte ? »

« Quoi ? »

« Si Debbie Boyle était enceinte, ça pourrait être ce qui a poussé quelqu'un à la tuer. Ça pourrait être Wheeler qui cherchait à mettre fin à la grossesse. »

« On ne va pas parler de ça, mais elle aurait pu se faire avorter. »

« Peut-être qu'elle ne voulait pas. Peut-être qu'elle voulait garder le bébé. »

« Peut-être que tu devrais essayer plus fort d'être présent, Frank. »

Elle a repoussé sa chaise.

« Où vas-tu ? »

« Aux toilettes pour femmes. »

———

DERRICK A POSÉ un café sur mon bureau. J'ai soulevé le

couvercle – brun chocolat. « Merci. La nuit dernière, j'ai pensé à quelque chose. »

« L'affaire Boyle ? »

J'ai hoché la tête. « Et si Debbie Boyle était enceinte ? Ça donnerait un mobile à Wheeler. »

« Angle intéressant. »

« Ou ça pourrait être une fille ou une femme dont le petit ami a mis Boyle enceinte. Elle a pété les plombs et l'a tuée. Ça expliquerait les blessures au visage. »

« Pourquoi n'auraient-ils pas vérifié pendant l'autopsie ? »

« Ce n'est pas la procédure standard. »

« Impossible de savoir maintenant. »

« Ça dépend de l'avancement de sa grossesse. On doit savoir si elle était sexuellement active. Boyle n'avait que dix-sept ans, mais ça ne veut rien dire. »

« C'est pas à toi que je vais apprendre ça. À D.C., on voyait tout le temps des filles enceintes d'à peine douze ans. »

J'ai hésité avant de dire : « Appelle la femme que je suis allé voir : Joanne Wilbur. Voilà sa carte. Mais il faut que tu sois prudent ; c'est un sujet délicat, d'accord ? »

« Bien sûr. Je comprends. »

« Je vais aller voir une autre amie proche de la victime, une femme nommée Janet Lipton. »

———

PELICAN LANDING ÉTAIT un immense lotissement à Bonita Springs, du côté ouest de la Route 41. Il s'étendait sur plus de mille hectares, bordé par Spring Creek et la baie d'Estero, où il possédait son propre club de plage.

Lipton vivait dans un quartier appelé Astor. La porte de garage pour deux voitures dominait la vue de la maison bleue depuis le trottoir, éclipsant l'allée en pavés multicolores. Une paire de portes d'entrée en bois marron était encadrée par des palmiers royaux.

J'ai appuyé sur la sonnette au son du tintement d'un carillon à vent en acier inoxydable, me demandant qui pouvait vraiment aimer le son qu'il produisait.

L'air fatigué de Janet Lipton était contrebalancé par l'éclat dans ses yeux et sa poignée de main chaleureuse.

« Enchantée de vous rencontrer, Inspecteur. Entrez. Vous savez, vous ressemblez trait pour trait à George Clooney. »

C'était la première fois depuis un moment qu'on me faisait la comparaison avec Clooney, et ça m'a fait plaisir. « Vraiment ? Je le prends comme un compliment, même si je n'aime pas beaucoup ses idées politiques. »

Une pile de sacs à dos sous une console dans l'entrée, couverte de photos d'enfants, expliquait son air fatigué.

« Il fait un temps magnifique, nous devrions discuter dehors sur la terrasse. »

« Ça me va. »

Nous avons traversé une salle de séjour aux plafonds cathédrale pour déboucher sur une petite terrasse couverte. La piscine était protégée par une enceinte moustiquaire et l'on apercevait un bout de lac.

« Parlez-moi de Debbie. Depuis quand la connaissiez-vous, et comment était-elle ? »

« Eh bien, on était amies depuis le CM1. On était dans la classe de Mme Macaster, et on était assises l'une à côté de l'autre. Nancy était dans la même classe. J'étais attirée par elle, je suppose. Elle était, je ne sais pas, intrépide ? Elle était toujours la première à essayer quelque chose. Elle levait la main, qu'elle connaisse la réponse ou non, mais par-dessus tout, elle était simplement drôle. »

« Populaire ? »

« Oh oui. Elle a toujours fait partie du groupe des gens "branchés". »

« Pouvait-elle être méchante ? »

« Méchante ? Non, je ne dirais pas qu'elle était méchante, mais elle pouvait être têtue. »

« Qu'entendez-vous par têtue ? »

« Quand elle voulait faire quelque chose, on ne pouvait pas lui dire non, même si c'était quelque chose de dangereux. »

« Pouvez-vous me donner un exemple ? »

« Il y avait ces garçons, ils étaient beaucoup plus âgés, à la fac, qu'on a rencontrés à un match de football du lycée. Debbie venait d'arrêter d'être pom-pom girl, elle disait que c'était stupide. Donc, on traînait un peu avec eux, mais je ne les sentais pas, parce qu'ils n'arrêtaient pas de se chuchoter des choses à l'oreille et de rire. Debbie s'ennuyait pendant le match et voulait partir. Les garçons nous ont demandé si on voulait aller faire un tour en voiture jusqu'à Clam Pass. J'ai dit non parce qu'on ne les connaissait pas, mais Debbie a sauté dans la voiture avec eux. »

« Est-ce qu'il s'est passé quelque chose ? »

« Non. Mais ce que je veux dire, c'est qu'on ne monte pas en voiture avec des inconnus ; elle savait que c'était mal, mais elle l'a fait quand même. »

« Parlez-moi de sa relation avec John Wheeler. »

« Ils ont vécu une passion torride pendant un moment. Elle l'avait dans le viseur depuis la seconde. Comme je l'ai dit, elle obtenait ce qu'elle voulait. »

« Une fois qu'elle avait obtenu ce qu'elle voulait, est-ce qu'elle passait à autre chose ? Est-ce qu'elle se lassait ? »

« Ça dépendait. Elle était loyale, mais parfois, je ne sais pas. Disons simplement que Debbie était un peu contradictoire, mais qui ne l'est pas ? »

J'avais compris que la gamine était humaine, mais je savais qu'elle me cachait quelque chose. « Là, vous m'embrouillez. Pouvez-vous m'expliquer ? »

« Désolée. Debbie voulait toujours bien faire. Elle travaillait avec les enfants défavorisés d'Immokalee par le biais de l'église, mais juste après, elle disait que le père Harrigan était très beau et se demandait s'il était célibataire ou non. Pendant un temps, j'ai cru qu'il se passait quelque chose entre eux. »

« Pourquoi ça ? »

« Elle passait plus de temps avec lui, et la façon dont ils se regardaient, ça m'a rendue méfiante. »

« Est-ce qu'elle en a déjà parlé ? »

« Elle se moquait de moi ; un instant elle niait et l'instant d'après, elle donnait l'impression que quelque chose se passait. »

« Elle aimait déstabiliser les gens ? »

Elle a hoché la tête. « C'est une bonne façon de le dire. J'espère ne pas vous avoir donné l'impression que c'était une fille facile. Je veux dire, ce n'était pas une sainte, mais elle n'était pas, vous savez… »

« Compris. Joanne Wilbur m'a raconté une histoire à propos d'un certain Norwicky, que Debbie aurait aguiché et qui aurait cru qu'elle s'intéressait à lui. »

« Eh bien, elle l'a bien aguiché, de mon point de vue, mais il n'aurait quand même pas dû s'imposer à elle. »

« Elle a dit qu'il avait été renvoyé du lycée. »

« Oui, et ce n'était pas la première fois qu'elle réussissait ce coup-là. »

« Il y en a eu un autre ? »

« Oui, mais c'était une situation complètement différente. On devait passer nos examens d'entrée à l'université, et on s'en était bien sorties, mais ce garçon, Gerry, il a eu des notes faramineuses, même s'il n'était pas le meilleur des élèves. Une rumeur disait qu'il avait eu une copie du test à l'avance et qu'il avait triché. Gerry s'intéressait à Debbie, mais elle ne voulait rien avoir à faire avec lui. Et là, Debbie se met à raconter que Gerry lui avait proposé le test à l'avance, mais qu'elle avait refusé. Elle n'avait aucune preuve, et tout le monde a commencé à la traiter de menteuse. Puis, sortie de nulle part, elle a dit qu'elle était allée voir M. Culver avant l'examen pour le lui dire. Ça n'avait aucun sens. M. Culver, on l'appelait M. C ; c'était un prof jeune et vraiment beau. Pourquoi serait-elle allée le voir lui et pas le directeur ou le conseiller d'orientation ? »

« Que s'est-il passé ? »

« Le lycée en a eu vent et a convoqué Debbie. Et tout à coup, voilà M. C qui affirme qu'elle était bien venue le voir à propos du vol du test par Gerry, mais il a dit qu'il n'y avait pas de preuve à l'époque et qu'il ne l'avait pas signalé. »

« Gerry, quel est son nom de famille ? Il a dû être très contrarié. »

« Moore, Gerry Moore. Ils l'ont obligé à repasser le test tout seul, et il a eu de moins bons résultats. »

« Donc, Debbie disait la vérité ? »

« Elle n'a jamais voulu le dire, mais c'était une situation vraiment étrange. »

« Est-ce que ce Gerry Moore était le genre de type à vouloir prendre sa revanche ? »

« Il était furieux, ça ne fait aucun doute, et il a dit qu'il se vengerait. »

« Vous l'avez entendu dire ça ? »

Elle a hoché la tête. « Il a dit : "Attends un peu, sale garce. Je t'aurai. Tu vas me le payer." »

15

« PATRON, J'AI BEAUCOUP RÉFLÉCHI À CETTE AFFAIRE, ET JE ME suis dit qu'on devrait peut-être chercher des hommes plus âgés qui aimaient les jeunes filles. On ne peut pas faire confiance à ces ordures ; ce sont des pervers. J'ai essayé de vérifier les bases de données de l'époque ; ça n'a rien à voir avec le fichier des délinquants sexuels que nous avons maintenant. Alors, j'ai vérifié les arrestations pour agressions sexuelles dans les deux ans qui ont précédé le meurtre. »

La débrouillardise du jeune homme était impressionnante. « Quelqu'un d'intéressant ? »

« Il y avait trois ordures, mais deux d'entre elles étaient en prison à ce moment-là. »

« Accouche, Derrick. »

« Matt Boralis. Il a été arrêté environ deux mois avant pour avoir tenté d'attirer une jeune de quinze ans dans sa voiture. Devine où ça s'est passé. »

« Delnor-Wiggins. »

« Ouais, et ce n'était pas la première fois. Ce salaud s'est fait passer pour un photographe. Il a dit qu'il allait prendre des photos de la fille et lui donner une chance de devenir mannequin. »

« Est-ce que ce salaud a fait de la prison ? »

« Il s'en est tiré les deux fois. Mais voici le plus intéressant : je n'en suis pas sûr, mais j'ai passé Boralis dans le système national. Une certaine Mary Boralis est apparue, ça pourrait être une sœur ou une autre parente. C'était une jeune fille de seize ans qui a été agressée sexuellement et poignardée à mort. »

« C'était quand ? »

« Mille neuf cent quatre-vingt-quatre. »

« Beau boulot, Derrick. Allons voir ce sac à merde. »

MATT BORALIS RESSEMBLAIT à un croisement entre John Goodman et Jackie Gleason. Le désir d'une jeune fille de devenir mannequin était bien plus fort que je ne l'avais imaginé. Sinon, Boralis aurait eu besoin d'un pistolet, pas d'un appareil photo, pour qu'une fille accepte de le suivre.

Boralis est sorti, ses bajoues tremblant tandis qu'il parlait. Le soleil se reflétait sur ses cheveux noirs, semblables à du plâtre. Il gardait la main sur la poignée de porte, sa chemise jaune révélant un nombril de la taille d'un cratère.

« Nous avons quelques questions à vous poser, monsieur Boralis. Il vaudrait mieux que nous fassions ça à l'intérieur. »

« Euh, non, ici, ça va. »

Cachait-il quelque chose ? « C'est vous qui voyez. » J'ai

sorti mon portable. « Je dois prendre cet appel, mais ne m'attends pas, tu peux commencer, Derrick. »

J'ai couru jusqu'au Cherokee, j'ai sauté sur le siège du conducteur, j'ai mis le portable à mon oreille et j'ai allumé les gyrophares. Quelques secondes plus tard, j'ai dû étouffer un rire quand Boralis a agité un bras de la taille d'une branche d'arbre et nous a ouvert la porte.

Boralis est entré le premier, ramassant quelques maga-zines qui m'ont semblé être du porno. L'endroit était sombre et glacial. J'ai boutonné ma veste, et nous l'avons suivi dans la cuisine. J'ai eu l'impression d'entrer dans les années 50 : des comptoirs en Formica, un carrelage noir et blanc, et un réfrigérateur vert citron.

Derrick m'a donné un coup de coude en désignant du menton la photo d'une serveuse de drive-in en patins à roulettes. Elle était penchée sur une voiture, sans sous-vête-ments. Comment peut-on avoir un truc pareil dans sa cuisine ? Dans une cave ou un coin bar, peut-être, mais pas dans une cuisine.

Nous nous sommes installés sur des chaises à pieds chromés, et j'ai dit : « Connaissiez-vous Debbie Boyle ? »

« Non. Pourquoi pensez-vous que je la connaîtrais ? »

« Parce qu'elle ressemblait au genre de fille que vous tenteriez d'attirer dans votre voiture. »

« C'est ridicule. »

« Vraiment ? Vous avez été arrêté à Delnor-Wiggins pour avoir tenté d'attirer une fille du même genre, et vous appelez ça une supposition ridicule ? »

Boralis a sorti un mouchoir et s'est tamponné le front. « Vous vous trompez. La fille a vu mon appareil photo et m'a demandé quel genre de photographe j'étais. Je lui ai dit que mon domaine de prédilection était l'industrie du mannequinat. Elle m'a posé des questions sur mes contacts et voulait que je la prenne en photo. C'est tout ce qu'il s'est passé. »

« Vous vous êtes présenté comme un photographe de mannequins, c'est bien ça ? »

« Pas un professionnel, mais oui, j'ai déjà pris des femmes en photo. »

« Et vous ne prenez pas de photos, disons, de paysages ou de choses comme ça ? »

« Non. C'est l'élément humain que je trouve fascinant. »

« Et étiez-vous seul ce jour-là à Wiggins ? »

« Oui. »

« Alors, pourquoi apporter votre appareil photo si ce n'est pour l'utiliser comme accessoire afin de faire croire à une pauvre fille que vous étiez un photographe de mannequins ? »

« Je n'ai rien fait de mal. Les charges ont été abandonnées. »

Derrick a demandé : « Avez-vous des photos de Mary Boralis ? »

« C'était ma sœur. Bien sûr que j'ai des photos d'elle. »

J'ai dit : « Je parie qu'elle avait les cheveux blonds, n'est-ce pas ? »

« Pourquoi vous intéressez-vous autant à ma sœur ? Elle est morte depuis longtemps. »

« Elle a été agressée sexuellement et poignardée à mort. »

« Ce fut un jour très triste. »

« Avez-vous quelque chose à voir avec sa mort ? »

« Qui est ridicule, maintenant, inspecteur ? C'était ma petite sœur, qui me manque chaque jour de ma vie. »

« Vous la preniez aussi en photo ? »

« Je n'apprécie pas votre ton, inspecteur. Je n'ai rien fait de mal et j'ai essayé de coopérer avec vous, mais je dois vous demander de partir. »

Nous n'avions aucune raison légale de rester, alors nous sommes partis.

« Qu'en as-tu pensé, patron ? »

« C'est une ordure, mais à moins de pouvoir le placer sur les lieux cette nuit-là, nous n'avons rien. »

« Tu veux que je trouve une photo de lui à l'époque pour voir si quelqu'un peut l'identifier ? »

C'était un très mince espoir, mais une sacrée bonne idée. « Fais-toi plaisir. »

16

« Frank, je n'ai pas pu... »

J'ai levé la main et attrapé le dossier de l'affaire. « Derrick, est-ce que tu te souviens de quoi que ce soit dans le dossier Boyle à propos d'un certain Gerry Moore ? »

« Moore ? Non, je ne crois pas. Qu'est-ce qui se passe ? »

« Ce n'est peut-être rien, mais environ un an avant que Boyle ne soit assassinée, ce gamin, Moore, l'a menacée. »

« À quel sujet ? »

« Boyle a prétendu que Moore avait volé une copie du test SAT à l'avance. »

« Où aurait-il pu avoir accès à une copie ? »

« Je ne sais pas. Il n'y avait aucune preuve qu'il l'ait volée. C'était sa parole contre la sienne, jusqu'à ce qu'un enseignant se manifeste et dise que Boyle lui en avait parlé. »

« Pourquoi l'enseignant n'a-t-il rien fait ? »

« Comme il n'y avait pas de preuve, il ne voulait probablement pas salir la réputation de Moore. »

« Si Moore l'a menacée, on doit enquêter sur lui. »

J'ai refermé le dossier. « Sans aucun doute. On dirait que

personne n'a parlé à Moore, du moins pas officiellement. On va y remédier. Qu'est-ce que tu voulais dire, tout à l'heure ? »

« Aucun hôpital de la région n'a de trace de quelqu'un s'étant présenté aux urgences la nuit où le corps de Debbie Boyle a été retrouvé, ni le lendemain. »

« Ça ne me surprend pas. »

« Je pensais vraiment qu'on trouverait quelque chose. »

« C'était un pari risqué, mais tu as eu une bonne idée, gamin. »

« Merci. Frank, on est censés être partenaires, non ? »

« On n'est pas censés l'être, on l'est. »

« Est-ce que je peux te demander quelque chose, sans que tu te fâches ? »

Sa façon d'amener les choses ne me plaisait pas. « Bien sûr. Vas-y, je t'écoute. »

« Peux-tu arrêter de m'appeler "gamin" ? Je ne suis pas un gamin. Je sais que tu as plus d'expérience que moi, mais quand tu m'appelles comme ça, surtout devant d'autres personnes, ça me donne l'air d'être une sorte de stagiaire. »

Le gamin était un bleu, mais il avait raison. Je me suis levé et lui ai tendu la main. « Désolé, partenaire, je ne m'étais pas rendu compte que ça te dérangeait. Tu as bien fait de me le dire. Si on doit être partenaires, il faut qu'on soit francs l'un avec l'autre. »

Derrick a souri comme un enfant devant une animalerie. « Merci, Frank. »

« Tu peux me faire une faveur et trouver où vit ce Gerry Moore ? Je vais aller voir Campo, le type qui a trouvé le corps de Boyle. »

Le sourire de Derrick s'est effacé. « Euh, bien sûr. Je pense que je suis assez qualifié pour faire ça. »

Oups. « Aller voir Campo est probablement une perte de temps, mais tu es le bienvenu si tu veux venir. »

« Non, c'est bon. »

« Tu es sûr ? Je n'ai pas envie de conduire. »

Derrick s'est éloigné. « Maintenant, tu me prends pour ton chauffeur ou quoi ? »

Qui a dit que les hommes laissaient couler ? Ce gamin était plus lunatique qu'une femme pendant ses règles. « Attends un peu. J'ai beaucoup d'expérience en matière d'homicides. Ça ne veut pas dire que je sais tout, mais je sais que bien répartir les ressources dont nous disposons est essentiel pour accumuler les affaires résolues. On n'a pas besoin de se mettre à deux sur un pion secondaire. Tu veux venir pour l'expérience ? Ça me va. »

« Je pense que c'est important de voir comment tu fais, Frank. »

Je lui ai lancé les clés du Cherokee. « Allez, en route. »

Le Naples RV Resort était un parc pour camping-cars près de Collier Boulevard, principalement utilisé par des vacanciers. Bert Campo faisait partie de la poignée de résidents permanents qui y avaient élu domicile. Un minuscule espace portant le numéro 247 était l'emplacement où Campo était raccordé. Son camping-car n'était rien de plus qu'un pick-up surmonté d'une cellule en aluminium boulonnée.

Le véhicule blanc avait une bande orange à mi-hauteur et rouillait à plusieurs endroits. À mi-chemin de l'allée de gravier, j'ai senti une odeur de marijuana. Avant que je puisse dire quoi que ce soit, Derrick a dit : « Ça sent l'herbe. »

J'ai acquiescé. « Ça promet d'être intéressant. »

Le son de *The Dark Side of the Moon* de Pink Floyd s'échappait par les fenêtres à persiennes de la caravane. Quand Campo a ouvert la porte, tout a pris son sens : Bert Campo ressemblait à Jerry Garcia des Grateful Dead.

« Salut. Entrez donc. »

Derrick a fait un pas et je lui ai attrapé le coude. « Si ça ne vous dérange pas, je suis claustrophobe, et nous trois… » J'ai désigné l'intérieur et secoué la tête. « Ça risque de ne pas le faire pour moi. »

« Hé, mec, comme ça vous arrange, pas de souci. On peut s'asseoir derrière. »

Derrière ? Nous avons suivi Campo derrière sa caravane, où une table de pique-nique était posée sur un morceau de gazon artificiel. C'était une installation étrange, mais ombragée par un saule. Nous nous sommes assis en face de Campo, qui a dit : « Oh, mec, j'ai oublié de demander, vous voulez boire quelque chose ou autre ? »

N'étant pas d'humeur à boire du Mountain Dew ou à manger du granola, j'ai dit : « Non merci. Comment va votre mémoire ? »

« La mémoire ? Euh, kézako ? » Il a ri et tiré sur sa barbe touffue.

Derrick a gloussé. « Elle était bonne, celle-là. »

« J'aime bien fumer un joint de temps en temps, mais ça n'affecte pas ma mémoire. »

De temps en temps ? Le bout de son index et de son pouce était taché de brun. « Vous étiez au parc Delnor-Wiggins la nuit où Debbie Boyle a été assassinée. »

« Ouais, c'était la poisse, mec. »

« Racontez-nous comment vous avez découvert son corps. »

« Eh bien, je logeais dans plein d'endroits avant de m'installer ici. Avant, on pouvait se poser dans un tas d'endroits sans que personne ne vienne vous chasser. Mais maintenant ? Laissez tomber, mec. Ça ne vaut pas le coup de se prendre la tête, c'est pour ça que je me suis installé ici. »

Derrick a dit : « S'il vous plaît, parlez-nous du corps. »

« Oh ouais. Alors, cette nuit-là, je me souviens, il faisait super beau, et vous savez, j'ai fait un peu la fête et j'ai dû piquer du nez. C'était une super nuit, et quand je me suis réveillé, j'avais une de ces envies de pisser. Les toilettes, celles près de, je crois que c'est l'aire de stationnement deux ou un truc du genre, étaient toujours ouvertes. La serrure était cassée depuis des lustres, mec. Ils ne l'ont jamais réparée. Je ne sais pas pourquoi… »

Je dis : « Monsieur Campo, veuillez en revenir à la découverte du corps. »

« Bien sûr, bien sûr, pas de problème. Donc, comme je le disais, je devais aller pisser, et je me suis dirigé vers les toilettes. Vous savez, mon camping-car ne rentre pas très bien dans le parking normal, donc je me garais un peu, vous savez, en travers… »

J'avais envie d'étrangler ce type, mais Derrick dit : « S'il vous plaît, le corps. »

« Ouais, je marchais vers le bâtiment des toilettes. J'ai coupé à travers, sinon j'aurais dû prendre le chemin qui fait tout le tour. Parfois je le fais, mais là j'avais une envie pressante. Donc, j'arrive en haut d'une colline, pas une vraie colline mais plutôt une butte, et j'ai cru que mes yeux me jouaient des tours. Ça ressemblait à un corps étendu là. Au début, je me suis dit qu'il dormait dans le parc, qu'il campait comme moi, mais sans camping-car. Mais ensuite, en regardant, il n'y avait ni sac de couchage ni rien. Pas les trucs dont on a besoin quand on campe, et j'ai ralenti, fait quelques pas vers le corps, et c'est là que je l'ai vue. J'ai appelé plusieurs fois, mais elle n'a jamais bougé. »

« Qu'avez-vous fait ensuite ? »

« Je sais que ça paraît fou, mec, mais j'avais une envie pressante, alors je suis allé près des mangroves pour me soulager. »

« Après vous être soulagé, qu'avez-vous fait ? »

« Pendant tout le temps où je pissais, je me demandais quoi faire. Ça m'a complètement plombé l'ambiance. J'étais bien parti, mais mec, tout s'est effondré quand j'ai vu cette pauvre fille. »

« Vous avez touché le corps ? »

« Ouais, je me suis approché, et je n'arrêtais pas de dire des trucs comme : "Hé, ça va ? Vous avez besoin d'aide ?" »

« J'imagine qu'elle n'a pas répondu. »

Il a secoué la tête. « Non, mec. Quand je me suis approché, je me suis agenouillé et j'ai vu son visage. Oh mec, j'ai failli vomir. Comment quelqu'un peut-il faire quelque chose d'aussi violent à un autre être humain ? Je veux dire, on partage la même planète. On est tous dans le même bateau. »

« Vous avez dit que vous aviez touché le corps. De quelle manière ? »

« Rien d'extraordinaire, elle était allongée un peu sur le côté. Alors, j'ai attrapé son épaule pour la secouer, et c'est là que j'ai vu le sang. Mec, ça m'a foutu les boules. »

« Et ensuite ? »

« Je me suis relevé et j'ai regardé autour de moi. Pendant une seconde, j'ai eu peur, vraiment peur. Celui qui a fait ça pouvait être encore dans le coin, alors j'ai jeté un œil aux alentours. Puis, je me suis dirigé vers la plage. »

« La plage ? »

« Ouais, elle avait besoin d'aide. Je ne savais pas quoi faire. »

« Pourquoi ne pas avoir appelé à l'aide ? »

« Je n'avais pas de téléphone. C'était bien avant les portables, et il y a souvent des gens qui se promènent sur la plage. Je pensais que je pourrais trouver quelqu'un et voir ce qu'on pouvait faire. »

« Avez-vous vu quelqu'un ? »

« Non. Alors, j'ai su qu'il fallait que je monte dans mon camping-car et que je trouve un téléphone ou un flic. »

« Et vous avez quitté le parc ? »

« J'allais le faire, mais j'ai vu les gyrophares d'une voiture de police, et j'ai juste attendu que les flics arrivent. »

J'ai montré le véhicule du doigt. « Vous aviez ce camping-car avec vous cette nuit-là ? »

« Ouais, je l'ai depuis toujours. Il était bien plus jeune à l'époque. »

« Vous avez dit que vous alliez aux toilettes quand vous avez trouvé le corps, c'est bien ça ? »

« Ouais, c'est ce que je faisais, rien d'autre, juste en train de me... »

« Et vous avez dit que vous aviez une envie très pressante. »

« Ouaip, c'est ça. »

« Pourquoi quitter votre camping-car alors que vous aviez des toilettes juste là, pour aller à celles du parc ? »

Il a souri. « Je n'ai pas beaucoup d'argent, je n'en ai jamais eu et je n'en aurai jamais. L'argent n'est pas important pour moi, mais je dois quand même le gérer du mieux que je peux. Je n'aime pas payer pour vider mes eaux usées. Je préfère utiliser les installations publiques quand je le peux. »

Derrick a dit : « Vous avez entendu quelque chose d'inhabituel cette nuit-là ? »

« Non, rien comme un cri ou quelque chose du genre. »

« Avez-vous vu quelqu'un agir de manière suspecte ou faire quoi que ce soit d'inhabituel ? »

« Comme je l'ai dit, la soirée était vraiment douce, et il y avait d'autres gens, vous savez, qui se promenaient sur la plage ou qui pêchaient. Il y avait un homme, je ne dirais pas qu'il était suspect ou quoi que ce soit, mais il traînait du côté du parking. Il attendait peut-être qu'on vienne le chercher. C'est ce que j'ai pensé à l'époque. »

« Où est-il allé ? »

« Je ne sais pas, la dernière fois que je l'ai vu, il traînait sur le parking. Peut-être que son transport est venu le récupérer. »

Derrick a demandé : « Quand la victime, Debbie Boyle, a disparu, son petit ami a dit qu'il était parti à sa recherche. Avez-vous vu quelqu'un fouiller le secteur ? »

« Non, mais j'étais à l'intérieur du camping-car. »

« Il a affirmé avoir crié son nom en essayant de la retrouver. Vous n'avez rien entendu ? »

Il a secoué la tête. « Je ne peux pas dire que oui. »

J'ai dit : « C'était une belle soirée ; vous aviez probablement les fenêtres ouvertes, et vous n'avez rien entendu ? »

« Non. Si c'était le cas, je le dirais. Je n'ai rien à cacher. »

« Vous étiez défoncé et dans les vapes, n'est-ce pas ? »

Campo a souri. « Je dors comme un bébé, ça a toujours été le cas. »

Je me suis levé. « Ce sera tout pour le moment, monsieur Campo. »

Derrick lui a tendu une carte. « Si vous vous souvenez de quoi que ce soit d'autre, s'il vous plaît, appelez-nous. Un peu d'aide sur cette affaire ne serait pas de refus. »

Discuter avec ce fumeur de joints aurait pu être une perte de temps totale, mais j'espérais que la prochaine fois que Derrick remettrait en question ma façon de définir les priorités, ma façon d'utiliser mes ressources, il y réfléchirait à deux fois.

17

Le bureau de la sécurité de Waterside Shops était plus petit que les cellules où l'on fourrait les malfrats. Heureusement, la journée était une fois de plus radieuse. Novembre avait été parfait, et décembre commençait de façon spectaculaire. J'avais laissé Derrick devant les moniteurs et j'avais posé mon cul sur un banc entouré de fontaines.

C'était seulement parce qu'on était en décembre que j'arrivais à tolérer la musique de Noël et les costumes de Père Noël. Un flot continu de clients passait d'une boutique à l'autre, achetant leurs cadeaux de Noël, ce qui m'a rappelé que je devais trouver quelque chose pour Mary Ann.

J'avais retenu la leçon et savais qu'il ne fallait pas choisir la facilité avec une carte-cadeau, comme je l'avais fait pour son anniversaire. Qu'est-ce que je pourrais bien lui trouver qui la surprenne et me fasse marquer des points ? J'ai balayé les devantures du regard. L'endroit était l'épicentre des enseignes de luxe.

Les portes d'entrée de Louis Vuitton s'ouvraient plus souvent que celles d'un McDonald's. Elle serait sidérée si jamais je mettais un de leurs sacs sous le sapin. Mary Ann disait que les prix qu'ils demandaient pour ces sacs n'en valaient pas la peine, mais je me demandais si, au fond, elle n'en voulait pas un. Je pourrais me le permettre s'il le fallait vraiment, mais je préférais dépenser cet argent pour autre chose, comme le voyage en Europe dont elle avait vraiment envie.

Peut-être que je devrais faire quelques recherches, me renseigner sur les prix d'un voyage à Paris et Rome. Je pourrais mettre des photos du Colisée et de la tour Eiffel dans une carte et la cacher dans une grosse boîte. Elle ne devinerait jamais.

Combien coûterait ce voyage ? Il y avait tout le temps des billets d'avion pas chers dans le journal. Je devais faire attention à ne pas me retrouver serré comme une sardine, au risque de faire une crise de claustrophobie. J'ai sorti mon téléphone pour me faire une idée des tarifs aériens quand Derrick a appelé. Le gang de voleurs de sacs venait d'entrer dans le rayon maroquinerie.

J'étais plus près de chez Saks que du bureau de la sécurité. J'ai balancé ma veste sur l'épaule, arraché ma cravate et je suis entré nonchalamment dans le grand magasin. Tournant à gauche vers le rayon des chaussures pour homme, j'ai examiné une basket Ferragamo à cinq cents dollars au moment où le dernier couple de malfrats est entré. Chaque couple se tenait par la main et gardait ses lunettes de soleil. Alors qu'ils se dirigeaient vers le présentoir Prada, j'ai établi un contact visuel avec un membre de notre équipe et je me suis approché d'un portant de vestes de sport près de la sortie.

Tenant une veste grise à bout de bras, j'ai repéré le chef. Un Hispanique d'une vingtaine d'années, habillé comme pour une séance photo du magazine GQ. Il tenait un sac contre sa compagne et a porté la main à son oreillette. Il a lentement tourné la tête, tel un couguar prêt à bondir. Il a posé le sac, a passé son bras autour de sa copine et s'est dirigé vers les portes.

On s'était fait repérer. Les trois autres couples sont lentement sortis du rayon maroquinerie, feignant de s'intéresser à des vêtements avant de quitter le magasin. Qu'est-ce qui avait foiré ? Je me suis dirigé vers le bureau de la sécurité.

────────

« COMMENT DIABLE ONT-ILS pu nous repérer ? Tu as vu quelque chose, Derrick ? »

« Euh, je crois qu'ils t'ont vu. »

« Moi ? Impossible. »

« J'en suis presque sûr, patron. »

« J'étais loin derrière eux, au rayon chaussures, pas du tout près d'eux. »

« Je crois qu'ils ont vu quelque chose, peut-être la bosse de ton holster. »

« Nan, ça ne se peut pas. »

« Regarde ça. »

Derrick a rembobiné la vidéo. « Tu vois là, c'est toi qui entres. Maintenant, ici, tu vois ce type en short ? »

Un homme aux cheveux grisonnants, en short cargo jaune et chemise Tommy Bahama, a ouvert la première série de portes. Il était à six mètres derrière moi. Je ne l'avais jamais senti. Il a franchi la deuxième série de portes et a fait semblant de lire un plan du magasin. Il m'a regardé quitter le rayon chaussures, et dès que j'ai soulevé la veste de sport, il a fait demi-tour et a quitté le magasin.

Puis il a fait deux pas et a mis la main dans la poche de son pantalon. Derrick a dit : « Je suis presque sûr que c'est un talkie-walkie. »

Je me suis effondré sur une chaise.

« Ne t'en fais pas, on les aura la prochaine fois. »

« S'il y a une putain de prochaine fois. »

« Personne n'a besoin de savoir ce qui les a fait fuir. On est partenaires, on doit se couvrir. »

« Merci, mais tu dois comprendre qu'il y a des limites que l'on ne peut pas franchir, on ne peut protéger personne. Tu m'entends ? »

———

Nous nous sommes assis pour dîner sur la véranda. Mary Ann avait préparé des pâtes aux petits pois, un plat réconfortant qui était l'un de mes préférés. Cette femme m'avait percé à jour, ou alors elle avait vraiment un sixième sens. Je voulais lui demander à quelle heure aujourd'hui elle avait décidé de préparer ce plat.

Mary Ann m'a servi. « Qu'est-ce qui ne va pas, Frank ? »

« Rien. »

« Ne me dis pas "rien". Tu n'as pas dit un mot depuis que tu es rentré. »

« J'ai juste passé une sale journée, c'est tout. »

« La surveillance t'ennuie ? »

Saupoudrant du fromage sur mes pâtes, j'ai dit : « Si seulement. »

« Qu'est-ce qui s'est passé ? »

« On s'est fait repérer, et c'est moi qui ai tout fait foirer. »

Je lui ai raconté ce qui s'était passé, et elle a dit : « Ce n'est pas grave. Tu ne savais pas combien de guetteurs ils utilisaient. »

« C'est des conneries. Tu es une trop bonne flic pour dire un truc pareil. J'aurais dû être plus prudent. C'était une erreur de débutant. Si Derrick l'avait faite, je lui aurais botté le cul. »

« Tu es humain, Frank. »

« C'était de l'imprudence de ma part. Ça fait des semaines qu'on mène cette opération, et j'ai tout foutu en l'air. »

« Personne n'a été blessé, et d'ailleurs, tu ne sais pas avec certitude si c'est toi qui les as fait fuir. Qui sait ? Peut-être qu'ils ont repéré une de nos fausses vendeuses. »

Elle essayait de me remonter le moral, et ça ne marchait pas. Mon désir d'être au cœur de l'action m'avait perdu. Quel mentor je faisais…

« On peut laisser tomber, s'il te plaît ? »

« Comment sont les pâtes aux petits pois ? »

« Presque aussi bonnes que celles de ma mère. Tu dois avoir du sang italien. »« Il y a beaucoup d'Italiens au Brésil. Ils ont quitté l'Italie pendant la Seconde Guerre mondiale. »J'ai hoché la tête. « Je sais. En Argentine aussi. »« On devrait y aller un jour. »« Je pensais qu'on allait essayer d'aller en Europe. »« Tu as vraiment envie d'y aller ? »J'ai trouvé mon cadeau de Noël. « Bien sûr, c'est quelque chose que tu veux faire. On devrait sérieusement envisager de le faire. »Elle a posé sa fourchette. « Ça ne peut pas être juste pour moi, Frank. »

« Ce n'est pas le cas. Je veux y aller, vraiment. Ce sera génial. »

Elle m'a attrapé la main. « Je suis tellement excitée. J'ai toujours voulu aller à Paris. »« On pourrait peut-être aller à Rome aussi. »« Vraiment ? Oh mon Dieu, Rome et Paris ! On ne reviendra peut-être jamais. »« Combien de temps le voyage devrait-il durer ? Je n'ai pas envie de courir partout pour essayer de tout voir. »« On pourrait probablement voir l'essentiel en trois jours dans chaque ville. Donc, ça fait six jours, plus deux jours de voyage. »« Et un jour pour aller de Paris à Rome. Ça fait donc neuf. On devrait prévoir un minimum de dix jours, peut-être douze pour pouvoir faire une ou deux excursions. »« Je peux me libérer pendant deux semaines. »« Si c'est calme, comme en ce moment, pas de problème pour moi. J'ai des jours de congé en réserve. »« Où en est l'affaire Boyle ? »

« En parlant d'Europe, Derrick est sur la piste d'un immigré qui était sur les lieux. Je pense que c'est une piste un peu tirée par les cheveux, mais j'allais voir ce gamin qui avait menacé Boyle à cause d'un test SAT. Il se trouve que ce gamin a déménagé juste après le meurtre de Boyle. »

18

J'AI FILÉ SUR LA ROUTE 75, MAIS LA CIRCULATION S'EST intensifiée à mesure que j'approchais de Sarasota. Les routes étaient trop étroites et des grues de chantier parsemaient l'horizon. C'était une autre de ces villes dont la croissance avait dépassé les infrastructures.

Le cœur de Sarasota était baigné d'eau, mais la seule trace d'eau dans la rue de Gerry Moore était une flaque de pluie. Un chien s'est mis à japper quand j'ai sonné. La voix d'un homme a tenté de calmer le chien avant d'ouvrir la porte.

Une boule de poils blanche et aboyante s'est ruée sur ma jambe. C'était un chien mignon que j'ai identifié comme un bichon maltais.

« Désolé. Mabel, viens ici ! »

« Ce n'est rien. »

Gerry Moore a ramassé le chien. Son polo de golf se tendait sur ses épaules musclées et tirait sur ses biceps. Ce type avait mon âge. Comment faisait-il ? Mary Ann avait peut-être raison, et il fallait que je me mette au sport. S'il n'y avait pas ses cheveux blonds qui viraient à l'étain, il aurait pu passer pour un trentenaire.

La confirmation que c'était un mordu de la muscu est venue quand nous nous sommes serré la main. Moore ne gagnait pas sa vie avec un travail manuel.

« C'est une bichonne maltaise, n'est-ce pas ? »

« Oui, c'est une brave chienne, elle s'agite juste un peu quand quelqu'un passe. »

Alors que je tendais la main pour caresser la chienne, elle s'est mise à me lécher la main. Elle était mignonne. « Je n'ai pas de chien, mais si j'en avais un, ce serait un bichon maltais. »

« Ils ont un excellent caractère. Entrez, je vous en prie ! »

L'endroit ressemblait à un décor de film scandinave : des meubles bas en bois, à l'ambiance spartiate. Pas de canapé moelleux sur lequel se prélasser ; partout, ce n'étaient que de minces coussins. Ça faisait penser à un Ikea en plus chic.

Un mur de verre donnait sur un patio qui s'ouvrait sur une réserve tropicale dense. C'était un peu trop « jungle » à mon goût, mais ça semblait serein.

« Jolie maison. Ça fait longtemps que vous êtes ici ? »

« Pas dans cette maison, mais à Sarasota depuis une quinzaine d'années. Asseyons-nous ici. Vous voulez boire quelque chose ? »

Je me suis installé dans un fauteuil bas au dossier incurvé. « De l'eau, si ça ne vous dérange pas. »

Moore a ouvert le réfrigérateur et a dit : « Je ne comprends toujours pas de quoi vous vouliez me parler. »

Alors qu'il me tendait une bouteille d'eau Fidji, j'ai dit : « Je travaille sur une affaire classée qui date d'il y a vingt-cinq ans. Nous étions tous les deux adolescents à l'époque. » J'ai dévissé le bouchon et j'ai bu une gorgée.

« Une fille qui était dans votre lycée à l'époque a été assassinée à Naples. »

Moore est devenu si pâle qu'il ressemblait à un dessin dans un livre de coloriage. « Oh, un vieux meurtre. »

Un signal d'alarme. Il n'a pas mentionné Boyle. Combien de filles de sa connaissance avaient été assassinées quand il avait dix-sept ans ?

« Vous ne vous souvenez pas du meurtre de Debbie Boyle ? »

Il appuyait la paume de sa main sur le bouchon de la bouteille. « Si. C'était il y a longtemps. »

« Je crois savoir que vous avez eu une altercation avec elle. Elle prétendait que vous aviez volé l'examen du SAT. »

« Elle a tout inventé. Je n'aime pas en dire du mal vu qu'elle n'est plus là, mais Debbie était une garce. Je ne l'ai jamais aimée. Elle m'a fait des avances plusieurs fois et je n'étais absolument pas intéressé. Ça ne lui a pas plu et elle a inventé cette histoire d'examen. »

« Vous avez repoussé les avances de Debbie Boyle et elle a inventé le vol de l'examen du SAT pour se venger de vous ? »

« Pour quelle autre raison aurait-elle fait une chose pareille ? »

« J'ai entendu dire que vous aviez eu de gros ennuis avec le lycée. »

« Ils voulaient me renvoyer. C'était de la folie. Il n'y avait aucune preuve. Mes parents sont venus et ont menacé de poursuivre le lycée en justice. Ils ont fait marche arrière et les choses se sont calmées pour moi pendant quelques jours, quand ils ont commencé à interroger Debbie. Puis, sans crier gare, M. Culver est venu à sa rescousse, en disant que Debbie lui avait confié que j'avais obtenu une copie de l'examen. Il mentait pour la protéger. Debbie était la chouchoute de M. Culver. »

« C'était il y a longtemps, le délai de prescription est largement dépassé, et je suis curieux : aviez-vous trouvé un moyen d'obtenir une copie de l'examen ? »

« Non. »

« J'ai cru comprendre que vous aviez très bien réussi l'examen, mieux que ce qu'on attendait de vous, ce qui a poussé le lycée à croire que vous aviez eu une copie d'avance. Comment expliquez-vous la différence de résultats quand ils vous ont fait repasser l'examen ? »

« Me forcer à le repasser, c'était n'importe quoi. J'avais bien réussi le premier. Il n'y avait pas de raison particulière. J'avais suivi des cours de préparation au SAT et je me sentais bien pour le premier. Quand j'ai dû le refaire, j'étais nerveux et stressé. L'examen m'a semblé plus difficile et je n'ai pas aussi bien réussi. »

C'était un euphémisme. Son score avait chuté de cent points.

« Si ce que vous dites est vrai, que Boyle était intéressée par vous mais que la réciproque n'était pas vraie, je peux comprendre qu'elle ait cherché à se venger. Mais ce que je n'arrive pas à comprendre, c'est pourquoi un professeur soutiendrait cette accusation contre vous. »

« M. C était un type bien. Tous les élèves l'aimaient bien, surtout les filles. Il n'a pas dit que j'avais fait quoi que ce soit. Il a seulement dit que Debbie lui avait confié que j'avais volé une copie de l'examen. »

Une piste à creuser. « D'accord, je comprends. Le lycée ne pouvait pas vous renvoyer sans preuve et vous a fait repasser l'examen. »

« Il n'y avait aucune preuve, mais en me forçant à repasser un autre examen, ils disaient que j'étais coupable. »

« Vous deviez être furieux. Qui a envie de passer un autre examen de quatre heures ? »

« C'était un cauchemar. »

« Je crois savoir que vous l'avez menacée. »

Ses épaules se sont affaissées. « Écoutez, j'étais furieux. Tout le lycée en parlait. Mes parents et ma famille me soutenaient, mais on voyait bien qu'ils n'étaient pas convaincus que je n'avais rien fait. Ils n'arrêtaient pas de me poser des questions à ce sujet. »

« Mais vous l'avez bien menacée. »

Il a hoché la tête.

« D'après un témoin, vous auriez dit quelque chose comme quoi vous la lui feriez payer, qu'elle paierait pour ce qu'elle vous avait fait. »

« Je ne me souviens pas de ce que j'ai dit ; c'était il y a vingt-cinq ans. »

« Vous avez quitté Naples juste après le meurtre de Debbie Boyle. »

« Vous donnez l'impression que je me suis enfui. Je ne me suis pas enfui. Je suis allé à l'université à Richmond, en Virginie. »

« Les cours ne commençaient à l'université de Richmond que fin août, pourtant vous avez quitté Naples la première semaine de juin. »

« J'étais impatient de commencer, c'est tout. Depuis cette histoire absurde de l'examen du SAT, les choses avaient changé pour moi. Naples était une petite communauté à l'époque, surtout le système scolaire ; les gens parlaient de moi. »

« Une amie de Debbie a dit que vous vouliez couper les freins de sa voiture. »

« Je parlais en l'air, c'est tout. Ce n'est pas un crime de dire des bêtises. »

« Vous n'êtes jamais revenu à Naples après vos études. Pourquoi donc ? »

« Vous plaisantez ? Vous pensez que j'ai quelque chose à voir avec sa mort ? » Il s'est levé. « C'est de la folie. Je suis désolé, mais je ne pense pas devoir continuer cette conversation sans avocat. »

Vingt-cinq ans plus tard, le scandale d'un examen volé s'estomperait comme mobile de meurtre pour la plupart des gens. Mais Moore était un adolescent, seulement dix-sept ans à l'époque. De plus, dans le New Jersey, j'avais vu mon lot de meurtres pour des places de parking, des téléphones et même une casquette des Yankees. L'embarras et la honte qu'un jeune homme pouvait ressentir pouvaient facilement se transformer en rage meurtrière.

19

PAS BESOIN D'HORLOGE, MON ESTOMAC ME DISAIT QU'IL ÉTAIT presque six heures : l'heure de plier bagage et de rentrer à la maison. Derrick était sorti toute la journée pour des interrogatoires, et le système judiciaire m'avait encore fait perdre une journée. Ça me mettait hors de moi, toutes ces manœuvres juridiques que les avocats de la défense utilisaient pour retarder la procédure et détourner l'attention de leurs clients.

Étant donné mon expérience dans l'affaire Barrow, j'étais un partisan plus fervent que la plupart du principe de la présomption d'innocence. Le problème, c'est que nous avions laissé les avocats abuser du système avec leurs tactiques à répétition, motion après motion. C'était exaspérant de poireauter, en l'occurrence plus de cinq heures, pause déjeuner comprise, pour témoigner.

En quoi la justice y gagnait-elle ? Un accusé a droit à une défense crédible, mais en quoi le public y gagnait-il à ce que ses forces de l'ordre se tournent les pouces dans une salle d'audience ? Il devait bien y avoir une meilleure façon de planifier la comparution des témoins, pour les deux parties.

Pour ajouter à ma frustration, les voleurs de sacs à main n'étaient pas revenus aux Waterside Shops. Je les avais fait fuir. Je devais prendre une décision concernant la poursuite de la surveillance. Devais-je tout arrêter ? La réduire ? Je voulais coincer ces salauds, mais Mary Ann m'a rappelé hier soir que j'en faisais une affaire personnelle.

Le gang n'avait jamais utilisé ni même montré d'arme lors de ses vols à l'arraché. Ils étaient audacieux, mais Saks était une cible facile. Ils voulaient renforcer la sécurité du rayon en attachant les sacs de valeur avec des câbles antivol. Je leur avais demandé de patienter, sachant que s'ils le faisaient, le réseau de voleurs de sacs à main irait voir ailleurs, terrorisant une autre ville.

Ce n'était pas personnel ; c'était une entreprise criminelle qu'il fallait arrêter. Nous ne pouvions pas laisser Naples se transformer en Chicago ou en Baltimore, où des bandes dévalisent les magasins, volent et s'enfuient. J'allais poursuivre la surveillance, bien qu'un peu réduite, et attraper ces salauds.

Alors que je rédigeais un nouvel ordre de surveillance, Derrick est entré, l'air renfrogné et portant une cravate bleue. Je lui ai demandé : « Alors, ça a donné quoi ? »

« Rien. Une pure perte de temps. Personne n'a pu identifier Boralis. »

« Pas même un peut-être ? »

« Zéro. C'est frustrant de ne pas pouvoir faire avancer l'enquête. »

« Tu l'as fait avancer. Éliminer quelqu'un qui aurait pu attirer des jeunes filles permet de mieux cibler l'enquête. »

« Ah ouais ? Alors pourquoi j'ai l'impression d'avoir perdu ma journée ? »

« Toi ? Essaie de rester assis au tribunal toute la journée. J'ai le cul en compote. »

« Quel cul ? Tu n'en as pas. »

Il avait raison, je n'avais pas de cul, mais ce n'est pas ça qui m'a frappé. C'était le fait que notre relation venait de franchir une nouvelle étape. Le gamin était assez à l'aise pour me charrier.

« Tes talents d'observation sont de premier ordre, inspecteur. Maintenant, retourne au travail. »

« Et ce message d'Interpol qui disait qu'ils avaient quelque chose sur Papadakis et qu'ils préparaient un rapport ? »

« Ça pourrait être n'importe quoi, mais j'ai demandé à un de mes copains du FBI de voir ce qu'il pouvait trouver. En attendant, pourquoi tu ne creuserais pas du côté de Papadakis ? Apprends tout ce qu'on peut sur lui. Il est ici depuis longtemps et a dû laisser des traces si c'est notre homme. »

« Qui sait, il pourrait y avoir des cadavres dont on ignore tout. »

« Je n'irais pas jusque-là, mais il y a des centaines de cas d'adolescentes disparues chaque année. Elles fuguent pour différentes raisons, certaines finissent victimes d'abus, mais d'autres sont tuées. »

« Tu penses qu'il a peut-être déjà tué, et que les corps n'ont pas été découverts ? »

« On ne sait même pas s'il a déjà tué, et encore moins s'il a recommencé. C'est pour ça qu'on doit mieux cerner qui il est. »

« Je m'en occupe, chef. »

———

Je ne sentais aucune odeur de cuisine, et Mary Ann était dans un fauteuil inclinable à regarder les infos. « Salut, ma chérie. Qu'est-ce que tu prépares pour le dîner ? Je meurs de faim. »

« Tu avais dit que tu voulais qu'on sorte ce soir. »

Ah bon ? « Ah, oui. De quoi as-tu envie ? »

« C'est toi qui choisis. »

« Essayons ce nouvel endroit : Black Jack Pizza. »

« Tu as entendu dire que c'était bien ? De l'extérieur, ça ne paie pas de mine. »

« J'adore le nom. Ça doit être bon. »

« Tout comme ce restaurant Iguana Mia ? Tu aimais bien le nom aussi, tu te souviens ? »

« Merci de me le rappeler. Tu sais quoi ? Il fait tellement beau ce soir, allons faire un tour chez Doc's à Bonita. Prête à y aller ? J'ai vraiment la dalle. »

« Bien sûr, laisse-moi prendre mon sac. »

« En parlant de sacs, je pensais réduire l'équipe de surveillance chez Saks. »

« Tu ne vas pas y mettre fin ? »

« Pourquoi ne pas essayer encore une semaine ou deux ? Voir si ces salauds reviennent. »

Nous nous sommes dirigés vers le garage. « Sois prudent, Frank. Ils n'arrivaient jamais à moins d'une bonne douzaine. »

« Je sais, mais on a seulement besoin d'une agente infiltrée se faisant passer pour une vendeuse, d'un opérateur de vidéosurveillance et d'une voiture banalisée. »

« C'est trop léger. »

« Je me disais que dès qu'on les verrait sur les caméras, on appellerait des renforts. On peut en finir avec ça. »

« Il serait tout aussi simple de laisser Saks attacher les sacs avec les antivols, comme ils le voulaient. Que tu les attrapes ou non, Saks finira de toute façon par mettre les antivols. »

J'ai appuyé sur le bouton de la porte de garage. « Tu ne comprends pas, Mary Ann. On doit coffrer ces salauds, faire passer le message qu'on ne laissera rien passer. »

« Je comprends, Frank, mais tu n'arrêtes pas de prêcher sur l'allocation des ressources, et pour moi, ce n'est pas le meilleur choix, d'accord ? »

« Je veux démanteler ce réseau, c'est tout. Je pense qu'on peut le faire avec une équipe réduite. »

Alors que je sortais de l'allée en marche arrière, elle a dit : « Ne laisse pas ça devenir personnel. »

C'était personnel. J'avais merdé, et je devais remettre les compteurs à zéro. « Ne t'inquiète pas. »

« Du nouveau sur l'affaire Boyle ? »

« Beaucoup de possibilités. Des suspects potentiels auraient pu être innocentés, mais ça n'a pas été consigné. Je ne veux pas dire du mal d'un collègue, mais ça ressemble à un cas d'école de tout ce qu'il ne faut pas faire. »

« Et cet appel avec la confession sur son lit de mort ? »

« Il avait un autre alibi qui tient encore moins la route que le premier. Je vais retourner le voir d'ici un jour ou deux. »

20

DEUX JEUNES ENFANTS FAISAIENT DU VÉLO DANS L'IMPASSE, CE qui confirmait ma conviction que Delasol était une communauté habitée à l'année. L'odeur de l'herbe fraîchement coupée me prit à la gorge, et je toussotai un « hum… » au moment où Lew Mackay ouvrit la porte.

Sa peau blanche était marquée par un bouton ou une piqûre d'insecte au milieu du front. Après avoir jeté un coup d'œil par-dessus mon épaule, l'air pincé de Mackay se détendit un peu.

« Je vous en prie, entrez, inspecteur. »

J'avançai en silence.

« Je peux vous servir quelque chose ? »

Je fis non de la tête.

« Avez-vous eu l'occasion de voir Hector ? »

« Oui, nous sommes allés voir votre gars, Machado. »

Son regard se fit fuyant. « Il a corroboré ce que je vous ai dit, n'est-ce pas ? »

« Pas exactement. »

« Que voulez-vous dire ? Je dis la vérité. »

« Vous êtes sûr de ne pas vouloir me dire ce que vous faisiez à Delnor-Wiggins la nuit où Debbie Boyle a été assassinée ? »

« Je vous le jure, inspecteur. Ce n'est pas moi. Je n'ai rien à voir là-dedans. Je livrais de l'argent à quelqu'un. »

« Vous vous attendez à ce que je croie que vous étiez impliqué avec un dealer comme Hector Machado ? Vous pensez que c'est comme bosser pour Uber, que vous pouvez y entrer et en sortir comme bon vous semble ? »

« Mais c'*était* comme ça. J'avais besoin d'argent. J'étais dans le pétrin, et je devais faire quelque chose. »

« Alors, vous avez décidé de jouer les passeurs d'argent ? »

« J'étais désespéré. Je connaissais un type qui se faisait de l'argent facile de cette façon, et il m'a présenté à un ami de Machado. »

« Qui était cet ami ? »

« Mike Conner. »

« Où puis-je trouver ce Conner ? »

Mackay fronça les sourcils. « Je sais que ça sonne mal, mais il est mort. Mort dans un accident de voiture il y a environ dix ans. »

J'en avais marre d'entendre des alibis impliquant des morts. « Donnez-moi sa dernière adresse connue. »

Mackay n'hésita pas, et je notai ce qu'il me donna. Je pourrais fouiner pour voir si ce Conner avait un casier.

« Je ne comprends toujours pas ce qu'Hector vous a dit. C'est la vérité. Je travaillais pour lui. »

« Machado a dit qu'il ne vous connaissait pas. Je lui ai montré votre photo, et il n'a pas pu vous identifier. On pourrait penser qu'il se souviendrait de quelqu'un à qui il a confié un sac d'argent. »

« C'était il y a longtemps, et je portais une perruque, avec des cheveux longs, et une casquette de baseball. J'avais peur que quelqu'un me reconnaisse. »

« Quelqu'un vous a reconnu. C'est pour ça que je suis là. »

« Non, je la portais quand j'ai rencontré Hector au Pewter Mug. C'est là qu'il m'a donné l'argent et m'a dit où retrouver son contact. »

Mackay n'était pas quelqu'un en qui on pouvait avoir confiance. C'était évident. Il n'avait aucun principe, décidant de se lancer dans le trafic de drogue parce qu'il était à court d'argent aussi facilement qu'on décide où aller manger. Malgré la profonde aversion qu'il m'inspirait, je me surpris à croire ce qu'il disait à propos du déguisement.

« De quelle couleur la perruque ? Quelle longueur ? »

« Noire, qui descendait à peu près jusque-là. » Il toucha le haut de son épaule. « C'est un truc que j'ai acheté à la boutique Spencer Gifts, qui se trouvait dans le centre commercial de Coastland. »

« Quel genre de casquette de baseball ? »

« Des Dallas Cowboys. »

N'étant pas un fan de foot américain, je ne pouvais pas me souvenir s'ils étaient l'« America's Team » en 1993. « Vous portiez la même tenue à chaque fois ? »

« Ouais. Mais je ne l'ai fait que deux fois. »

Oh, vous vous êtes seulement adonné au trafic de drogue deux fois ? Pas de problème, un juge comprendrait.

« Je vais vérifier ce que vous m'avez dit, et je vous préviens : si vous me menez en bateau, en me faisant perdre un temps que je n'ai pas, la prochaine fois que vous me verrez, ce sera pour vous passer les menottes. »

———

Commençant ma journée en douceur avec une deuxième tasse de café, je feuilletais le *Forensic Monthly Journal*. Je lus un petit article sur une avancée intéressante en biomécanique. À l'aide d'ordinateurs, les techniciens entraient des informations sur une blessure dans un programme surpuissant. Le programme analysait les données et créait des graphiques, recréant des scénarios sur la façon dont la blessure avait été infligée.

L'information était précieuse pour déterminer la taille d'un agresseur, de quelle direction il était venu et, plus important encore, elle permettait de faire la distinction entre une chute accidentelle et une blessure intentionnelle.

Je saisis une adresse de site que l'article mentionnait pour voir des exemples concrets de la technologie en action. La première vidéo traitait d'un coup de couteau mortel, la défense soutenant que la victime était tombée sur un couteau en cuisinant.

Une animation de la femme, avec des boucles d'oreilles pendantes, prit vie. Au ralenti, le personnage tombait vers le sol, tenant un couteau de cuisine. En s'effondrant, le couteau disparut sous elle. Une vue de dessous montrait que l'angle du bras rendait impossible que la blessure par arme blanche se soit produite pendant la chute.

Quand une deuxième animation commença, un homme entra dans le champ, le bras armé, tenant un couteau. La femme recula devant son agresseur, trébuchant au moment où le couteau était plongé dans sa poitrine. Des gros plans de la zone de la blessure correspondaient à l'angle de la blessure réelle. C'était une démonstration convaincante.

Heureusement que j'étais au début de la quarantaine,

parce que la technologie allait bientôt réduire les effectifs d'inspecteurs. Je m'inscrivis pour être averti de la tenue d'une formation dans la région. Ça me rendrait moins dépendant d'un légiste lunatique et ferait une forte impression dans un tribunal.

Une idée sur une utilisation possible de cette technologie me vint à l'esprit au moment où mon partenaire entra dans le bureau.

« Salut, patron. »

Derrick a posé un gobelet Dunkin' Donuts sur mon bureau. « Merci. Tu devrais jeter un œil à cet article sur la biomécanique. C'est incroyable : les graphismes réalistes qu'on peut créer. Ils disent que c'est une science. Je n'en sais rien, mais les reconstitutions peuvent révéler beaucoup sur la façon dont une blessure s'est produite. »

« On pourrait peut-être l'utiliser pour l'affaire Boyle. Elle avait de multiples blessures. On pourrait peut-être apprendre quelque chose. »

« Ce ne sont pas les coups de couteau qui m'intéressent. C'est la blessure à la tête que le petit ami, Wheeler, a dit avoir subi. »

« Tu veux dire, pour savoir si elle était auto-infligée ou non ? »

« Bingo. »

« Tu penses que la biomécanique pourrait aider ? »

« Pourquoi pas ? Le seul hic, c'est qu'on travaille avec des photos qui datent de vingt-cinq ans. J'espère qu'il y aura assez de matière. »

« Qui serait capable de les analyser ? »

« Pas encore sûr, mais je vais me renseigner. En attendant, dis-moi ce que tu as déniché sur Papadakis. »

21

D<small>ERRICK ME METTAIT AU COURANT</small>.

« J'aimerais en avoir plus, mais soit Papadakis s'est fait discret pendant un quart de siècle, soit c'est le tueur le plus malin de l'histoire. Il a travaillé dans le même cabinet comptable pendant plus de vingt ans. Ce n'est pas un expert-comptable, mais d'après ce qu'on m'a dit, c'est un aide-comptable de haut niveau. »

« Ça voudrait dire qu'il est soucieux du détail, qu'il saurait qu'il doit couvrir ses traces. Pour quel genre de clients a-t-il travaillé ? »

« Euh, je n'ai pas demandé. »

« Ça pourrait être une information importante. Ça nous donnerait un réseau plus large pour faire des recoupements. Qui sait, peut-être qu'un de ses clients a disparu. »

« Tu crois ? »

« Non, mais c'est une chose qu'on doit savoir. Et pour ce qui est des voisins, des amis ? »

« Rien. C'est un solitaire, mais tout le monde a dit qu'il

ne causait jamais de problèmes et qu'il n'était pas colérique. »

« Solitaire ? C'est intéressant. La plupart des tueurs sont des solitaires. »

« Qu'est-ce qu'on fait pour lui, maintenant ? »

« Vérifie sa liste de clients. Si ça ne donne rien, laisse tomber jusqu'à ce qu'on ait des nouvelles des fédéraux. »

« D'accord. Je m'en occupe tout de suite. »

« Aussi, j'ai besoin que tu interroges Machado, le type pour qui Mackay a dit qu'il transportait de l'argent. »

Derrick s'est levé. « Bien sûr. Tu l'as vu une fois, non ? »

« Oui, avec l'inspecteur Vargas. Il est dans un foyer de réinsertion à Immokalee. Machado a passé sa vie à faire des allers-retours en prison. Ça va si tu y vas seul ? »

« Pas de problème. À Washington, je côtoyais tout le temps ces soi-disant durs à cuire. Quelle est la mission ? »

Je lui ai expliqué ce que Mackay m'avait dit au sujet de son déguisement.

Derrick s'est dirigé vers la porte. « Compris. Ne t'en fais pas. »

J'ai montré sa veste, qui était posée sur le dossier de sa chaise, et j'ai dit : « Je sais bien. »

————

Le Tamiami Trail était désert. J'avais baissé les vitres en me rendant à l'université Hodges. Leur campus de Naples, près de l'intersection d'Immokalee Road et de l'I-75, était on ne peut plus pratique. Je ne savais pas ce qui brillait le plus, le soleil ou mon optimisme à l'idée qu'un professeur de biomécanique allait m'éclairer sur la blessure de Wheeler.

Hodges avait un programme de justice pénale en pleine

expansion et avait débauché Joseph Liston, un professeur de biomécanique de Chicago. Je me suis garé devant une poignée de bâtiments beiges de deux étages. L'endroit ressemblait plus à un siège social qu'à un campus universitaire.

Saisissant mon sac, j'ai suivi un trottoir sinueux jusqu'au bâtiment principal. Deux jeunes d'une vingtaine d'années, coiffés de bonnets de Père Noël, campaient sous un magnolia près de l'entrée. Même si j'étais à Naples depuis quelques années, je n'arrivais toujours pas à m'habituer à une température de vingt-sept degrés à deux semaines de Noël.

Joe Liston avait des sourcils broussailleux et assez de poils qui sortaient de ses oreilles pour me donner la chair de poule. Ses yeux bleus étaient intenses, et il m'a serré la main fermement.

« Ravi de vous rencontrer, inspecteur. »

« De même, professeur. J'apprécie vraiment que vous preniez le temps de m'aider. »

« Pas de problème. Je travaillais tout le temps avec la police de Chicago. »

« Ça doit être animé, d'être flic là-bas. »

« Une partie de Chicago est une zone de guerre. C'est vraiment dommage. Comment puis-je vous aider ? »

« J'ai cette affaire : c'est une "cold case", de 1993. Une jeune fille de dix-sept ans a été assassinée à Wiggins Park. Elle était là avec son frère de sept ans et son petit ami de vingt-deux ans. Vers vingt heures, elle a dit qu'elle devait aller aux toilettes et a laissé son frère et son petit ami. Elle n'est jamais revenue. Le petit ami a laissé le garçon plus jeune, disant qu'il allait la chercher. Il prétend avoir été attaqué et assommé. La jeune fille a été retrouvée morte plusieurs heures plus tard. Ce sont de vieilles photos, mais c'est ce avec quoi je travaille. »

J'ai fait glisser les photos du corps de Debbie Boyle sur le bureau du professeur Liston. Il a étudié chaque photo lentement et a utilisé une loupe sur deux des cinq clichés.

« Qu'est-ce que vous essayez de déterminer, inspecteur ? La main dominante du tueur ? L'arme ? »

« Non, non. L'histoire du petit ami est juste un peu trop facile. Il prétend n'avoir aucun souvenir des événements de cette nuit, et un interrogatoire ultérieur a révélé certaines incohérences. Jetez un œil à ça. »

Je lui ai tendu trois polaroïds de la blessure au front que Wheeler prétendait avoir été infligée par un agresseur. « Y aurait-il un moyen de déterminer si cette blessure a été auto-infligée ? »

Liston a examiné les photos et a dit : « Est-ce que des radiographies ont été faites à l'époque ? »

« C'est incroyable, mais non. »

« C'est regrettable. » Il a repris une photo. « Ce serait difficile sans savoir quelle arme a été utilisée. »

« Vous pouvez essayer ? »

« Bien sûr, mais un moyen simple de déterminer la force d'un tel coup serait un œdème cérébral et une fracture du crâne. Vous voyez, ce n'est pas impossible, mais laissez-moi vous montrer. Levez-vous un instant. Êtes-vous droitier ou gaucher ? »

« Je suis droitier. »

« D'accord, prenez cette règle dans votre main droite. Maintenant, tendez le bras et avancez-le comme pour vous frapper le front. »

Le mouvement était étrange.

« Vous voyez, la force d'un coup est limitée par la faible amplitude que votre coude permet. »

« Oh, je sens à quel point c'est limitant. »

« Maintenant, vous auriez plus d'élan en tenant les extrémités avec chaque main et en l'amenant vers votre front. Utiliser cette manœuvre permet à vos coudes d'avoir plus d'amplitude, ils se retrouvent derrière vous. Bien sûr, une autre façon de s'auto-infliger une blessure au front serait de se frapper la tête contre un objet, disons un mur, ou dans ce cas, une branche ou une barrière. Mais c'est aussi un mouvement avec une amplitude limitée. »

J'ai rejeté la tête en arrière et l'ai balancée vers l'avant, mon menton heurtant ma poitrine. « Est-ce qu'un de ces mouvements auto-infligés pourrait faire perdre connaissance à quelqu'un ? »

« Ce serait difficile, mais pour quelqu'un avec des blessures à la tête antérieures, comme une commotion cérébrale, c'est possible. »

« Pensez-vous qu'un examen plus approfondi aiderait à clarifier les choses ? »

« J'ai une suggestion. » Liston s'est rassis. « Nous avons des réactions instinctives qui servent à protéger le corps. On a beau prévoir, disons, de se frapper la tête contre un mur de briques aussi fort que possible, notre subconscient atténuera la force que nous appliquons. »

« Pour amortir le choc ? »

« Exactement. »

« Alors, quelle est la suite ? »

« Une IRM. La technologie d'aujourd'hui devrait être capable de détecter même la plus petite fracture, disons une fêlure, qui a cicatrisé. S'il y avait une preuve de fracture, surtout une fracture importante, ce serait une preuve concluante qu'il a été frappé par une force extérieure à son contrôle. »

« C'est une bonne idée. Je ne sais juste pas si on peut le convaincre de se soumettre volontairement à un tel examen. »

Liston a haussé les épaules. « Là-dessus, je ne peux pas vous aider. »

« Vous m'avez été d'une grande aide, Professeur, d'une très grande aide. »

Expliquer l'objectif d'une IRM et la réaction de Wheeler face à cet examen en diraient long sur la façon dont il s'est blessé. Une vague d'excitation était telle que j'ai eu du mal à ne pas repartir vers ma voiture en sautillant.

22

J'AI CHERCHÉ LA CLÉ DE MON BUREAU DANS MA POCHE AVANT de me rendre compte que la porte était ouverte. J'ai regardé l'heure. Il n'était que huit heures et quart, et Derrick était derrière son bureau, un grand sourire aux lèvres.

« Bonjour, patron. Je vous ai préparé un café, bien noir. »

J'ai hoché la tête. « Merci. »

« Vous n'allez jamais le croire, mais Interpol a envoyé un rapport sur Papadakis. »

J'avais besoin de démarrer la journée en douceur. Il me fallait deux cafés pour être opérationnel. J'ai pris la tasse sur mon bureau. « Oh là. Ça fait longtemps que vous êtes là ? Le café est presque froid. »

« Vers sept heures. Je me suis levé à cinq heures et j'ai vérifié mes e-mails. Une fois que j'ai vu le rapport d'Interpol, je n'ai pas pu me rendormir. »

J'ai bu une gorgée de café tiède pendant que Derrick ne tenait plus en place. « D'accord, dites-moi, qu'avez-vous obtenu d'Interpol ? »

Derrick a bondi de sa chaise. « Notre Papadakis a été suspecté dans une affaire de mort suspecte en Grèce. »

La nouvelle m'a fait l'effet d'un shot de Red Bull. « Qui était la victime ? »

« Un autre adolescent, mais un garçon cette fois. »

« Y avait-il un lien entre Papadakis et le gamin ? »

Derrick a attrapé un document sur son bureau et me l'a tendu. « Voilà ce qu'ils ont envoyé. »

Il n'y avait pas grand-chose. La police hellénique avait signalé Papadakis à Interpol en avril 1987 pour l'empêcher de fuir la Grèce. Papadakis était une personne d'intérêt dans le meurtre par arme blanche de Spiro Xeanax, un garçon de seize ans originaire d'une ville dont je ne pouvais pas prononcer le nom. Ils avaient finalement levé l'interdiction de voyager, mais le meurtre était resté non élucidé.

« Vous avez vu ? C'était un autre coup de couteau. »

« Oui, mais une victime masculine. »

« Je ne savais pas quoi faire ensuite. Comment pouvons-nous en savoir plus à ce sujet ? »

« Bonne question. Je ne suis même pas sûr de ce que les Grecs ont conservé sur cette affaire. Ils l'ont peut-être jetée ; ça date de plus de trente ans. »

« Ils n'ont pas le droit de faire ça, si ? »

« Probablement pas. »

Je ne pouvais même pas imaginer enquêter sur un autre meurtre vieux de plusieurs décennies, surtout un qui s'était produit en Grèce. Quelle serait la bonne marche à suivre ? C'était difficile à admettre, mais je n'avais aucune idée par où commencer. Par Interpol ? La police grecque ? Peut-être le département d'État ?

Peut-être que mon nouvel ami Haines saurait. Il était au FBI, qui n'intervenait pas à l'international, mais je pariais qu'il avait quelques idées et un contact ou deux. Ça valait le coup d'essayer avant d'aller voir le shérif Chester. S'il apprenait que j'enquêtais sur un meurtre à huit mille kilomètres de là, il me dirait probablement d'abandonner toute l'affaire Boyle.

———

DERRICK AVAIT CONFIRMÉ que Fred Jones était le meilleur ami de Gerry Moore au lycée. Nous sommes entrés dans Bear Creek et j'ai montré un badge au portail. Derrick a dit : « Bear Creek ? En Floride ? C'est quoi ce nom ? »

« Vous seriez surpris du nombre d'ours noirs qu'il y a dans le comté. »

« Vraiment ? Je pensais qu'on les trouvait dans les régions montagneuses du nord-est. »

« Je pensais la même chose, mais les ours noirs sont présents sur toute la côte Est. J'en ai vu trois jusqu'à présent. »

« Ouah. J'adorerais en voir un. »

Nous nous sommes garés devant une maison mitoyenne avec un toit en tuiles rouge-orange qui avait besoin d'un bon coup de nettoyeur haute pression. La maison, dont l'aménagement paysager était envahi par la végétation, semblait avoir une trentaine d'années. Je l'ai estimée à trois cent mille dollars. Une odeur de curry flottait dans l'air. J'espérais qu'elle ne venait pas de chez Jones.

La tête de Fred Jones était penchée en arrière, comme s'il regardait par-dessus votre tête. Beurk, je pouvais voir les poils de son nez. Il a enveloppé ma main. Encore un type en meilleure forme que moi.

« Vous savez, je suis un grand fan de la police. Mon

oncle était flic dans l'Indiana. Bon sang, je l'idolâtrais quand j'étais gamin. »

Je me méfiais toujours quand quelqu'un nous faisait des éloges. J'ai souri. « Merci. »

Il nous a conduits dans un salon familial, trois tons trop sombres à mon goût. Un match de baseball passait à la télé.

« Les Devil Rays contre les Yanks. »

Derrick a dit : « On les appelle juste les Rays maintenant. »

« Juste un autre exemple de l'absurdité du politiquement correct. Je veux dire, qui était offensé par le diable ? »

« C'est fou, n'est-ce pas ? »

« Et une bouteille d'eau ? »

« Bien sûr. »

Il est allé dans la cuisine. « Alors, vous enquêtez sur le vieux meurtre de Boyle. »

J'ai fusillé Derrick du regard, mais il a secoué la tête. J'ai dit : « Vous avez parlé à Gerry Moore ? »

« Ouais, on se parle toutes les deux semaines environ, vous savez, pour prendre des nouvelles. »

Il m'a tendu une bouteille de Poland Springs. « Qu'est-ce qu'il vous a dit ? »

« Que vous êtes allé le voir et que vous lui avez posé des questions, comme s'il aurait pu être celui qui a tué Debbie. »

Derrick a dit : « Qu'est-ce que vous en pensez ? »

« À propos de quoi ? »

« De la possibilité que votre ami Gerry l'ait fait. »

« Gerry ? Je ne peux pas l'imaginer faire une chose pareille. »

J'ai dit : « Vous étiez de bons amis au lycée, n'est-ce pas ? »

« Ouais, on était les meilleurs amis du monde. On l'est toujours, en fait. »

« Je voudrais en savoir plus sur l'incident du test SAT. »

« Il m'a dit que vous l'aviez cuisiné là-dessus. Mais je comprends, vous avez un travail à faire. »

Derrick a dit : « Pensez-vous qu'il a volé le test ? »

« Jamais de la vie. S'il l'avait fait, il me l'aurait proposé. On était tous les deux terrifiés à l'idée de passer cet examen. Quel gamin ne l'est pas ? »

« A-t-il déjà mentionné qu'il essayait d'obtenir un avantage quelconque ? »

« Où aurait-il pu se procurer une copie ? »

« Mais il a très bien réussi au test. »

« Croyez-moi, j'ai été surpris, mais il a suivi des cours de préparation. On l'a tous fait. Dire que c'est parce qu'il a volé une copie, c'est insensé. »

« Quand il a été accusé, comment a-t-il réagi ? »

« Il était furieux, mec. Toute cette histoire a fait un drame à l'école, et il était en plein milieu. Il a même dit que ses parents pensaient qu'il l'avait fait, au début. »

« Pourquoi pensez-vous que Debbie Boyle aurait dit quelque chose comme ça ? »

« Je n'en ai aucune idée. »

« Gerry a dit qu'elle lui faisait des avances, et que quand il l'a repoussée, elle s'est mise en colère. »

« Je ne sais pas pour ça. C'est ce qu'il a dit, mais en toute honnêteté, je ne l'ai jamais vue s'en prendre à lui. »

« Nous avons cru comprendre que l'affaire s'était tassée après qu'elle a porté cette accusation sans avoir de preuves. »

« Oui, ça a disparu au bout d'environ deux semaines.

Mais M. Culver, le prof sexy de l'époque, l'a soutenue en disant que Debbie lui en avait parlé. »

« Pensez-vous que le professeur mentait ? »

Il a secoué la tête. « Non, je ne pense pas qu'il aurait fait une chose pareille, mais tout ce qu'il a dit, c'est qu'elle lui en avait parlé. Il n'a jamais dit que Gerry avait fait quoi que ce soit. »

« Nous savons que Gerry a menacé Debbie Boyle, en disant qu'il la lui ferait payer pour ce qu'elle avait fait. »

« Il essayait juste de lui faire peur, vous savez. Pour se donner un air de dur. »

« Moore a quitté Naples juste après le meurtre de Boyle. »

« Il est parti à l'université, à Richmond. Je ne me souviens pas de la date exacte, mais ce n'était pas juste après. Je sais qu'il est parti plus tôt que moi, mais il avait hâte de changer d'air, et un ami de son frère avait un appartement où nous sommes restés jusqu'à l'ouverture des résidences universitaires. »

« Moore n'est jamais revenu à Naples. Y a-t-il une raison particulière ? »

« Il est revenu, sa famille était ici. Il a trouvé un travail à Sarasota. Ce n'est qu'à deux heures de route. »

« Moore a dit qu'il était avec vous le soir où Debbie Boyle a été assassinée. »

« Oui, nous étions ensemble. Il a dormi chez moi cette nuit-là. »

« Mais vos parents n'étaient pas à la maison, n'est-ce pas ? »

« Ils étaient partis à Tampa. »

« Et il n'y avait personne d'autre ? »

« Non, juste nous deux. »

« Qu'avez-vous fait ce soir-là ? »

« On a regardé *Le Parrain* deux fois, puis *La Nuit des morts-vivants*. On a mangé des pizzas et bu quelques bières. »

« Vous vous souvenez de ce que vous avez regardé il y a vingt-cinq ans ? »

« Oui. D'abord, c'était le soir où Debbie est morte, et on adorait tous les deux le cinéma, surtout *Le Parrain*. »

« Vous ne seriez pas en train de protéger votre ami en lui fournissant un alibi, n'est-ce pas ? »

« Non, hors de question. C'est mon meilleur ami, mais je ne ferais jamais une chose pareille. C'est illégal, non ? »

« Entrave à la justice. »

Nous avons terminé et, dès que nous sommes montés en voiture, Derrick a dit : « Toute cette histoire de films regardés avec Moore me paraît louche. »

« Je ne sais pas trop. »

« Ses parents étaient absents, et personne d'autre pour le confirmer. Vous ne trouvez pas que ça tombe un peu trop bien ? »

« C'est parce qu'il dit la vérité. »

« Comment pouvez-vous dire ça ? »

« Le dossier indiquait que les parents avaient confirmé leur absence. Cela voudrait dire qu'ils ont planifié le meurtre ensemble, sachant qu'ils auraient un alibi. »

« D'accord. »

« Mais ils n'auraient jamais pu savoir que Boyle serait à Wiggins le même soir. »

« Oh, je n'avais pas réfléchi jusqu'au bout. »

« Vous avez commis une erreur au début avec Jones. Lors d'un interrogatoire, on sème des graines, on coince un témoin. Vous avez commencé directement en lui demandant s'il pensait que Moore avait tué Boyle. »

« En quoi était-ce une erreur ? »

« On attend ce moment, on le prépare, en voyant si le témoin insinue ou nous dit carrément quelque chose qui contredirait cette hypothèse. Vous avez gâché l'occasion de poser des questions à Jones sur Moore, comme par exemple s'il était violent. »

« On aurait pu demander ça. »

« Mais il était sur ses gardes. Il avait déjà dit que son pote n'aurait jamais pu faire ça. Vous voyez ce que je veux dire ? Il y a une sorte de danse psychologique à mener. Soyez prudent et, dans le doute, taisez-vous. »

Ce n'était pas facile d'être assis à côté d'un homme qui boudait, mais c'était pour son bien.

23

Attrapant mon manteau et les clés de la Cherokee, j'ai quitté le bureau pour rendre une nouvelle visite à Clem Walker, le pêcheur, un autre type dont l'histoire ne tenait pas vraiment la route.

Je savais qu'il y avait des mordus de la pêche au surfcasting. D'ailleurs, il y avait un type qui lançait sa ligne à chaque fois que j'allais à la plage. Ce type portait un chapeau orné de dizaines de plumes d'oiseaux qu'il avait ramassées sur le sable. Il y avait aussi un autre gars, au dos voûté, qui était là presque tous les jours. J'avais discuté avec eux deux à quelques reprises, et ils n'avaient rien en commun avec Walker.

Je savais que c'était un échantillon un peu mince pour en tirer des conclusions, mais Walker n'avait pas non plus de seau avec lui. J'avais parlé à une douzaine de pêcheurs au quai de Naples, et tous m'avaient dit qu'ils ne pêchaient jamais sans un seau, quel qu'il soit. De plus, Walker vivait sur l'île de Capri, qui m'avait tout l'air d'un paradis pour plaisanciers. Pourquoi diable aurait-il conduit jusqu'à

Wiggins ? De nuit ? Ça lui aurait pris vingt-cinq minutes pour l'aller et autant pour le retour.

En approchant de Marco Island, j'ai tourné à droite vers l'île de Capri. Une brise saline a balayé l'habitacle de ma Cherokee alors que je me garais devant la maison de Walker. Son bateau et son pick-up rouge étaient au même endroit. L'odeur de la mer a laissé place à une odeur de fumée qui, selon moi, était du cèdre.

Il n'a pas répondu quand j'ai frappé, mais j'ai aperçu une silhouette à l'arrière et j'ai contourné le côté de la maison bleue. Vêtu d'un short coupé, Walker se tenait devant un barbecue en forme de tonneau. De la fumée s'échappait des côtés du gril.

« Monsieur Walker ? »

Une cigarette pendant à ses lèvres, Walker s'est retourné. « Oh, un instant. J'ai presque fini. »

« Vous préparez le déjeuner ? »

« Non, je fume de l'espadon du coin. »

De l'espadon ? « Je n'ai jamais fait ça. Vous utilisez du cèdre ? »

Walker a écrasé sa cigarette dans le gravier. « Ouais. C'est facile. Il faut juste faire mariner le poisson d'abord, j'utilise un mélange d'épices et de sels que mon grand-père m'a appris. Ensuite, on le laisse sécher. Ça forme une sorte de glaçage dessus pour garder l'humidité à l'intérieur et les bactéries à l'extérieur. Après ça, on est prêt à le fumer. »

Il a soulevé le couvercle et un nuage de fumée a enveloppé sa tête. Je me suis écarté de la fumée tandis qu'il disait : « Celui-ci est prêt. Dès qu'il aura refroidi, je l'emballerai. À moins que vous n'en vouliez. »

N'ayant jamais goûté d'autre poisson fumé que le saumon et le merlan, j'en avais envie, mais les doutes sur la réfrigération de la maison et l'odeur de poisson m'ont rebuté.

« Merci, je vais passer. Une autre fois, peut-être. »

« Ça vous dérange si on parle ici ? » a-t-il demandé en désignant un salon de jardin que j'avais moi-même regardé chez Costco.

« Ça me va. » Il n'y avait pas de coussins sur les chaises, ce qui me faisait mal au cul décharné.

Walker s'est assis en face de moi et a allumé une autre cigarette.

« Je vais aller droit au but, alors. Je ne vois pas pourquoi quelqu'un qui vit ici et qui a un bateau conduirait jusqu'au parc de Wiggins pour pêcher, surtout de nuit. »

« Je préfère la pêche au surfcasting ; c'est plus difficile, vous savez, et en plus on peut marcher sur la plage, sentir le sable entre ses orteils. »

Je devais être d'accord avec lui sur le sable. « Vous n'allez pas pêcher sur votre bateau ? »

« Non, jamais. »

« Jamais ? »

Walker a retiré un bout de tabac de sa langue. « Ouais, jamais. »

« Je ne m'y connais peut-être pas beaucoup en pêche, mais je sais qu'on ne peut pas attraper un espadon depuis la plage. »

« C'est exact. Ce sont de très gros poissons. »

« Alors, où l'avez-vous attrapé, sur votre bateau ? »

« Non, c'est mon voisin, une maison plus loin, qui l'a pêché. »

Bonne réponse, et facile à vérifier. « Compris. Bon, j'ai vérifié, et vous avez un casier judiciaire. »

« Et alors ? Ce ne sont que des broutilles. »

« Peut-être les accusations pour possession de drogue, mais je n'appellerais pas l'agression de votre voisin une broutille. »

Walker a tiré une longue bouffée, a penché la tête en arrière et a soufflé la fumée vers le ciel. « Ce salaud avait dépassé les bornes. »

« Alors, vous l'avez envoyé à l'hôpital avec cinq côtes cassées et une commotion cérébrale ? »

« Il l'avait bien mérité, et ça a fait déménager ce porc. »

« Qu'est-ce qui vous a fait sortir de vos gonds ? »

« Ça s'est fait sur une longue période. Il n'arrêtait pas de faire le con. Mais un week-end, ma nièce Nadeen était là. Elle n'avait que douze ans à l'époque. J'avais un Boston Whaler, et elle voulait le laver, alors on était dans l'allée, et il est arrivé et a commencé à la draguer. C'était une gamine, et je lui ai dit d'arrêter son cinéma. Il est parti, mais pas avant de jurer et de faire une remarque vraiment obscène. Je l'ai rattrapé, mais je n'ai fait que l'avertir. Puis, plus tard dans la soirée, on faisait un barbecue et on jouait aux cartes ici même, et il a commencé à tirer des feux d'artifice. Les fusées partaient dans tous les sens, et je lui ai demandé d'arrêter. Il s'est arrêté cinq minutes, puis il a recommencé à pointer les fusées sur nous. Une a failli toucher Nadeen, et là, j'ai pété les plombs. »

Le voisin semblait mériter sa correction. « Vous auriez pu appeler la police. »

« Croyez-moi, j'aurais aimé le faire. Ma sœur n'a pas laissé Nadeen me rendre visite pendant cinq ans. »

« Vous avez affirmé que c'est vous qui aviez suggéré d'appeler la police quand Debbie Boyle a disparu. »

« C'est exact. Je ne savais pas quoi penser de ce qui se

passait. Le petit ami était tout retourné, il disait qu'il avait été attaqué, et il y avait le gamin. »

« Mais vous n'avez jamais appelé, vous-même. »

Walker a pris une autre cigarette entre ses doigts et a dit : « Si c'était aujourd'hui et que j'avais eu un portable, je l'aurais fait. »

Mettant fin à l'entretien, j'ai décliné une autre offre de poisson fumé et je me suis dirigé vers le devant de la maison.

J'ai marché jusqu'à l'allée. Le bateau était reculé contre le pick-up, mais pas attelé. Son intérieur était jonché de feuilles, et la remorque du bateau avait un pneu à plat. Comment avais-je pu rater ça ? Peut-être que ce Walker était *simplement* en train de pêcher. Sans cette histoire de seau, je l'aurais complètement innocenté.

Me dirigeant vers le nord sur la 75, j'ai passé la sortie de Rattlesnake Hammock et mon téléphone a sonné.

« Frank, c'est Tom Haines. »

« Comment ça va, Tommy ? »

« Bien. Je voulais te prévenir. Je suis en train de t'envoyer ce qu'on a dégoté sur Igor Papadakis. »

« Merci. Quelque chose d'intéressant ? »

« Le type ressemble à Peter Frampton. »

Frampton ? Papadakis ? « De quoi tu parles ? Le gars a les cheveux noirs. »

« Photo de lui avec de longs cheveux blonds, ondulés, comme Frampton à l'époque, avant qu'il ne devienne chauve. »

Des cheveux blonds ? La promeneuse sur la plage, Nielsen, a dit avoir vu une femme aux cheveux blonds dans le parc. Ça aurait pu être Papadakis ?

24

L'ESPRIT TOURNANT À PLEIN RÉGIME, J'AI FONCÉ AU BUREAU avec la Cherokee. Diane Nielsen reconnaîtrait-elle la personne qu'elle avait aperçue à Delnor-Wiggins sur une photo de Papadakis aux cheveux blonds ? Y avait-il des cheveux blonds sur la scène de crime qui auraient pu appartenir à Papadakis ? J'aurais dû y penser et vérifier, au lieu de supposer qu'ils provenaient de la victime.

Est-ce que je ne valais pas mieux que les amateurs qui s'étaient occupés de l'affaire ? La chimio que j'avais subie m'avait laissé des séquelles, et aucun des exercices cérébraux ou des compléments alimentaires ne semblait fonctionner.

Derrick a bondi sur ses pieds quand j'ai fait irruption dans le bureau.

« Salut, Frank, je reviens tout juste de chez Machado. »

J'ai fait le signe du temps mort avec mes mains. « Attends. Le FBI m'a envoyé un dossier sur Papadakis. »

« Ça tombe à pic, parce que Machado a enfoncé Mackay. »

Mon ordinateur mettait une éternité à démarrer. « Qu'est-ce qu'il a dit ? »

« Il a dit qu'il se souvenait que le type portait une casquette de baseball… »

« Comment s'en est-il souvenu ? »

« Il a dit que le type la portait très bas, complètement enfoncée sur la tête. »

J'ai cliqué sur l'icône des e-mails. « Beaucoup de types portaient des casquettes à l'époque. »

« Il savait que c'était une casquette des Cowboys. »

Je me suis retourné. « Comment aurait-il pu savoir ça ? »

« Je n'ai jamais mentionné le type de casquette. Je lui ai juste demandé s'il s'en souvenait, et il m'a répondu que c'était une casquette des Cowboys. Il a dit qu'il était un grand fan des Steelers, et qu'ils avaient perdu contre les Cowboys au Super Bowl cette année-là. Machado a dit qu'il détestait les Cowboys. »

« Mais il n'a pas pu affirmer avec certitude que c'était Mackay. »

« Non, mais j'ai tendance à croire que c'était bien Mackay. »

L'e-mail de Haines était le troisième de la liste. J'ai cliqué dessus et j'ai dit : « Fouille dans les finances de Mackay. Vois si tu peux trouver s'il a remboursé un prêt ou s'est mis à jour de ses paiements. Retrouve son propriétaire, ce genre de choses. Découvre s'il s'est soudainement retrouvé avec de l'argent. Ah, et demande à Machado et Mackay combien il touchait pour les livraisons. Vois si ça correspond. »

L'e-mail s'est ouvert, révélant deux pièces jointes et un court message : Salut Frank, voilà pour toi. Bonne chance, Tom.

J'ai cliqué sur le fichier JPG, et la photo d'un homme ne

ressemblant que très peu à Papadakis m'a dévisagé. Je ne voyais pas de Peter Frampton dans ce visage, mais les cheveux étaient blonds, ondulés et lui arrivaient aux épaules.

Derrick regardait par-dessus mon épaule. « Putain de merde, il a les cheveux blonds. C'est peut-être lui que le promeneur sur la plage a mentionné. »

Il devait se douter que j'y avais déjà pensé. « Quand Haines m'a appelé, j'ai pensé la même chose. »

« On est sûrs que c'est Papadakis ? »

« Cette photo a plus de trente ans. Laisse-moi trouver quelque chose pour comparer. »

Mon alarme pipi a sonné au moment où j'affichais la photo du permis de conduire de Papadakis. Le noir corbeau me déconcertait, mais les yeux avaient le même écartement et leur couleur correspondait. Son menton s'était empâté, arrondissant son visage, mais c'est l'effet de trois décennies de gravité. Le nez sur la photo du permis était légèrement plus large, plus épais, mais assez proche. Plus j'étudiais les images, plus elles me semblaient similaires. Pas besoin de les passer dans le simulateur facial.

« C'est lui. Voyons ce qu'ils ont sur lui. »

———

WHEELER NE VOULAIT PAS que je revienne chez lui. Il m'a fait des difficultés au téléphone, ce qui m'a rendu méfiant. Il était hors de question qu'il me rembarre. J'ai insisté, et il a cédé.

Affichant un large sourire, Wheeler m'a accueilli comme un vieil ami, ce qui a fait sonner mon détecteur de conneries. C'était peut-être sa barbe naissante, mais il avait l'air fatigué et plus vieux. Quelque chose l'empêchait de dormir ?

« Entrez. Content de vous revoir. »

Je suis entré tandis que Wheeler poussait sur le côté quelques jouets en plastique. « Désolé. Mon fils n'a pas encore appris à ranger ses jouets. »

Pour une raison que j'ignorais, j'étais jaloux de Wheeler, d'avoir un enfant avec qui jouer et à qui enseigner des choses. Je n'avais pas beaucoup pensé à la paternité, mais récemment, l'idée s'était immiscée dans mes pensées.

« Ça doit être bien d'avoir un fils. »

« Oh, c'est incroyable. Il est génial, mais ce n'est pas tout rose. Quand il fait une crise de colère, vous n'avez pas envie d'être dans les parages. Vous avez des enfants ? »

« Non. Le temps commence à me manquer. »

« Alors, bougez-vous. Croyez-moi, on n'a pas vraiment vécu tant qu'on n'a pas d'enfants. »

Merci, c'est exactement ce que j'avais besoin d'entendre. « On verra bien. »

« Venez, on va s'installer dehors, comme la dernière fois. »

« Parfait. »

Alors que nous passions par la cuisine, il a dit : « Je vais nous chercher quelque chose à boire. De l'eau, ça vous va ? »

« Parfait. »

Il m'a tendu une bouteille d'eau et a décapsulé une canette de racinette. Il a bu une gorgée et a demandé : « Comment avance l'enquête ? »

« C'est pour ça que je suis là. Je suis allé voir Clem Walker, le type qui pêchait cette nuit-là. Il est certain que c'est lui qui a eu l'idée d'appeler la police. »

« Ce n'est pas comme ça que je m'en souviens. J'étais

confus, c'était la folie, j'avais mal à la tête. Debbie avait disparu et j'avais besoin d'aide, c'est pour ça que je voulais la police. »

« Mais vous êtes d'abord allé la chercher. »

« Bien sûr que oui. Elle avait disparu. Nous avons cherché dans les environs en espérant la trouver. »

« Mais si vous avez été attaqué, comme vous l'avez dit, il y avait quelqu'un de dangereux dans les parages. Pourquoi ne pas appeler la police ? »

« J'*ai été* attaqué. On était deux, plus son frère, pour affronter n'importe qui. »

« Vous comprenez que votre version des faits, selon laquelle vous avez été attaqué et assommé, mais pas assez sérieusement pour, disons, nécessiter des soins médicaux, sonne un peu trop pratique ? »

« Je suis allé à l'hôpital et j'ai été admis. »

« C'était pour observation. Vous êtes sorti le lendemain matin. »

« Donc, vous seriez plus content si j'avais eu une blessure grave ? Si j'avais perdu un œil ou quelque chose du genre ? »

« Ce qui tirerait tout ça au clair, ce serait un moyen de prouver que vous avez été frappé par un agresseur inconnu ; la même personne qui a assassiné Boyle. »

« Comment peut-on prouver ça maintenant ? »

« Une IRM. »

« Une IRM ? Pourquoi ? »

« Ça montrerait si vous aviez une microfracture qui a cicatrisé ou si d'autres dommages ont été subis. »

« J'ai du mal à croire que ça se verrait après toutes ces années. »

« Alors, vous acceptez de passer une IRM ? »

« J'aimerais bien, vraiment, mais c'est une dose de radiations importante que je recevrais. Ce ne serait pas bon pour moi. Mon médecin m'a conseillé, avec mes antécédents familiaux de cancer, de ne pas faire de radio, de scanner ou d'IRM, sauf en cas d'absolue nécessité. »

C'était une excuse qui semblait absurde à première vue. Une preuve de plus que si l'on vit assez longtemps, on finit par tout voir. J'irais parler à son médecin pour voir s'il me mentait.

25

J'AI CLAQUÉ LE COMBINÉ. « QUELLE CONNERIE ! »

« Qu'est-ce qui se passe, Frank ? » a demandé Derrick.

« Le médecin de Wheeler ne veut me donner aucune information sur lui ou ses antécédents familiaux. Il a dit que c'était confidentiel. »

« Mais on a juste besoin de savoir s'il lui a déconseillé de s'exposer à des tests impliquant des radiations. »

« Je sais. Cette femme a dit qu'on leur avait fait un procès par le passé pour avoir divulgué des dossiers par inadvertance et a ajouté qu'il nous faudrait une ordonnance du tribunal. »

« Tu vas en demander une au procureur ? »

« Pas encore. Je vais faire une autre tentative. Aller voir le médecin chez lui. »

« Pourquoi ne parle-t-on pas à la femme de Wheeler ? »

« Elle mentirait pour protéger le père de son enfant, mais ça vaut peut-être le coup d'essayer. Tu veux t'en charger ? Je vais revoir la mère de Debbie Boyle. »

Il s'est levé d'un bond et a attrapé sa veste. « Je m'en occupe. »

Derrick a bousculé Vargas alors qu'elle entrait.

« Oh, désolé, Mary Ann. »

« Ce n'est rien. Comment vas-tu ? »

« Super. Écoute, je dois filer. Frank veut que j'interroge quelqu'un. »

« Ne fais pas d'excès de vitesse », lui a lancé Vargas.

« Tu l'as tout excité, Frank. »

« Il s'en remettra. »

« Comment ça se passe avec lui ? On dirait que vous formez un bon duo. »

« Ça va. C'est un bon gamin, mais je ne suis pas sûr de son instinct. »

« Mais tu m'as dit qu'il t'avait surpris plusieurs fois avec sa façon de mener les interrogatoires. »

« Derrick est correct, mais ce n'est pas JJ. Franchement, JJ n'avait qu'à regarder un suspect pour faire une autopsie mentale. Il était exceptionnel. Unique en son genre, c'est certain. »

« Laisse une chance à Derrick de se développer. Je parie que vous deux serez inséparables dans moins d'un an. »

« On travaillera ensemble, mais ça s'arrête là. Je ne vais pas m'attacher, comme je l'ai fait avec JJ. Le perdre, eh bien, ça m'a fait trop mal. Je ne laisserai pas ça se reproduire. »

« Frank, tu parles comme un enfant. Si tu ne t'ouvres pas, tu ne connaîtras jamais le bon côté des gens. Et d'ailleurs, et moi alors ? Tu t'es attaché à moi, non ? »

« C'est différent. »

« Non, ça ne l'est pas. On a tenté notre chance ensemble, en s'ouvrant l'un à l'autre. Ça pourrait mal tourner un jour, même si je ne pense pas que ce sera le cas. Que se serait-il passé si l'un de nous avait eu peur de s'ouvrir ? »

Pourquoi fallait-il qu'elle ramène tout ça sur le tapis ? Je ne voulais pas m'inquiéter pour la vie de Derrick. J'aimais ma vie comme elle était : m'inquiéter uniquement pour Mary Ann, moi, et attraper des tueurs.

« Je serais probablement au bar du Campiello's. »

Elle m'a donné un coup de poing sur l'épaule. « Ouais, bien sûr. Je suis au regret de t'annoncer que tu n'es pas exactement richissime. »

« Mince, j'ai toujours voulu voir ce que ça faisait de se faire attaquer par une cougar. »

« Continue comme ça, et tu en auras l'occasion. »

« Tu veux faire un tour ? »

« Où ça ? »

« Voir la mère de Debbie Boyle. »

« Je ne pense pas que je devrais. Emmène Derrick, il a besoin de l'expérience. »

« Mais j'ai besoin d'une touche féminine avec elle. »

« Ce ne serait pas juste pour lui. »

« Qu'est-ce que tu racontes ? On a encore le temps. Chester nous a donné quatre-vingt-dix jours pour conclure. »

« Mais je n'ai rien fait sur l'affaire depuis des semaines. »

« Je sais, mais ce serait sympa de retravailler ensemble. Comme au bon vieux temps. »

« Ça ne me paraît pas correct, Frank. »

« On ira déjeuner quelque part près de chez elle et on dira qu'on était dans le quartier ou quelque chose comme ça. »

« Pourquoi inventer une excuse ? Tu vaux mieux que ça. »

« Tu as raison. C'était stupide. Oublie tout ça. J'irai seul. À plus tard. »

26

CATHY BOYLE TENAIT UN TORCHON À LA MAIN QUAND ELLE A ouvert la porte. Sur sa robe bleu marine, la ligne de ses épaules se terminait de chaque côté par une pointe osseuse. Son regard d'acier s'était adouci, et elle semblait contente de me voir.

« Je suis contente de vous revoir, inspecteur Luca. »

« Moi de même, madame Boyle. »

« J'aurais dû vous le dire la première fois que je vous ai vu, mais vous avez une ressemblance frappante avec George Clooney. »

« Et comme vous le savez, votre fille et vous auriez pu passer pour des jumelles. »

Elle a souri. « Entrez, je vous en prie. Laissez-moi me débarrasser de ce torchon. »

Nous nous sommes assis sur les mêmes canapés, mais j'ai remarqué que la photo de sa fille en robe de soirée avait été remplacée par une autre où elle était en tenue de pom-pom girl. Rien dans la pièce n'indiquait que Noël approchait à grands pas. J'ai senti une odeur de café et j'ai espéré qu'elle m'en proposerait une tasse.

« Vous savez, je suis assez surprise que vous vous inté-ressiez encore à l'affaire de ma fille. Au fil des ans, j'ai reçu quelques appels à ce sujet, qui m'ont redonné espoir, mais il n'y a jamais eu de suite. »

« Je ne peux rien vous promettre de plus que mon enga-gement à faire tout mon possible pour traduire le meurtrier de Debbie en justice. »

Elle m'a regardé dans les yeux un instant avant de dire : « C'est tout ce que j'ai toujours voulu. Merci. Oh, je viens de faire du café. En voudriez-vous une tasse ? »

« Oui, s'il vous plaît. Sans sucre et avec juste un nuage de lait. »

Elle m'a tendu une tasse bleue de café qui contenait beaucoup trop de lait. Je l'ai remerciée en me forçant, j'ai posé la tasse sur la table et j'ai sorti mon carnet Moleskine.

« J'aimerais que vous me racontiez tout ce dont vous vous souvenez, de la veille jusqu'au moment où Debbie est allée au parc Delnor-Wiggins. »

Elle a bu une gorgée de son café et a dit : « Croyez-moi, j'ai revécu cette journée un millier de fois. La veille au soir s'est déroulée comme d'habitude pour les enfants. J'ai fait des hamburgers au gril pour le dîner et nous avons mangé dehors. Brian avait fini l'école pour l'année et regardait la télé. J'avais un mariage le lendemain, alors Debbie m'aidait à choisir les bijoux et les chaussures que j'allais porter. » Elle a froncé les sourcils. « Les moments entre filles que nous passions ensemble me manquent terriblement. »

« De quelle humeur était Debbie ce soir-là ? »

« Elle était plus silencieuse que d'habitude. Je lui ai demandé si tout allait bien. Elle m'a dit que non, alors j'ai laissé tomber. Vous savez, je me souviens qu'à la fin du lycée, j'avais peur. C'était comme si j'entrais dans le vrai monde. Je me suis dit qu'elle ressentait la même chose, ou que c'était à cause d'un garçon. »

« John Wheeler ? »

« Ça se pourrait. Je sais qu'elle aimait bien John, mais je savais qu'elle ne finirait pas avec lui. »

« Pourquoi aviez-vous ce sentiment ? »

« C'était en partie une intuition de mère, mais je l'avais entendue au téléphone avec quelqu'un d'autre que John. »

« Vous avez un nom ? »

« Désolée, non. »

« D'accord. Autre chose ce soir-là ? »

« Rien d'inhabituel. Brian est allé se coucher à neuf heures, et nous avons regardé *X-Files* ensemble. » Elle a souri. « Debbie a toujours eu un faible pour David Duchovny. Ensuite, elle est allée dans sa chambre, et j'ai lu pendant environ une heure avant de faire ma toilette. »

« A-t-elle reçu des appels ou des visites ? »

« Non. Il ne s'est vraiment rien passé d'inhabituel ce soir-là. »

« Parlez-moi du lendemain. »

« Je me suis levée avant les enfants, vers sept heures. J'ai entendu Debbie dans la salle de bain. On aurait dit qu'elle vomissait. Je suis allée voir comment elle allait, mais elle a dit que ça allait. Elle est sortie, le teint pâle. J'ai touché son front, mais il était froid. »

« Avait-elle vomi ? »

« Elle a dit que non. Je suis presque sûre que si, mais j'ai appris à ne pas insister avec une adolescente, surtout le matin. » Elle a ri.

« A-t-elle pris son petit-déjeuner ? »

« Elle n'était pas très portée sur le petit-déjeuner. Je crois qu'elle a grignoté un morceau de toast ce matin-là. Pourquoi ? »

« J'essaie juste de reconstituer les événements. Se souvenir des moindres détails aide à faire remonter les souvenirs. Après le petit-déjeuner, que s'est-il passé ? »

« Elle est partie à l'école, et j'avais pris ma journée pour aller chez le coiffeur et me faire faire les ongles. »

« À quelle heure Debbie est-elle rentrée de l'école ? »

« C'était une demi-journée pour eux. L'année scolaire touchait à sa fin. Elle est rentrée vers midi et demi. »

« Étiez-vous à la maison ? »

« Oui, mon rendez-vous chez le coiffeur était à une heure, et Debbie a gardé Brian pendant que j'y étais. »

« Est-elle restée à la maison ou est-elle sortie ? »

« Une de ses amies, Angela, est venue. »

« À quelle heure êtes-vous rentrée ? »

« Après le salon de coiffure, je suis allée me faire faire une manucure et je suis rentrée vers quatre heures. »

Le temps que les femmes consacraient à leur apparence était stupéfiant. « Son amie Angela était-elle encore là ? »

« Oui. Elles traînaient au bord de la piscine. »

« Debbie est-elle restée à la maison jusqu'à ce que vous partiez pour le mariage ? »

« Oui. Son amie est partie vers cinq heures. »

« Et personne n'est venu avant votre départ ? »

« Non. Quand je suis partie, Debbie et Brian étaient les seules personnes ici. »

J'ai fermé mon carnet et j'ai bu une minuscule gorgée de café. « Est-ce que Debbie connaissait un certain Igor Papadakis ? »

« Papadakis ? Non, pas que je sache. »

J'ai sorti de ma poche une photo d'un Papadakis plus jeune. Elle l'a étudiée avant de secouer la tête. « Non. »

« Est-ce que Debbie avait des amies blondes avec qui elle se serait disputée récemment ? »

Elle a souri. « On est en Floride. Il y a beaucoup de blondes. Mais pas que je sache. Pourquoi ? »

« Un rapport mentionne qu'une femme blonde a été aperçue dans le parc ce soir-là. »

Elle s'est levée d'un bond. « Montons dans sa chambre. Nous pouvons regarder ses albums de l'année. »

Alors que je la suivais dans le couloir, elle s'est arrêtée et a dit : « Cet homme, sur la photo. Il avait les cheveux blonds, plutôt longs. Pensez-vous que ça pourrait être lui ? »

Toutes les nuits blanches que cette pauvre femme avait endurées l'avaient transformée en détective amatrice.

« Nous examinons toutes les possibilités, même les plus improbables. »

La chambre était aussi lumineuse et troublante que la première fois que je l'avais vue.

« Ça va, entrez. »

Axl Rose me fusillait du regard depuis le poster des Guns N' Roses alors que j'entrais. Madame Boyle s'est dirigée vers la table de nuit et a ouvert un tiroir. « Voilà son album de promotion. » Elle a caressé doucement la couverture. « Celui de l'année dernière est dans le placard. »

« L'année dernière ? »

« Ils se sont mis à faire des albums pour l'avant-dernière année aussi. À l'époque, je trouvais ça fou, mais je suis contente de l'avoir maintenant. »

J'ai fait le tour de la pièce, étudiant tout au passage. C'était la chambre typique d'une adolescente — plein de trucs de filles et de souvenirs d'enfance. Sur la chaîne hi-fi, il y avait une tortue qu'elle avait probablement peinte à l'école primaire. Ça m'a rappelé un cendrier en forme de raie que j'avais fait à peu près au même âge.

J'ai retiré la carapace de la tortue. « Ce n'est pas par indiscrétion, mais à qui est-ce ? »

« Oh oui, je m'en souviens. »

C'était une bague, une bague de promotion de l'université Rutgers, dans le New Jersey. L'année 1984 y était gravée.

« Est-ce celle de son père ? »

« Non, Peter a fait ses études à l'université d'État de Louisiane. »

« Savez-vous à qui elle pourrait appartenir ? »

« Je l'avais oubliée. Mille neuf cent quatre-vingt-quatre ? Ça veut dire que son propriétaire doit avoir environ cinquante-cinq ans aujourd'hui. Laissez-moi y réfléchir. Si quelque chose me revient, je vous le ferai savoir. »

« Parfait. En attendant, puis-je vous demander de la laisser dans Monsieur Tortue et de ne pas y toucher ? »

« Oh mon Dieu. Vous pensez que c'est un indice ? »

« Tout ce que je sais, c'est que c'est une vieille bague de promotion. Pour ce que j'en sais, elle a pu la trouver quand elle avait douze ans et l'oublier. Ce n'est probablement rien, juste une chance sur un million, mais j'aimerais qu'elle reste aussi intacte que possible. »

« Vous avez raison. »

J'ai replacé la carapace de la tortue.

Mme Boyle a dit : « Voici les albums de promotion. Vous voulez les feuilleter ? »

J'en ai ouvert un au hasard et j'ai vu toutes les dédicaces écrites par les élèves sous leurs photos. Qui sait ce que je pourrais trouver en les lisant ? « J-je n'ai pas le temps pour l'instant, mais si ça ne vous dérange pas, j'aimerais les emprunter pour quelque temps. Je promets d'en prendre grand soin. »

Elle a hésité avant d'accepter. Je lui ai demandé quels cours Debbie avait suivis durant sa dernière année et j'ai été sidéré quand Mme Boyle m'a énuméré chaque matière ainsi que le nom des professeurs. Lui demandant de répéter, j'ai noté les noms et mis un terme à ma visite.

27

J'ÉTAIS ASSIS À MON BUREAU, EN TRAIN DE RÉPONDRE À UN autre sondage du service, quand Derrick a débarqué dans le bureau.

« La femme de Wheeler a dit que ses deux parents sont morts d'un cancer, et son médecin lui a conseillé d'éviter les radiations s'il le pouvait. »

Et le soleil ? Wheeler n'était pas bronzé, mais la plupart des gens qui vivaient ici ne l'étaient pas non plus. Il n'y avait que les touristes et les résidents à temps partiel qui ne se lassaient jamais des rayons du soleil.

« Pas surprenant. Je parie que Wheeler l'a dit à sa femme et qu'elle le couvre. »

« Elle n'aurait pas pu inventer que ses deux parents avaient eu le cancer. D'ailleurs, elle a dit que Wheeler a passé une IRM il y a une quinzaine d'années. »

« Vraiment ? »

« Elle a dit que Wheeler travaillait sur une échelle et qu'il a fait une chute. Il s'est cogné la tête et a été transporté à l'hôpital. »

« Où est-ce qu'ils l'ont emmené ? »

« NCH Baker, dans le centre. »

Je me suis levé. « Allons-y. »

« Attends. Je les ai appelés, et ils doivent récupérer les dossiers dans leurs archives. »

« Ce n'est pas numérisé ? »

« Non, c'était en 2003, avant qu'ils ne commencent à tout stocker sur le cloud. »

« Ça prendra combien de temps pour qu'ils le dénichent ? »

« Ils ont dit que ce ne serait pas avant la fin des fêtes. Ils les conservent hors site, dans un entrepôt à température contrôlée, et il est fermé entre Noël et le Nouvel An. »

« Mais Noël n'est que la semaine prochaine. »

« Je vais les rappeler, mais c'est ce qu'ils m'ont dit. »

« Dis-leur que c'est urgent. »

« Je l'ai fait. »

« Redis-leur. Écoute, il faut que je file chercher un truc. »

Parler de Noël m'a rappelé que je devais trouver quelque chose à mettre sous le sapin pour Mary Ann. Mon gros cadeau, c'était le voyage. Mais c'était pour nous deux, même si c'était pour elle. Il fallait que je lui trouve un ou deux autres trucs.

Comme Mary Ann adorait le yoga et que Lululemon était en soldes, ça m'a facilité la tâche. J'ai tourné deux fois dans le parking de Waterside Shops avant de coller l'auto-collant de la police sur mon tableau de bord. Le centre commercial était bondé de clients, la plupart tenant deux sacs ou plus. Combien cet endroit pouvait-il bien brasser un jour comme aujourd'hui ?

En passant devant la bijouterie De Beers, j'ai vu un

couple entrer dans le magasin. Je me suis figé. Était-ce l'un des couples de voleurs de sacs à main ? Faisant semblant de regarder la vitrine de De Beers, j'ai vu le couple se faire servir à un comptoir. J'ai balayé l'intérieur de la boutique du regard et mon cœur s'est emballé. Au comptoir du fond se trouvait un autre couple qui m'était familier.

L'homme portait la même veste de sport bleue et les mêmes lunettes de soleil de marque que l'un des voleurs de sacs. Est-ce que ce gang passait à la vitesse supérieure ? J'ai vérifié les reflets dans la vitrine, à la recherche de complices qui pourraient faire le guet.

Par-dessus mon épaule droite, un homme à l'air suspect tenait un journal sans le lire. J'ai reporté mon attention sur le premier couple et mon estomac s'est noué. L'homme glissait un bijou dans sa veste.

Alors que je m'approchais de l'entrée, un vendeur de De Beers m'a ouvert la porte. Je suis entré, j'ai refermé la porte et j'ai passé des menottes à ses poignées. J'ai dégainé mon arme et j'ai crié : « Les mains en l'air. Police. »

———

DERRICK A FOURRÉ le *Naples Daily News* dans son tiroir quand je suis entré dans le bureau. J'ai dit : « C'est bon, je l'ai vu. »

« Ça va ? »

Même si j'avais l'estomac en feu, j'ai répondu : « Ouais, ne t'inquiète pas pour moi. »

« Tu es sûr ? J'ai entendu dire que le shérif est furax. »

« Je sais. J'y vais, là. »

« Bonne chance. »

Je me suis souvenu avoir ressenti la même chose quand

j'avais été convoqué dans le bureau du directeur en CM2. Je pensais que j'allais être renvoyé pour avoir frappé un camarade de classe qui m'avait humilié devant une fille pour qui j'avais le béguin. Cette fois, les circonstances étaient plus graves.

Chester ne s'est pas levé et ne m'a pas tendu la main. Il a indiqué une chaise d'un signe de tête. Je me suis assis avec précaution, en évitant de regarder la pile de journaux sur le coin de son bureau. Chester a posé un coude sur l'accoudoir de son fauteuil et son autre main sur sa hanche.

« Par où commencer, inspecteur ? »

Je détestais quand il s'adressait à moi comme ça. Je comprenais dans un cadre formel, mais nous travaillions ensemble depuis plus d'un an, et j'avais attrapé le tueur en série alors qu'il doutait de mes capacités.

« Je suis désolé. C'était une erreur de bonne foi. J'étais certain qu'ils faisaient partie du réseau de vol de sacs à main. »

« L'erreur d'identité est excusable, mais vous êtes une sacrée tête brûlée, Luca. Vous avez enfreint toutes les règles, vous mettant en danger non seulement vous-même, mais aussi des dizaines de clients venus faire leurs achats de Noël. Vous auriez dû demander du renfort. Vous auriez pu les interroger discrètement. Mais non, vous menottez les portes et dégainez votre arme ? »

« Je... »

« Je n'ai pas fini. Au lieu de parler de la parade de Noël d'hier soir, tout le monde parle de ce service et de ses agents incontrôlables. Il n'est même pas neuf heures, mais je me suis déjà fait savonner par le maire, les conseillers municipaux et la direction de Waterside. Et il y a deux messages de l'avocat de la famille Collier. De toutes les personnes au monde, il a fallu que vous tombiez sur la famille Collier. Mais qu'est-ce qui vous a pris, bon Dieu ? »

« Les deux couples ressemblaient à l'équipe de voleurs : mêmes vêtements et mêmes lunettes de soleil. Ils les gardaient sur le nez, et c'étaient les mêmes modèles tape-à-l'œil qu'ils avaient chez Saks. Je les ai observés, et quand j'ai vu l'homme empocher une bague, j'ai simplement foncé. »

« C'était la bague de sa mère, pour l'amour de Dieu ! Il voulait que De Beers en fasse une copie. Même s'il était en train de voler, vous savez bien qu'un endroit comme ça a plus de caméras que la prison du comté. Si De Beers avait confirmé la disparition d'une bague, vous auriez pu lui demander de montrer ce qu'il avait empoché. S'il avait refusé, vous auriez pu utiliser la vidéo du magasin. »

« Je comprends, monsieur. Je suppose que j'étais un peu trop impatient de mettre un terme aux agissements de ce gang. »

Il a secoué la tête.

« Un peu impatient ? Vous avez enfreint toutes les règles du protocole. »

« Ça ne se reproduira plus, monsieur. »

« Je devrais vous mettre en congé administratif. Je pense que vous le méritez, mais vous avez de la chance, je n'ai pas envie d'avoir affaire au syndicat. »

Les yeux rivés sur mes pieds, je suis sorti du bureau de Chester. J'avais tellement le moral dans les chaussettes que j'aurais pu jouer à la pelote basque contre le trottoir. Si Derrick commençait à me poser des questions sur ce que Chester avait dit, j'allais craquer. J'ai pris l'escalier de service et je me suis dirigé vers le parking. Comme ma mère n'était plus de ce monde, j'ai appelé Mary Ann.

28

LE RAPPORT DU FBI SUR IGOR PAPADAKIS N'ÉTAIT EN RÉALITÉ qu'un résumé. Igor Papadakis était né le 13 novembre 1965 à Dubrovka, une banlieue de Saint-Pétersbourg, de George et Natasha Papadakis. Il n'avait pas de frères et sœurs. À quinze ans, il avait été arrêté lors d'une manifestation étudiante contre la qualité de la nourriture au lycée.

La famille avait déménagé en Grèce le 20 décembre 1985, alors qu'Igor avait vingt ans. Ils s'étaient installés à Papagou, juste à l'extérieur d'Athènes.

En avril 1987, Igor Papadakis avait été interrogé par la police hellénique au sujet du meurtre de Spiro Xeanax, un jeune homme de seize ans originaire d'Aryiroupolis.

Deux témoins avaient placé Igor Papadakis près de la scène du meurtre. Papadakis avait nié toute implication dans le meurtre, affirmant qu'il était sorti se promener. La police hellénique avait noté que Papadakis habitait à plus de seize kilomètres de là et n'avait rien à faire dans le secteur.

La police hellénique avait informé Interpol de son intérêt à s'assurer qu'il ne quitte pas le pays. Elle avait également saisi son passeport. Il y avait deux autres suspects dans l'affaire, dont un pédophile connu.

En avril 1989, l'enquête avait été classée et on avait rendu son passeport à Papadakis, mais en lui conseillant de prévenir les autorités de tout voyage à l'étranger. En mai 1989, Igor Papadakis avait quitté la Grèce sans en informer les autorités.

La mort de Spiro Xeanax reste non élucidée.

Je l'ai relu. Ce qui m'a frappé, c'était le moment choisi. Ils avaient quitté la Russie quelques jours seulement avant Noël ? Puis Papadakis est arrivé en Grèce et à peine plus d'un an plus tard, il a été interrogé pour meurtre ? Était-ce un immigré qui avait été pris pour cible ? Est-ce que les ennuis suivaient Papadakis, ou était-ce lui qui les provoquait ?

La famille aurait-elle pu fuir la Russie précipitamment parce que leur fils avait eu des ennuis ? Nous n'étions pas dans les meilleurs termes avec les Russes ces temps-ci, et c'était il y a trente ans. Seraient-ils disposés à faire des recherches sur Papadakis ? C'était à l'époque du KGB. Ils savaient probablement quand on éternuait.

Adossé à ma chaise, je me suis souvenu que Papadakis avait dit qu'il habitait à Miami à son arrivée aux États-Unis. Était-ce seulement vrai ? Il fallait que je demande à Derrick de faire une recherche sur toutes ses adresses connues, puis de vérifier s'il y avait des meurtres non élucidés dans les secteurs concernés.

Alors que j'envisageais d'autres pistes à suivre, j'ai dévisagé les albums de fin d'année sur le coin de mon bureau et j'en ai attrapé un. C'était celui de 1993, l'année où Debbie Boyle était censée obtenir son diplôme de fin de lycée.

Je l'ai feuilleté, à la recherche de sa promotion. Elle se

trouvait à la troisième page de la section de la promotion 1993. Cinq rangées de cinq photos chacune ; des jeunes qui posaient me dévisageaient. Tous les jeunes, sauf un, arboraient des sourires éclatants.

Certains d'entre eux avaient laissé des messages manuscrits sous leurs photos. Les vœux de bonne continuation dominaient, avec des « souviens-toi de ceci ou de cela », mais deux d'entre eux sortaient du lot. L'un provenait d'une fille nommée Donna Siler : « Ne t'inquiète pas, ça va s'arranger. Je serai là pour toi. »

L'autre se trouvait sous la photo de Debbie Boyle : « Tu vas le regretter. » C'était signé Fred. Qui était Fred, et que voulait-il dire avec son message ? J'ai repris le livre au début et j'ai parcouru les pages une par une à la recherche d'un garçon nommé Fred.

Les deux premières pages présentaient le personnel administratif et les professeurs. Puis quelques pages de la fanfare et des groupes de théâtre de l'école en action, avant les photos de classe. J'ai trouvé le premier Fred. Un garçon aux cheveux hirsutes nommé Fredrick Holmes. Il était en première. J'ai noté son nom et j'ai continué à chercher. Le second, en terminale, était un garçon au sourire de travers nommé Fred Biehl.

En tournant les pages, je suis tombé sur une double page de photos d'une fête d'Halloween. Impossible de manquer Debbie Boyle dans son costume de soubrette à la jupe courte. Un homme blond avait le bras autour de son épaule. Il me semblait familier. Je suis retourné aux pages des photos des professeurs. Ses cheveux n'étaient pas aussi longs, mais il n'y avait aucun doute : c'était Larry Culver.

C'était le professeur impliqué dans le scandale des examens du SAT. Peut-être que je devrais discuter un peu avec lui. Le dernier Fred que j'ai trouvé se faisait appeler Freddy Palmer. Il avait des lunettes à monture épaisse et des cheveux qui semblaient avoir été électrisés.

———

« COMME TU AS EU un pressentiment sur Papadakis dès le premier jour, je me suis dit que tu aimerais peut-être suivre une nouvelle piste le concernant. »

J'aurais juré que ses oreilles s'étaient dressées comme celles d'un chien de chasse. « Bien sûr. Qu'est-ce qui se passe ? »

« Un truc dans le rapport du FBI m'a fait réfléchir. Toute la famille a quitté la Russie quelques jours avant Noël. Ça te paraît normal ? Qui déménagerait à cette période de l'année ? »

« Sauf si tu y es obligé. »

« Exactement. Peut-être qu'Igor a eu des ennuis et qu'ils ont filé. »

« Tu veux que je voie ce que les Russes ont sur lui ? »

« Ouais, mais aussi, et c'est probablement plus troublant, le fait que le gamin en Grèce a été assassiné environ un an après l'arrivée de Papadakis là-bas. Quand il est parti pour l'Amérique, il nous a dit qu'il était allé à Miami. »

« Oui, je m'en souviens. »

« Mais est-ce qu'il y est vraiment allé ? Vérifie toutes ses adresses connues. Puis fais un recoupement, disons dans un rayon de quatre-vingts kilomètres autour de chaque adresse, avec d'éventuels meurtres non résolus. »

Derrick a hoché la tête. « Sacrément bonne idée, Frank. »

« On verra bien. »

« Dis, pourquoi on ne demanderait pas à ton ami du FBI de nous aider avec les Russes ? »

« Attendons un peu. Je ne veux pas abuser de cette relation. Gardons ça pour quand on aura vraiment besoin de quelque chose. »

29

EN PÉTARD D'AVOIR PERDU LA MOITIÉ DE LA JOURNÉE AU tribunal, j'étais en train d'enlever ma veste quand Derrick a dit : « Frank, j'ai fouillé la boîte de scellés de l'affaire Boyle, et devine ce que j'ai trouvé ? »

Je détestais quand les gens disaient ça. « Ce n'est pas un jeu, Derrick. »

« Désolé. Il y avait un ongle qui a été prélevé sur la scène de crime. C'était celui de Debbie Boyle, c'est sûr, le même vernis. »

« Quoi ? Il n'a pas été répertorié ? »

« Non. La personne qui a traité les scellés l'a fourré dans la poche du jean de Boyle. Tu penses qu'on peut en extraire de l'ADN ? »

« Espérons qu'elle s'est débattue, qu'elle a griffé son meurtrier et qu'il y a un bout de peau dessus. »

« C'est ce que j'espérais. »

« Il faut l'envoyer au labo. Vite. Qui sait ce qu'on va trouver. »

« Même si ça date de vingt-cinq ans, ils peuvent toujours savoir à qui ça appartient, pas vrai ? »

« Ouais, l'ADN se conserve pendant des millions d'années. Il y avait d'autres surprises dans la boîte ? »

« Non. C'était moisi, mais j'ai tout examiné à fond. »

C'est ce que j'aurais dû faire, ce que j'aurais fait plus minutieusement, avant que la chimio ne détraque mon cerveau. « Apporte l'ongle au labo. Je vais les prévenir qu'il arrive. »

C'était la percée sur laquelle nous travaillions. Ce n'était pas vraiment une percée, mais la découverte que l'inspecteur Foster et son équipe avaient commis une autre bévue. Foster n'avait pas d'expérience aux Homicides et méritait une certaine indulgence, mais omettre de simplement répertorier des objets prélevés sur une scène de crime frôlait la négligence.

Je me suis demandé si nous aurions une réaction révélatrice de la part des suspects quand nous leur demanderions des échantillons d'ADN. Wheeler et Papadakis se battaient pour la première place en tant que principaux suspects, et je les voyais bien tous les deux faire des histoires et refuser de se soumettre aux prélèvements.

La réaction de Mackay serait un joker que je ne pouvais pas prédire. Je ne pensais pas que c'était Walker, mais il nous fallait un échantillon pour en être sûrs.

Ce fumier de Boralis serait aussi analysé. Je m'assurerais même que Bert Campos soit testé, mais à part découvrir qu'il manquait un ou deux chromosomes au vieil hippie, je ne m'attendais à découvrir quoi que ce soit. Et il y avait Moore, qui l'avait menacée. Son ADN correspondrait-il ?

———

DERRICK EST ENTRÉ, l'air d'un gamin à qui on aurait piqué son vélo. « Le labo a dit qu'il faudrait au moins une semaine, si ce n'est dix jours, avant qu'ils puissent examiner le fragment d'ongle. »

« Je sais. Quand j'ai appelé, ils m'ont dit que Miller était en vacances jusqu'après le Nouvel An. Il est parti skier quelque part dans l'Ouest. »

« Alors maintenant, on doit attendre. »

« J'ai appelé Peters, pour voir s'il pouvait faire quelque chose pour accélérer les choses, mais il m'a sorti le baratin habituel comme quoi c'était une affaire vieille de vingt-cinq ans et que deux semaines de plus ou de moins ne changeraient rien. »

« Comment ça se fait que tu n'aies jamais grimpé les échelons ? »

« Tu veux dire, postuler pour des promotions ? »

« Ouais, tu as ce qu'il faut pour diriger cette boîte, à mon avis. »

J'ai reniflé. « Sûrement pas. Je n'ai pas le sens du contact. Le gratin ici doit être politique et politiquement correct. Je suis à peu près aussi loin de ça qu'on peut l'être. »

« Mais pourquoi pas lieutenant ou capitaine ? Ou au moins sergent. Tu le mérites et, en plus, la paie est meilleure. »

« Je fais ce que je fais parce que j'adore ça. Je ne dis pas que ce n'est pas déprimant ou même révoltant par moments, mais entrer dans la tête d'un tueur et le traquer, c'est très gratifiant. Je ne pourrais pas m'imaginer faire autre chose, surtout un boulot de bureau politique. »

« Mais tu pourrais être promu sergent et quand même aller sur le terrain. »

« Je suis bon dans ce que je fais et je veux m'y consacrer à plein temps, pas me soucier de la paperasse. »

« Tu prévois de rester inspecteur aux Homicides combien de temps ? »

« Jusqu'à ce qu'ils me mettent à la porte ou que je tombe raide mort. » Ce n'était pas tout à fait vrai, car si ma mémoire continuait de décliner, je voudrais partir avant qu'ils ne me virent.

« J'adore le fait que tu sois à fond, Frank. J'ai eu de la chance avec toi. Je suis formé par le meilleur. »

S'il pensait que j'étais le meilleur maintenant, il aurait dû me voir avant mon cancer de la vessie. Ou mieux encore, il aurait dû me voir quand JJ était mon coéquipier dans le New Jersey. J'ai souri en pensant à quel point nous étions bons.

« Qu'est-ce qui te fait sourire ? »

« Je me remémorais juste le bon vieux temps et mon coéquipier JJ. On a résolu une tonne d'affaires, et il y en avait beaucoup de difficiles. »

« Celle-ci est plutôt difficile, non ? »

« Moyennement, mais on est à deux doigts de la résoudre. »

30

C'ÉTAIT NOTRE PREMIER NOËL ENSEMBLE. JE NE RESSENTAIS
pas tout à fait l'excitation d'un enfant de dix ans, mais il y
avait une certaine électricité dans l'air, ce qui m'a aidé à
oublier ma gaffe monumentale avec De Beers.

J'ai même enfreint une de mes règles et acheté un vrai
sapin. L'odeur de pin dans la maison était une touche
agréable, mais les aiguilles tombaient en une pluie continue.
Si jamais je reprenais un sapin naturel, je m'assurerais de le
choisir plus tôt.

C'était aussi le premier Noël depuis que les choses
avaient mal tourné avec mon ex-femme où ma mélancolie
était restée sous la surface. J'étais impatient de surprendre
Mary Ann avec le voyage en Europe et j'avais hâte de passer
un peu de temps tranquilles tous les deux.

Aucun de nous n'avait de famille proche, que ce soit en
termes de liens ou de géographie, et pour le réveillon de
Noël, nous allions chez une amie de Mary Ann qui habitait
dans le quartier.

« Qu'est-ce que Becky prépare pour demain ? Du poisson ? »

« Non, elle a dit que ce serait dans le style du Sud, avec du jambon et une côte de bœuf. »

J'ai grandi dans une famille italienne où le Festin des Sept Poissons définissait le dîner du réveillon de Noël. Pour protéger mon héritage et mes artères, j'ai dit : « Demain matin, j'irai au Captain and Krewe Seafood Market et je prendrai du poisson pour le jour de Noël. »

« Ça me va. Tu as envie de quoi ? »

« Je prendrai des queues de homard, des crevettes et un filet de poisson, peut-être du mérou. »

« Ça a l'air de faire beaucoup. »

« Tu aurais dû voir Noël quand ma mère était en vie. Au moins sept poissons différents. Nous, on n'en aura que trois. »

« Je prendrai du saumon fumé comme amuse-gueule. »

« Voilà qui est mieux. Ça nous en fait quatre, on a fait plus de la moitié du chemin. Pas mal, vu qu'on n'est que deux. »

« Tu es un sacré numéro, Frank. »

« C'est notre premier Noël. Il faut faire les choses bien. »

Mary Ann m'a fait un bisou sur la joue. « Parfois, tu peux être vraiment adorable. »

« J'ai réfléchi. C'est important qu'on commence à créer nos propres traditions ensemble. »

« Tu as raison. On devrait. »

Même si j'avais un peu délaissé l'église, j'ai dit : « Pourquoi n'irions-nous pas à la messe de minuit le soir de Noël, après le dîner ? »

« Ce serait une belle façon, très spéciale, de célébrer

Noël ensemble. Je ne suis jamais allée à la messe de minuit. »

« On y allait tous les ans et, quand on rentrait, ma mère préparait une fournée de zeppole frais. »

« On ira à l'église, mais je ne ferai pas de pâtisseries à une heure du matin. »

« Marché conclu. Au fait, on n'ouvre pas les cadeaux le soir de Noël. »

Mary Ann a fait la moue. « Même après la messe ? C'est officiellement Noël, à ce moment-là. »

« Tu pourras en ouvrir un seul. »

———

LE RÉVEILLON de Noël était un peu étrange. L'amie de Mary Ann, Becky, avait aussi invité sa famille, ce qui fait que je me suis senti comme un étranger. La nourriture était moyenne, mais la messe était magique. J'ai insisté pour qu'on aille à Saint William, en me disant que la plupart des anciens qui s'y pressaient d'habitude seraient endormis. En plus, ils avaient un programme musical génial avec une douzaine d'instruments et une grande chorale.

L'église Saint William était pleine, mais pas bondée. On pouvait sentir la joie dans l'air. On a chanté des chants de Noël avec les autres et on est restés jusqu'à la toute fin. Quand nous sommes rentrés à la maison, j'ai allumé les guirlandes de notre sapin et il était magnifique. Nous l'avons admiré pendant vingt minutes avant de nous glisser au lit. Il était plus de deux heures du matin.

Le lendemain matin, je me suis réveillé juste avant neuf heures. Mary Ann dormait profondément. Après avoir essayé de rester au lit, j'en suis sorti et j'ai préparé le café. J'ai ouvert les portes-fenêtres coulissantes et je me suis assis sur la véranda. J'ai dû aller chercher mes lunettes de soleil. La température frisait les vingt-deux degrés et tout était calme.

En buvant une deuxième tasse, j'ai allumé le sapin. À dix heures et quart, j'ai mis de la musique de Noël, mais toujours pas de Mary Ann. Dix minutes ont passé avant que je n'augmente le volume. « The Christmas Song » passait quand Mary Ann est entrée dans la pièce.

Affichant un sourire qui illuminait la pièce, et vêtue d'une nuisette en soie bleue qui a eu son petit effet sur Luca, elle a dit : « Joyeux Noël, Frank. » Je lui ai rendu son baiser et lui ai donné un café, et nous avons échangé nos cadeaux. Elle a aimé les tenues Lululemon, même si je m'étais trompé dans les tailles. Le voyage en Europe l'a enthousiasmée, mais j'ai eu le sentiment qu'elle était déjà au courant.

Nous avons flâné un moment, pris une douche ensemble et sauté au lit pour une séance de câlins. C'était mon genre de Noël.

Nous avons paressé le reste de l'après-midi, passant quelques coups de fil pour les fêtes. Pour le dîner, nous l'avons fait à la floridienne, en grillant des fruits de mer et en sirotant du vin en plein air. C'était le meilleur Noël que j'aie passé depuis des décennies.

Je n'ai jamais été un grand fan du Nouvel An ni de cette absurdité de prendre des résolutions pour changer ceci ou faire cela. Si on voulait arrêter de fumer, se remettre en forme ou sauter à l'élastique, pourquoi fallait-il attendre le Nouvel An pour s'y engager ? Chaque jour était un nouveau jour, un nouveau départ et une occasion de vivre la vie qu'on voulait. Pourquoi gâcher une année entière ?

Le Nouvel An, c'était le soir des amateurs, à mon humble avis, qui ne l'est pas tant que ça. J'ai arrêté de sortir avant même d'entrer à l'école de police. Mon idée d'un bon réveillon du Nouvel An, c'était une petite soirée à la maison avec de la bonne nourriture et du bon vin. Il a fallu que je la convainque un peu, mais juste après un si bon Noël passé ensemble, j'ai réussi à persuader Mary Ann d'aller dîner tôt au Bleu Provence.

Nous avons passé un bon moment, mais sur le chemin du retour, mon esprit s'est tourné vers l'affaire Boyle et les résultats d'ADN et d'IRM en attente.

Je prenais chaque affaire comme un défi personnel. C'était moi contre le tueur. Nous étions enfermés dans une bataille que je devais gagner. Je savais que c'était mon travail et que la collectivité en bénéficiait, mais je savais aussi, au fond de moi, que j'avais besoin de la reconnaissance et du respect qui allaient avec.

Cette affaire était différente. Je voulais la victoire, mais je la voulais aussi pour la mère de la victime. Cette pauvre femme avait souffert bien trop longtemps. Résoudre cette affaire ne ramènerait pas sa fille, mais cela pourrait l'aider à avancer dans le reste de sa vie.

Je pariais tout ce que j'avais que les deux prochains jours nous fourniraient les indices dont nous avions besoin pour résoudre cette vieille affaire non élucidée.

31

« Comment s'est passé le Nouvel An, Frank ? »

« Sympa et tranquille. Et vous ? »

« On est allés chez mes parents. Rien d'extraordinaire. On était rentrés juste après minuit. »

« Mary Ann m'a forcé à rester éveillé pour regarder la boule tomber à la télé. Pourquoi en faire tout un plat ? Ça ne représente rien du tout. »

« Je n'imagine pas ces gens qui restent plantés là pendant des heures, à se geler les miches. »

« Amen. Écoutez, on va recevoir les résultats ADN d'un jour à l'autre, et je veux être prêt à faire des recoupements. »

« D'accord. Qu'est-ce que vous voulez faire ? »

« On va aller voir tous les suspects et leur demander s'ils acceptent de se soumettre volontairement à un test ADN. »

« Mais on ne sait même pas s'il y a de l'ADN sur l'ongle. »

« J'en suis conscient. Mais je suis convaincu qu'il y en aura. »

« Mais s'il y en a, il pourrait être féminin. »

« Écoutez, c'est moi qui établis les plans ici. Compris ? On va apprendre quelque chose sur chacun des suspects. Observer comment ils réagissent à la demande ; ce sont des infos qu'on pourra utiliser. En plus, on aura les échantillons ADN de tous ceux qui accepteront de se faire tester. C'est une bonne chose. »

« D'accord. Je vois. Juste pour que vous le sachiez, Frank, ce n'était pas une remise en question. Je posais juste des questions, c'est tout. »

Je l'ai regardé en face. Il mentait. « Passons à autre chose. Je veux que vous alliez voir Mackay, Campos et Boralis. Vous devez faire attention à leurs réactions. Notez tout ce qu'ils disent et font. Le langage corporel vous en dira long. Vous avez compris ? Prenez quelques kits d'écouvillonnage au labo et soyez prudent. Mettez des gants. »

Derrick a hoché la tête. « Je comprends, mais pourquoi Campos ? Ce n'est pas lui qui a fait ça. »

« Nous pensons tous les deux que ce n'est pas lui, mais il était à Delnor ce soir-là. On doit en avoir le cœur net. Si ça ne correspond pas, on le raye de la liste. »

« Je suppose que c'est comme ça qu'il faut procéder. »

« Vous semblez beaucoup me questionner aujourd'hui. J'espère que vous n'allez pas en faire une habitude. »

« Non, non, pas du tout. C'est juste que ça me semble être une perte de temps, étant donné qu'on a des suspects plus crédibles comme Papadakis, Wheeler, Walker et Moore sur qui enquêter. »

« C'est moi qui vais aller les voir. Quand vous aurez fini avec les vôtres, appelez-moi. On pourra peut-être se retrouver. »

Mon plan initial était de faire toutes les visites ensemble. Je n'avais pas besoin d'aide, mais Derrick avait besoin d'expérience. Un inspecteur aguerri pouvait glaner une tonne d'informations rien qu'à la façon dont les gens réagissaient. Mais Derrick m'avait énervé en me questionnant sur l'ADN. Il fallait bien qu'il se tape un peu de sale boulot pour rentrer dans mes bonnes grâces.

Je me suis dit que ce n'était pas une vengeance. Les suspects secondaires devaient être interrogés, et ce serait une perte de temps pour moi de le faire, et une négligence si nous les omettions. J'ai traîné un peu, passant quelques appels avant de partir. De cette façon, Derrick serait sûr de me rejoindre à temps pour interroger un ou deux suspects.

C'était ma troisième visite à John Wheeler. Il travaillait sur un chantier commercial à Venetian Village et avait accepté de me rencontrer. Je ne voulais pas éveiller de soupçons et tenais à ce que l'affaire reste privée. Il travaillait sur la partie sud de Venetian Village, un complexe de boutiques et de restaurants sur deux parcelles en bord de baie, de part et d'autre de Park Shore Drive.

Les vues et l'ambiance de Venetian Village étaient superbes, surtout hors saison, car l'endroit avait tendance à devenir touristique. Mettant mes lunettes de soleil, je me suis installé sur un banc près d'une fontaine aux jets dansants. Des cornets de glace à la main, un père et son fils sortaient de chez Ben & Jerry's au moment où j'ai aperçu Wheeler.

J'ai levé la main, et Wheeler a accusé réception d'un signe de tête. Il portait une chemise de safari à manches longues, un jean et un chapeau mou pour se protéger du soleil quand il travaillait dehors.

Il a tendu la main en s'approchant, et je me suis levé pour la lui serrer. Je n'ai jamais aimé les hommes qui ne se lèvent pas pour serrer la main.

« Merci de me recevoir, Monsieur Wheeler. »

« Pas de problème. J'apprécie la discrétion dont vous faites preuve. Tout le monde sait que l'affaire a été rouverte, et on m'a posé beaucoup de questions à ce sujet. Qu'est-ce qui se passe ? »

« Nous aimerions vous demander de fournir volontairement un échantillon d'ADN. »

« Un échantillon d'ADN ? Pourquoi ? »

« C'est la procédure. »

« La procédure ? Allons, inspecteur. Qu'est-ce qui se passe ? »

« Nous pensons avoir réussi à récupérer de l'ADN sur la scène de crime. »

« La scène de crime ? Ça s'est passé il y a plus de vingt-cinq ans. »

« Laissez-moi reformuler. Un élément de preuve qui avait été récupéré sur la scène de crime à l'époque vient d'être découvert. »

« Qu'est-ce que vous voulez dire par "vient d'être découvert" ? »

« Il n'avait jamais été répertorié et était fourré dans une poche du jean de Debbie. Je ne peux pas vous dire pourquoi, et ce n'est pas moi qui vous l'ai dit, mais c'est un autre exemple de la piètre gestion de cette affaire. »

« Ça me semble louche, tout ça. La police place des preuves en permanence. »

Je savais que ça allait devenir une question de crédibilité. Et ça devait l'être ; si cela s'avérait être un élément de preuve critique et incriminant, il serait attaqué au tribunal par les avocats de la défense.

« Je ne suis pas en position de dire que ça n'arrive jamais, mais c'est un événement très rare. Les seules personnes qui ont eu accès aux preuves dans cette affaire sont mon partenaire et moi. Je peux vous assurer que nous ne les avons pas altérées. »

« Je ne suis pas à l'aise avec tout ça. D'abord, vous voulez que je passe une IRM, et maintenant que je me soumette à un test ADN. Pour une raison que j'ignore, vous vous en prenez à moi. Je ne comprends pas. »

« S'il y a une chose après laquelle je cours, c'est la vérité. C'est tout. Il y a longtemps, quand je débutais à la criminelle, j'ai été impliqué dans une affaire où un innocent a été arrêté. Depuis ce jour, je travaille d'arrache-pied pour m'assurer que ça n'arrive jamais dans les affaires dont je m'occupe. »

« Ce n'est pas que je ne vous fasse pas confiance, mais pourquoi devrais-je ? Qu'est-ce que j'y gagnerais ? »

« Ça vous innocenterait sans l'ombre d'un doute, ça effacerait tous les soupçons que les gens pourraient avoir. »

« Écoutez, avant que vous n'arriviez, personne n'avait parlé de cette affaire depuis des années. Je suis désolé. Je ne suis pas prêt à faire ça. »

Wheeler avançait les bons arguments et semblait sincère. Mais d'un autre côté, il venait de refuser deux tests qui auraient pu clarifier son rôle. Fallait-il le considérer comme plus suspect ? Puisque son ancienne IRM serait disponible aujourd'hui ou demain, ça ne servait à rien de gaspiller plus d'énergie avec lui pour le moment.

———

QUAND J'AI APPELÉ Clem Walker, il a accepté de me rencontrer, mais au quai municipal de Naples. Pourquoi quelqu'un qui prétendait pêcher depuis la plage se trouve-rait-il dans une marina ?

Une odeur saline flottait dans l'air pendant que j'atten-dais à l'entrée, comme Walker me l'avait demandé. Je regar-dais le flot continu de gens qui rentraient d'un après-midi sur l'eau. Un minibus s'est arrêté, déposant un groupe d'hommes d'affaires qui m'ont demandé où se trouvait un catamaran nommé *Sweet Liberty*. Je leur ai indiqué son emplacement à quai et, tandis qu'ils me parlaient de la croi-sière apéritif qu'ils allaient faire, j'ai aperçu Walker qui traversait le parking.

Walker portait un t-shirt avec un voilier dessus, des tongs et un short en jean coupé. Il a mis sa cigarette à la bouche et m'a tendu la main.

« Comment allez-vous ? »

« Bien. Vous revenez de la pêche ? »

« Non, j'ai retrouvé des amis pour déjeuner au Dock. » Il a pointé l'endroit par-dessus son épaule avec son pouce. Le Dock était un endroit animé, perché au bord de la marina, qui s'adressait à la fois aux pêcheurs et aux touristes.

« Je n'y suis pas allé depuis longtemps. » La vue y était superbe, mais c'était bruyant et l'établissement ne prenait pas de réservation.

« De quoi vouliez-vous me parler ? »

« Accepteriez-vous de vous soumettre volontairement à un test ADN ? »

Il a tiré une longue bouffée sur sa cigarette. « Tant que c'est fait dans les règles de l'art. »

« Absolument. »

« J'aimerais savoir de quoi il retourne. »

Je l'ai mis au courant des nouvelles preuves qui avaient été découvertes.

« Je n'ai rien à me reprocher, alors autant en finir. »

« Et si nous allions à ma voiture ? »

Une fois dans la voiture, Walker a signé le formulaire de consentement et j'ai ouvert le kit. J'ai enfilé des gants en latex et j'ai descellé le tube de prélèvement en verre pour faciliter l'insertion des échantillons après le prélèvement.

Walker a ouvert la bouche, révélant des dents jaunies par la nicotine. J'ai frotté l'intérieur de sa joue avec le Coton-Tige, j'ai éjecté l'embout dans le tube et j'ai répété le processus de l'autre côté de sa joue.

Walker était une énigme. Certaines parties de son histoire ne collaient pas, mais c'était aussi le cas pour tous les autres. Il n'a pas bronché à l'idée de fournir un échantillon, mais pour une affaire vieille de vingt-cinq ans, les avocats se livreraient une bataille acharnée si on en arrivait là. Alors que je quittais le parking, Derrick a appelé.

32

Assis sur le parking du centre commercial Coastland en train de parler à Mary Ann, j'ai vu Derrick arriver. Il m'a fait un grand signe de la main et m'a adressé un sourire encore plus large. Essayait-il de rentrer dans mes bonnes grâces ou était-il simplement excité à l'idée de mener des interrogatoires avec moi ?

Il est monté dans la Cherokee et, avant même que la portière ne soit refermée, il a dit : « J'ai fait un sans-faute. Et toi, comment ça s'est passé ? »

« Tu as obtenu des échantillons d'ADN de Mackay, Boralis et Campos ? »

« Ouais. Je dois être honnête avec toi, c'était facile. »

Les gens ne se rendaient-ils pas compte à quel point ça sonnait stupide de dire qu'ils étaient honnêtes ? « Mackay n'a pas fait d'histoires ? »

« Pas vraiment. Il était sceptique. Boralis m'a sorti des conneries comme quoi il espérait qu'on n'allait pas le piéger. Sérieusement, les gens pensent vraiment que la police est corrompue à ce point ? »

« C'est la question à un million. On a eu quelques problèmes dans le New Jersey, comme tu as dû en avoir à Washington. De ce que j'en vois, plus les forces de l'ordre sont importantes, plus les occasions de corruption sont nombreuses. »

« Tu as probablement raison. Et toi, comment ça s'est passé ? »

« Wheeler n'a pas voulu. Il craignait que les nouvelles preuves aient été placées là intentionnellement. Mais Walker n'y a vu aucun problème. »

« Tu crois que Wheeler a eu peur ? »

« Difficile à dire. Il a coopéré jusqu'à un certain point, mais je dirais de mettre ça de côté jusqu'à ce qu'on ait l'IRM. »

« Ça se tient. On va voir qui, maintenant ? »

« On n'a plus que Papadakis à voir. Je ne voulais pas monter jusqu'à Sarasota pour rien, alors j'ai appelé Moore. Il a accepté de donner un échantillon, mais il voulait que ce soit fait sous supervision. J'ai pris des dispositions pour qu'il donne un échantillon à la police de Sarasota. »

« Encore un qui pense qu'il pourrait être piégé ? »

« J'imagine qu'avec une affaire aussi ancienne, ça rend les gens méfiants. Bref, appelle le NCH et vois où diable en est cette IRM. »

Au moment où nous nous sommes garés devant la maison verte de Papadakis, le NCH avait confirmé que l'IRM était prête, et Derrick avait envoyé un texto pour qu'on la récupère et qu'on l'envoie au Dr Brown, un radiologue avec qui nous travaillions.

Le chien aboyait, mais contrairement à la dernière fois, il n'était pas enchaîné à un piquet. J'ai dit à Derrick d'aller frapper à la porte. La porte du garage était ouverte, et je voulais jeter un œil.

Les yeux m'ont piqué à cause d'une forte odeur d'eau de Javel. Qu'est-ce qu'il était en train de désinfecter ou d'éliminer ? J'ai regardé à l'intérieur. Des sacs en plastique noir étaient empilés sous et sur un établi en bois. Du côté opposé se trouvaient une tondeuse à gazon rouillée, deux pelles, une boîte à outils et un coffre en bois cadenassé. Derrick a crié mon nom, et je me suis dirigé d'un pas rapide vers la porte d'entrée.

Papadakis était proprement vêtu d'un pantalon chino beige et d'un polo de golf bleu. Il avait dû se laver les cheveux ; ses mèches couleur charbon étaient aériennes. Papadakis a attrapé le collier de son chien qui aboyait.

« Content de vous revoir tous les deux. »

« Pourriez-vous enfermer le chien ? »

« Gorky n'est pas dangereux. Mais si vous voulez, je vais l'attacher. »

« S'il vous plaît. »

Nous nous sommes écartés et Papadakis a conduit le chien au piquet et l'y a enchaîné. Puis il a jeté un regard par-dessus son épaule vers nous et a fermé la porte du garage.

« Merci. »

« Gorky est un bon chien. Il a juste besoin de vous connaître. »

« Je n'ai pas pu m'empêcher de remarquer votre garage. »

« C'est un peu en désordre. »

« Ce coffre. Il a l'air européen. Vous l'avez ramené en venant ici ? »

« Oui. Il appartenait à mon père. »

« Vous l'avez bien cadenassé. »

Il a haussé les épaules. « Pourquoi n'entrez-vous pas ? »

« Vous avez quelque chose de particulier dans ce coffre ? »

« Juste quelques affaires familiales personnelles, vous savez. »

Nous sommes retournés dans la cuisine, qui était nettement plus lumineuse cette fois-ci. J'ai balayé les plans de travail du regard : rien.

« Asseyez-vous, asseyez-vous. »

Nous nous sommes assis, mais Papadakis est resté debout.

« Pourquoi vouliez-vous me voir ? »

« Nous aimerions vous demander de vous soumettre à un prélèvement d'ADN. »

Sa lèvre a tremblé. « Un prélèvement d'ADN ? Pourquoi faire ? »

« Pour le comparer avec l'ADN recueilli sur la scène du crime des Boyle. »

« Mais c'était il y a si longtemps. »

Derrick a fait glisser un kit sur la table de la cuisine. « Ça n'a pas d'importance. »

Quand Papadakis a piétiné sur place, j'ai cru une fraction de seconde qu'il allait s'enfuir.

« Je ne suis pas obligé de le faire, n'est-ce pas ? »

J'ai dit : « C'est sur la base du volontariat, mais si vous n'avez rien à cacher, vous ne devriez pas avoir peur de nous donner un échantillon. »

« Je ne sais pas. Quelqu'un pourrait prendre mon ADN et le mettre quelque part pour me causer des ennuis. »

J'en avais marre de l'excuse du coup monté. « Je ne crois pas que cette crainte soit justifiée. Êtes-vous en train d'insinuer que la police pourrait placer votre ADN sur les lieux et vous piéger ? »

« J'ai déjà vu ça arriver. »

« Eh bien, premièrement, nous ne faisons pas ça, et je n'ai jamais fait partie d'une unité qui en a été accusée. Mais plus important encore, si quelqu'un voulait faire ça, y compris la police, votre ADN est partout : votre brosse à cheveux, votre brosse à dents, vos vêtements... il est absolument partout. »

« Alors pourquoi avez-vous besoin que je fasse un test ? »

« Nous n'en avons pas vraiment besoin. »

« Quoi ? J-je... Comment ça marche ? Je veux dire, vous pouvez prendre mon ADN n'importe où ? »

« Nous laissons notre ADN partout sur les choses que nous touchons, comme le volant de votre voiture. »

Le visage blafard de Papadakis est devenu blanc comme un linge. Il a dit : « Il faut que j'aille aux toilettes. » Et il a disparu dans le couloir.

Derrick a levé un pouce en l'air et a tendu son poing pour qu'on se le tape. Se taper le poing ? D'où est-ce que ça sortait, ça ?

J'ai chuchoté : « Maîtrise-toi. »

On a entendu une chasse d'eau et Papadakis est réapparu. « Désolé. Quand j'ai envie, c'est vraiment pressant. »

« Pas de problème, je comprends. » Et c'était vrai. « Allez-vous accepter le test ? »

Il a secoué la tête. « Je ne crois pas. Je pense que ce serait une bonne idée de consulter un avocat. »

Alors que nous partions, Derrick a dit : « C'était génial. Il a perdu tous ses moyens quand tu lui as dit qu'on pouvait obtenir son ADN sans test. »

« Il cache quelque chose. Qu'est-ce qu'il pouvait bien y avoir dans ce coffre ? »

« On pourrait obtenir une citation à comparaître. »

« Aucun juge ne la signerait ; on n'a pas assez d'éléments. »

« Pas encore. On obtient son ADN, on l'envoie en Grèce, on voit s'il est lié au meurtre de ce garçon. Et en Russie. Qui sait ce qu'ils trouveront ? »

« Chaque chose en son temps. On ne travaille pas pour Interpol. »

« Je sais, mais même s'il n'est pas le tueur de Boyle, il pourrait quand même être celui qui a tué ce garçon grec. Ou quelqu'un d'autre. »

C'était un argument de poids qui m'avait échappé et qui n'aurait pas dû. « Peut-être. »

33

LA CAFÉTÉRIA ÉTAIT BONDÉE. PHIL MURRAY PRENAIT SA retraite. Phil était un agent de police discret qui n'aimait pas attirer l'attention, sans quoi nous lui aurions dit au revoir au Old Naples Pub, dans le Venetian Village. À la place, c'étaient des wraps, des sandwiches de traiteur et des sodas, plutôt que des bières et des hamburgers.

Alors que j'étais à la moitié de mon wrap à la dinde, Barbara, une chargée des relations publiques, m'a tapoté l'épaule.

« Ceci vient d'arriver pour vous. »

C'était une grande enveloppe en papier kraft de la part du Dr Brown. C'était l'IRM. J'ai enfourné le reste de mon wrap dans ma bouche en chemin vers mon bureau.

J'ai brandi l'enveloppe. « On a les résultats de l'IRM. »

Derrick a bondi de sa chaise pendant que je déchirais l'enveloppe. « Et le grand gagnant est ! »

Un rapport de deux pages et un DVD sont tombés de l'enveloppe. J'ai parcouru des yeux le rapport du Dr Brown.

Il était truffé de jargon médical. Je suis passé directement au résumé de la deuxième page.

Les points principaux étaient les suivants :

Preuve d'une ancienne fracture de l'os frontal qui a guéri.

Origine – probablement causée par un traumatisme contondant.

Derrick a dit : « Il a bien eu une fracture. J'imagine qu'il a été frappé cette nuit-là. »

« Impossible de prouver si la fracture date de cette nuit-là ou d'un autre moment de sa vie. »

« Tu crois ? »

« Ça n'a pas d'importance, on attend les résultats ADN. Fracture ou pas, si son ADN est sous l'ongle de la victime, Wheeler est notre homme. »

« Mais on n'a pas son ADN pour comparer. »

« On reçoit les résultats, on voit si ça correspond à quelqu'un dans la base de données et aux échantillons qu'on a prélevés. S'il n'y a pas de correspondance, je nous trouverai un peu de son ADN. »

————

MARY ANN PLIAIT du linge quand je suis rentré. Elle a dit : « Qu'est-ce qui ne va pas ? »

« Rien. »

Elle a posé une serviette. « Ne me dis pas "rien". »

« Je te dis que ce n'est rien. »

« Frank, si tu veux te balader en gardant pour toi ce qui te tracasse, grand bien te fasse, mais ne gâche pas ma soirée à broyer du noir. »

Elle avait encore raison. « Je suis juste un peu énervé, c'est tout. »

« À propos de quoi ? »

« Les résultats de l'IRM de Wheeler sont arrivés. Il y avait la preuve d'une ancienne fracture. »

« Et alors ? »

« C'était un suspect principal. »

« D'accord, alors maintenant il ne l'est plus. Comme tu me l'as toujours dit, éliminer un suspect, c'est une bonne chose, ça permet de se recentrer. »

Je détestais quand elle me ressortait mes propres paroles. J'avais besoin d'un peu de compassion.

« Espérons-le. »

Mary Ann s'est approchée et a passé ses bras autour de moi. « Mon pauvre petit Frankie est déçu. » Elle m'a chatouillé sous le bras.

« Hé, ce n'est pas juste. » J'ai immobilisé ses bras et je l'ai embrassée.

Elle a enroulé une de ses jambes autour de la mienne et a pressé ses hanches contre moi. Je l'ai soulevée et l'ai portée jusqu'à la chambre pour la consolation suprême.

———

DERRICK A RÉPONDU AU TÉLÉPHONE. « Frank, c'est Dempsey, de la police scientifique. »

J'ai attrapé le téléphone. « Rick, c'est Frank. Qu'est-ce que vous avez pour moi ? »

« Nous avons établi le profil des cellules de peau sur l'ongle et fait une vérification croisée avec la base de données, mais aucune correspondance. »

« Et les échantillons que nous vous avons donnés ? Vous les avez comparés ? »

« C'est la première chose que nous avons faite, Frank. »

« Vous en êtes sûr ? »

« Je suis désolé, Frank. Il n'y a pas de correspondance. »

« Vous l'avez passé dans la base de données nationale ? »

« Oui, et celle de Floride aussi, mais rien. »

« Je descends. »

« Je n'ai pas le temps, Frank. Il n'y a pas de correspondance, et votre venue n'y changera rien. »

« D'accord. Merci, Rick. Il y a deux autres personnes d'intérêt qui ont refusé de se soumettre à un prélèvement. Je vais récupérer des échantillons et vous les apporter. »

« Pas de problème. Apportez-les, et nous ferons une vérification. Je dois vous laisser. »

« Attendez, l'ADN était masculin ou féminin ? »

« Masculin. »

« Merci. »

J'ai raccroché brutalement. « On dirait qu'on n'a pas un gramme de chance sur cette affaire. La seule chose qu'on a découverte, c'est que c'est un homme. »

« Il nous reste encore Wheeler et Papadakis à vérifier. »

« Je sais. »

« Tu sais, il ne faut pas oublier que ce qu'il y avait sous l'ongle de la victime n'appartenait pas forcément à son meurtrier. »

« Bien sûr. C'est juste que j'ai une intuition à ce sujet. »

« Ça me suffit. Qu'est-ce que tu veux faire ? »

« Savoir quand le camion de recyclage passe dans le quartier de Wheeler. »

« Recyclage ? »

« Ouais. Wheeler boit de la root beer. Va chez lui le

matin du ramassage et prends trois canettes vides dans sa poubelle. »

Derrick m'a regardé comme si je venais de commettre un sacrilège.

« Exactement, c'est la vraie vie, pas *Les Experts*. »

Nous avons tous les deux attrapé nos téléphones. J'ai appelé Papadakis et pris un autre rendez-vous avec lui.

Le camion de recyclage passait dans le quartier de Wheeler le lendemain matin. J'ai rappelé à Derrick de porter des gants, de mettre les canettes dans des sacs séparés, et je suis parti voir Papadakis.

———

LE CHIEN ÉTAIT ENCHAÎNÉ, gardant la propriété et aboyant, tandis que je me dirigeais vers la porte. Le garage de Papadakis était fermé. J'ai réalisé que la chaîne n'était pas assez longue pour empêcher un intrus d'atteindre la porte d'entrée. J'ai imaginé la malle cadenassée dans le garage et j'ai sonné.

La porte s'est ouverte avant même que le son de la sonnette ne se soit estompé. Une minuscule perle de sueur coulait le long du visage de Papadakis.

« Inspecteur Luca, entrez. »

« Est-ce que ce chien arrête parfois d'aboyer ? »

« Gorky ! Calme-toi ! » Il m'a suivi dans le couloir. « C'est un bon chien, vraiment un très bon chien. »

Dans la cuisine, j'ai demandé : « Puis-je avoir une bouteille d'eau ? »

« Bien sûr. » Il a ouvert le réfrigérateur et en a sorti une bouteille. Échanger les bouteilles était hors de question.

« Avez-vous reconsidéré notre demande de prélèvement d'ADN ? »

Il s'est assis sur une chaise de cuisine. « Euh, non, je veux dire, je ne crois pas. »

« D'accord. »

« Il n'y a vraiment aucune raison pour que je le fasse. »

« Ça aiderait à vous éliminer en tant que suspect dans le meurtre de Boyle. »

« Mais... je n'ai rien fait. Je ne faisais que marcher... »

« Comme vous le faisiez à Ariypool, là où ce gamin, Spiro, a été retrouvé mort ? »

Les épaules de Papadakis se sont affaissées. « C'était Aryiroupolis, et je n'ai rien à voir avec la mort de ce garçon. Ils ont essayé de me piéger. On venait à peine d'emménager en Grèce, un gamin a été tué, et ils ont pensé que c'était moi. Les Grecs n'aiment pas les Russes. Même si mon père était grec, ils nous traitaient comme des citoyens de seconde zone. »

« C'est pour ça que vous vous êtes enfui dès que vous avez récupéré votre passeport ? »

« La façon dont on nous a traités à cause de la mort de ce garçon était écœurante. Comment quiconque aurait-il pu rester là-bas ? »

« Mais vous êtes parti seul. Si c'était si terrible, pourquoi vos parents sont-ils restés ? »

Son visage s'est décomposé et il a baissé la tête. Allait-il avouer ?

« Ma maman... elle était malade, elle avait un cancer. Elle ne pouvait pas voyager. Je ne l'ai jamais revue. »

Il semblait sincèrement bouleversé. N'empêche que je suis sûr que des milliers de meurtriers ont perdu leur mère d'un cancer.

« Je suis désolé d'apprendre ça. Ça vous dérange si j'utilise vos toilettes ? »

« Bien sûr que non. C'est la deuxième porte à droite. »

Il était grand temps que j'aille pisser, mais les quinze minutes qu'il m'aurait fallu pour y parvenir auraient éveillé les soupçons.

Je voulais prendre sa brosse à dents, mais il aurait su ce que je faisais et aurait pu prendre la fuite à nouveau. J'ai regardé dans la poubelle. Il y avait deux Plackers qu'il avait utilisés pour se nettoyer les dents. Dégueu, mais une bonne source d'ADN. J'ai enfilé des gants et mis les porte-fils dentaires dans un sachet. En faisant coulisser la porte de la baignoire, j'ai aperçu deux cheveux bruns près de la bonde et je les ai aussi mis dans un sachet.

J'ai tiré la chasse, laissé couler l'eau du lavabo pendant une minute, et je suis sorti en m'essuyant les mains sur mon pantalon.

« Merci. »

« Je vous en prie. »

« Alors, dites-moi. Vous avez quitté la Russie en 1985. »

« Oui. C'était difficile avec la chute du communisme : une bonne chose, mais chaotique, alors nous sommes partis pour la Grèce. »

« Vous êtes parti précipitamment. »

Il a hésité. « Non, je ne crois pas. »

« Vous êtes parti quelques jours seulement avant Noël. Cela me semble inhabituel. »

« Étions-nous impatients de partir ? Oui, nous voulions commencer notre nouvelle vie en Grèce avec les fêtes. Noël est important en Russie, mais rien de comparable à ce que c'est dans un pays chrétien comme la Grèce. »

Il y avait quelque chose de préparé dans sa façon de

répondre, des réponses toutes faites dont il pensait qu'elles allaient régler l'affaire. J'aimais bien tirer les vers du nez, mais ma poche pleine d'ADN allait déterminer s'il était le tueur de Boyle. Il était temps de partir, et en plus, la sonnette de la vessie avait de nouveau retenti.

34

Nous étions assis à nos bureaux, à lire des e-mails et à suivre des pistes que nous savions sans valeur. L'horloge n'avait avancé que de vingt minutes depuis que j'avais vérifié l'heure. J'avais besoin de savoir si l'ADN sur les canettes de Wheeler ou sur ce que j'avais pris chez Papadakis correspondait. Il m'était impossible de me concentrer.

Derrick a raccroché le téléphone.

« Bon sang, c'est la deuxième fois que cette femme appelle. Maintenant, elle dit qu'elle a fait un autre rêve et que le tueur est le maire de Miami. »

« Ce ne sont pas les gens qui cherchent à se faire remarquer qui manquent. Tu es célibataire, tu peux peut-être lui donner ce qu'elle cherche. »

« Non, merci. »

« Le labo a dit qu'ils auraient les profils pour quand ? »

« Dans le courant de l'après-midi. »

Il n'était que 10 h 45. Pour moi, le tic-tac de l'horloge était audible. Je devais tuer le temps. Ma vessie m'a rappelé à l'ordre. C'était la première fois que j'étais reconnaissant de l'entendre. Je me suis levé pour aller aux toilettes, sachant que ça me prendrait bien quinze minutes.

Assis sur le trône, essayant tant bien que mal de faire sortir mon urine, l'état de l'affaire Boyle occupait toutes mes pensées. Ce n'était pas comme si j'espérais qu'un homicide se produise, mais sans rien d'autre pour me distraire, je n'avais pas le choix.

Tout reposait sur le rapport ADN. Wheeler et Papadakis étaient les deux seuls suspects qu'il nous restait. Peut-être que l'inspecteur Foster n'était pas un si mauvais enquêteur que je ne le pensais. Malgré tout, il n'y avait aucune excuse pour la façon dont la scène de crime et les preuves avaient été gérées.

Même si je détestais envisager cette possibilité, je devais réfléchir aux prochaines étapes si l'ADN ne correspondait à aucun de nos derniers candidats. Que savions-nous ? Une jeune fille de dix-sept ans, qui se préparait pour l'université, a été poignardée à mort dans un parc du comté. Elle était avec son petit ami beaucoup plus âgé et son jeune frère.

Toutes les personnes présentes au parc, à notre connaissance, avaient été interrogées. Toutes sauf deux avaient été innocentées à ce stade. Ce devait être l'un d'eux. Papadakis était louche. Il était coupable de quelque chose, mais je penchais plutôt pour Wheeler. Il était là, et son histoire puait à des kilomètres. L'IRM ne prouvait rien. Il avait une blessure à la tête, et alors ? Il n'y avait aucune preuve qu'elle provenait d'un coup reçu la nuit où Boyle a été assassinée.

Je me suis lavé les mains et j'ai envoyé un texto à Mary Ann. Il fallait que je sorte du bureau et j'espérais qu'elle pourrait s'éclipser pour un déjeuner précoce.

———

MON BUREAU ÉTAIT vide quand je suis revenu à midi trente. J'ai tapoté ma souris et l'écran s'est allumé. Il y avait un e-mail de la police scientifique. Le volet de prévisualisation indiquait : Affaire Boyle Profilage ADN 2 Terminé.

J'ai hésité avant de cliquer pour ouvrir l'e-mail. Mon doigt planait au-dessus de la souris comme celui d'un joueur de poker qui découvre sa carte petit à petit. J'ai abaissé mon doigt et mon moral a suivi le mouvement. Il n'y avait aucune correspondance, ni avec Wheeler, ni avec Papadakis.

J'ai laissé tomber ma tête en arrière contre mon fauteuil. Comment diable était-ce possible ?

Derrick est entré avec une boîte de biscotti. « Tu en veux un ? »

« Non ! »

« Qu'est-ce qui ne va pas ? »

J'ai décroché le téléphone. « Le fichu rapport ADN est revenu négatif. »

« Quoi ? J'aurais parié que c'était Papadakis. »

« Ouais. Bonjour, Frank Luca à l'appareil. Je voudrais parler à Dempsey… Quand sera-t-il de retour ? … Eh bien, dites-lui de m'appeler dès qu'il rentre. C'est urgent. »

J'ai raccroché brutalement le téléphone. « Tu as le numéro de portable de Dempsey ? »

« Non. Je ne le connais même pas. »

« Je parie que ce foutu labo s'est planté. »

« Ils sont plutôt bons, d'après ce que je sais. »

« Tout le monde fait des erreurs. »

« Disons qu'ils n'en ont pas fait et que toutes les personnes que nous avons ciblées sont innocentes. On fait quoi maintenant ? »

J'avais envie de dire qu'on abandonnait ; voilà ce qu'on fait. On range ce fichu dossier Boyle et on sort une autre affaire non résolue de la boîte. J'en avais vraiment envie, mais j'avais promis à la mère du gamin que je lui trouverais des réponses, et je le ferais.

« Ce qu'on fait, c'est qu'on repart de zéro. On repasse tout en revue, pour voir si on a raté quelque chose. On continue de parler à la mère et aux amis du gamin. Cette adolescente a été assassinée dans un parc ; quelqu'un doit payer pour ça. Sa mère mérite que justice soit faite. »

« J'avais l'impression qu'on touchait au but. »

« Ne baisse pas les bras ; on l'aura, ce salaud. »

« Je sais qu'on l'aura. Qu'est-ce que tu veux que je fasse ? Je dois arrêter de vérifier à l'étranger pour Papadakis ? »

Je ne voulais pas lui dire que le fil dentaire et les cheveux de sa salle de bain auraient pu appartenir à quelqu'un d'autre. « Non, garde cette piste ouverte. Il a fait quelque chose. »

« D'accord. Quoi d'autre ? »

« Il y avait un message bizarre écrit dans son album de fin d'année par un gamin nommé Fred. Je l'ai parcouru et j'ai identifié trois gamins à qui on devrait parler. Tiens, laisse-moi te montrer. »

J'avais mis un post-it jaune sur le message et sur chacune des pages où une promo avait un Fred.

Derrick a dit : « Ce n'est pas une menace pure et simple, mais ça y ressemble. »

« C'est pour ça qu'on doit vérifier. »

« Il se pourrait qu'elle l'ait largué ou n'ait jamais retourné son affection. »

Il pensait que je n'y avais pas pensé ? « Je sais. S'il n'y avait pas eu ce côté amourette d'adolescent, on aurait déjà retrouvé ce Fred. »

Je lui ai tendu l'album. « Trouve Fred et interroge-le. Je dois aller quelque part. »

————

LE CABINET du médecin était près de la Old 41. Mon rendez-vous n'était que dans quarante minutes. J'ai dépassé la bifurcation et j'ai mis le cap sur Estero.

En tournant après Corkscrew, j'ai ralenti. Le garage de la maison des Papadakis était fermé. Son chien s'est levé, mais n'a pas aboyé quand je suis passé devant. Je me suis garé à environ 400 mètres plus loin et j'ai attendu cinq minutes avant de faire demi-tour et de repasser devant. Il n'y avait aucun signe de Papadakis, et je suis parti.

En m'enregistrant à l'accueil, j'ai discuté avec une infirmière mignonne avant de m'asseoir. Il y avait une émission de télé-réalité judiciaire exaspérante à la télévision. La moitié des gens qui attendaient étaient rivés au plus bas dénominateur commun du pays. Les broutilles qui étaient arbitrées devaient leur donner un sentiment de supériorité par rapport aux minables de l'émission.

Mon heure de rendez-vous était passée de cinq minutes. Je venais le voir depuis plus de deux ans, et l'heure de mon rendez-vous avait autant de valeur que la moitié d'un billet de cinquante dollars. Je ne pouvais plus jouer avec mon téléphone et je suis allé voir la réceptionniste.

« Bonjour, je suis sûr que le docteur est occupé, mais je suis attendu au tribunal dans une heure. Pouvez-vous faire quelque chose ? »

Elle a souri. « Laissez-moi voir, Frank. »

Elle a décroché son téléphone et a chuchoté dedans. Puis

elle a raccroché et a dit : « Il peut vous prendre tout de suite. Salle trois. »

Avant la pause publicitaire de l'émission judiciaire, on a appelé mon nom et on m'a conduit dans une salle d'examen. L'infirmière m'a pesé, a pris mes constantes, et je me suis assis sur la table d'examen, sur ce ridicule papier blanc qui ne couvrait même pas toute la surface. Avec toute la technologie qu'on a, pourquoi se fiait-on encore à des mesures préventives des années 1940 ?

Cinq minutes et un examen de la prostate plus tard, j'étais de retour dans ma voiture. Le docteur Brown a dit qu'il m'appellerait pour me donner les résultats de mes analyses sanguines, puis il m'a fait un sermon sur le fait de ne pas manger de charcuterie.

Le Dr Brown était un type bien et un bon médecin. Et surtout, il avait à peu près mon âge et n'était pas du genre alarmiste.

« Salut, Doc. Comment ça va ? »

« Bien, Frank. Et toi ? »

« Plutôt bien. »

« Quelque chose qui te tracasse ? »

Pouvait-il m'aider avec l'affaire Boyle ? « Non, fatigué de temps à autre, mais je me sens plutôt sacrément bien pour quarante-trois ans. »

« Et tu as de quoi. On m'a envoyé ton scanner, il est nickel. »

J'ai expiré. Mon oncologue m'avait dit qu'il n'y avait rien, mais après le diagnostic initial d'une petite tumeur qui s'était transformée en quelque chose de beaucoup plus grave, j'avais soif de confirmation.

« C'est une excellente nouvelle. »

« Tu sens toujours un petit pincement au niveau du tissu cicatriciel ? »

« Ouais, mais ce n'est pas si terrible. Je m'y suis plus ou moins habitué. »

« Laisse-moi jeter un œil. »

Il a appuyé sur mon ventre et a pétri la zone autour de la cicatrice avec ses phalanges. « Ça m'a l'air bien. Tu arrives à uriner à intervalles réguliers ? »

J'ai tapoté ma montre. « J'ai programmé une alarme pour me le rappeler. »

« Et tu la respectes ? »

« La plupart du temps. »

Il a secoué la tête. « Je ne saurais trop insister sur l'importance de la chose, Frank. Tu n'as plus de vessie, et ce qu'ils t'ont fabriqué n'a pas la même élasticité. Ne force pas dessus, d'accord ? »

« J'ai compris. Je vais faire plus attention. »

« Ça m'embêterait que tu abîmes toute cette belle plomberie qu'ils t'ont installée. »

« Je ne vous ai jamais posé la question, mais avec toutes les découpes et les collages qu'on m'a faits, est-ce que ça pourrait m'empêcher, disons, d'avoir un bébé ? »

Brown m'a regardé attentivement. « Non, ton appareil reproducteur n'a pas dû être affecté par l'opération. »

J'ai hoché la tête. « C'était juste pour savoir. »

« Si tu y penses, cependant, le plus tôt sera le mieux. Tu n'as pas envie d'être sur le bord d'un terrain de foot à soixante ans. Si tu veux avoir des enfants, il vaudrait mieux t'y mettre. »

Mon alarme-pipi a sonné. J'ai souri au Dr Brown et, en bon petit garçon, j'ai dit : « L'heure d'aller aux toilettes. » Je lui ai dit au revoir et je me suis dirigé vers les toilettes.

Au-dessus des toilettes se trouvait une étagère avec des dizaines de flacons d'échantillons d'urine. Je me suis assis sur la cuvette et j'ai commencé à réfléchir.

Soixante ans ? Ce n'était que dans dix-sept ans. Dix-sept ans plus tôt, j'en avais vingt-six. Ça me semblait être il y a une éternité. J'étais dans le New Jersey et je venais de sortir de l'académie de police. Le temps semblait s'être accéléré. L'idée que j'aurais un jour soixante ans était effrayante.

À quoi voulais-je que ma vie ressemble à soixante ans ? Je voulais continuer à être détective à la brigade criminelle, et l'idée de vivre ailleurs était inenvisageable. Où en serions-nous, Mary Ann et moi ? L'un de nous serait-il frappé par une maladie grave ? Mon cancer reviendrait-il ?

Rares étaient les jours où l'idée d'une récidive de mon cancer ne me martelait pas le crâne. Ils disaient avoir retiré toutes les cellules cancéreuses, mais ils avaient bien dû en manquer une ou deux, non ? Pendant un an après mon opération, j'avais imaginé une unique cellule laissée sur place, se divisant frénétiquement, se multipliant et grossissant. J'en avais perdu beaucoup de sommeil.

C'est Mary Ann qui m'avait fait réaliser à quel point ces pensées étaient destructrices. Je l'entends encore me dire : « Même si tu as eu un cancer et pas moi, tes chances sont meilleures que les miennes. Toi, tu es suivi. Dès que quelque chose apparaîtra, ils le détecteront tôt. Si quelque chose pousse en moi, je ne le saurai pas avant que ça ne commence à poser de problème. Alors, arrête de t'inquiéter pour ça et vis. »

Elle avait raison, mais c'était une autre de ces choses plus faciles à dire qu'à faire. J'avais évité de penser à quel point elle semblait vouloir des enfants. Elle gérait bien ça, ou peut-être que le mot « futée » était juste, en n'essayant pas de m'imposer le sujet. Un sourire m'est venu en pensant à Billy, le gamin d'à côté.

Il faudrait que je réfléchisse sérieusement à cette histoire d'enfant. Je n'arrivais pas à mettre de l'ordre dans mes idées, l'affaire Boyle mobilisant le peu de puissance cérébrale que la chimio m'avait laissé. Dès que j'en aurai fini avec l'affaire Boyle, j'examinerai sérieusement la question. Pour l'instant, je devais trouver mon prochain coup.

35

DEVAIS-JE RENDRE VISITE AUX PROFESSEURS DE DEBBIE ET LES interroger sur son dernier jour, ou à cette amie qui avait signé son album de promo avec ce message disant que Debbie traversait une épreuve ? Je pouvais revoir ses amies, les presser de questions sur ce que Debbie pouvait bien traverser. Ça aurait pu être une dispute avec une amie, ou le fait de perdre une amie qui partait dans une université d'un autre État.

C'étaient les seules pistes, si tant est qu'on puisse les appeler ainsi, que je pouvais suivre. Ce n'était pas tout à fait comme essayer de démolir une piñata les yeux bandés, mais ça s'en approchait. Je ne savais pas quelle direction prendre et je me suis rabattu sur ce qui avait fonctionné par le passé : revoir les amis et la famille de la victime.

Souvent, avec un peu de temps entre les entretiens, les esprits se décantaient et généraient de nouvelles informations ou des récits qui fournissaient des indices.

L'une des amies de Debbie Boyle, Nancy Flowers, avait été si malade que je n'avais jamais eu l'occasion de l'interroger. Chaque fois que j'appelais, sa sœur m'avait dit qu'elle était soit à l'hôpital, soit trop faible pour parler. Cette femme avait des problèmes cardiaques et était sur la liste d'attente pour une greffe. Autant dire que c'était du sérieux. À côté, mon cancer de la vessie me semblait être un petit bobo.

Flowers avait été professeure d'océanographie à l'université de Gulf Coast et vivait à Miromar Lakes, une grande résidence proposant des logements à différents prix, près de l'aéroport. J'ai quitté l'autoroute à la sortie de Corkscrew Road et, au lieu de tourner à droite vers Miromar, j'ai décidé de repasser devant la maison des Papadakis.

Les deux dernières fois où j'étais passé en voiture, Papadakis n'était nulle part en vue et le garage était fermé. Alors que j'avançais au pas dans la rue, j'ai remarqué que le garage était ouvert et qu'un homme, que j'ai supposé être Papadakis, tournait le dos à la rue.

Dès que je suis sorti de la voiture, le chien s'est mis à aboyer et Papadakis s'est retourné. Je lui ai fait un signe de la main, et il s'est de nouveau retourné, disparaissant de mon champ de vision. J'ai couru jusqu'au garage, et le chien s'est jeté sur moi. J'ai esquivé sur la gauche, hors de portée du clébard, tandis que Papadakis criait : « Gorky, couché ! Couché ! »

En grognant, le chien s'est assis sur son arrière-train.

« Vous le maîtrisez vraiment bien, n'est-ce pas ? »

« Je l'ai emmené à des cours de dressage quand il n'était qu'un chiot. C'est un bon toutou. Hein, Gorky ? »

Je n'allais pas vérifier cette affirmation et je me suis approché à petits pas de Papadakis, qui a ramassé une bouteille d'eau presque vide.

« Que puis-je faire pour vous, inspecteur ? »

Je suis entré dans le garage. « J'étais dans le coin et je me suis dit que j'allais voir si vous aviez changé d'avis pour le test ADN. »

« Non. Et je suis un peu occupé en ce moment. »

Le coffre était recouvert d'un vieux rideau de douche. « Qu'est-ce que vous faites ? »

« Je fais juste le ménage. »

« Qu'est-ce qu'il y a dans le coffre ? »

« Des souvenirs de famille. »

J'ai soulevé le rideau. « Vu que vous venez de Russie et de Grèce, il doit y avoir des choses intéressantes là-dedans. »

Papadakis a reposé la bouteille d'eau. « Inspecteur, je préférerais vraiment que vous partiez. Vous n'avez aucun droit d'être ici. »

Il avait raison. « Je ne voulais pas vous contrarier. J'étais juste curieux. Je ne suis jamais sorti du pays. Nous allons en Europe au printemps, et c'est peut-être naïf, mais voir des objets venant d'un endroit comme la Russie me semble intéressant, c'est tout. »

« La Russie à l'époque n'avait rien d'intéressant. C'était déprimant. »

J'ai reculé jusqu'à l'endroit où se trouvait la bouteille d'eau et j'ai dit : « Où avez-vous eu Gorky, en Russie ? »

Papadakis a jeté un œil à son chien, et j'ai empoché la bouteille d'eau en disant « Bon toutou » pour couvrir le bruit de froissement du plastique.

« Gorky n'a que quatre ans. Je l'ai eu chez un éleveur à Venice. »

« Jolie ville, Venice. Ils ont su y préserver l'ambiance de la vieille Floride. Bref, je vais y aller. Au revoir. »

Papadakis avait l'air perplexe de quelqu'un qui venait d'assister à un tour de lévitation.

———

J'AI MONTRÉ mon badge au gardien de Miromar et j'ai fait le tour jusqu'à la maison de ville de Flowers sur Valiant Court. Son logement était l'un des quatre d'un bâtiment de deux étages peint en blanc cassé. Lorsque la porte de l'appartement du rez-de-chaussée s'est ouverte, une femme non maquillée qui avait besoin de sommeil a dit : « Je peux vous aider ? »

Mon badge a attisé son inquiétude. « Nancy Flowers ? »

« Non, je suis sa sœur, Susan. Nancy est décédée il y a quatre jours. »

« Oh, je suis désolé. Je ne savais pas. »

« Ce n'est rien. Je sais que vous essayiez de lui parler, mais le temps a manqué. »

« Elle n'a pas pu avoir la greffe ? »

« Non. C'est un système absurde, mais Nancy avait tellement d'autres problèmes que je ne sais pas si ça aurait changé quelque chose. »

« Je suis désolé. »

« Je sais que vous vouliez lui parler de Debbie Boyle. Je peux peut-être vous aider. Nancy disait tout à sa grande sœur. » Elle a souri.

Ça ne coûtait rien de discuter quelques minutes, et cette pauvre femme avait certainement besoin de distraction. « Bien sûr. »

Je ne pensais pas que l'endroit avait plus de dix ans, et pourtant il paraissait plus vieux. La maison avait été construite dans un style qui se faisait balayer par la vague du contemporain côtier. J'ai estimé le prix de l'endroit à trois cent vingt-cinq mille dollars.

Elle m'a fait passer devant un comptoir de cuisine sur lequel se trouvaient deux piles de cartes de condoléances, ce qui m'a fait culpabiliser de mes pensées immobilières, puis m'a mené dans un salon où un déambulateur plié était appuyé contre un mur.

Les baies vitrées étaient ouvertes, et nous nous sommes assis autour de la table de la véranda. Le soleil scintillait sur un lac.

« Le temps a été tout simplement incroyable. Zéro humidité. »

C'était soit une offre de boisson, soit la météo qui ouvrait invariablement la plupart de mes visites. « Nous avons eu une série de journées incroyables. Que pouvez-vous me dire sur votre sœur et Debbie Boyle ? »

Elle a divagué sur le fait qu'elles étaient proches. J'ai commencé à décrocher, mais elle a dit quelque chose qui m'a pris par surprise.

« Je suis désolé, j'ai manqué la dernière partie sur les pom-pom girls. »

« Je disais que toutes les deux ont été pom-pom girls depuis toujours. Nancy était la capitaine en terminale, et elle était furieuse que Debbie ait quitté l'équipe au milieu de la saison. »

« Savait-elle pourquoi Debbie avait arrêté ? »

« Je ne pense pas qu'elle l'ait jamais vraiment su. Je crois que Debbie lui a dit qu'elle ne s'amusait plus à le faire. Mais si vous voulez mon avis, je pense que c'était parce qu'elle trouvait ça, quel est le mot juste, immature. Debbie aimait les garçons plus âgés, des hommes en fait, et être pom-pom girl ne collait pas avec ce milieu. »

« Vous dites qu'elle aimait les hommes. D'autres l'ont dit aussi. Y a-t-il quelqu'un en particulier ? »

« Je ne sais pas avec certitude. J'avais deux ans de plus, donc je n'étais plus au lycée, mais il y a eu quelques rumeurs, et ce n'étaient que ça. »

« Quel genre de rumeurs ? »

« Quelque chose à propos d'elle et d'un ou deux professeurs. »

« Des hommes ? »

« Oui, et elle n'était pas la seule dont j'avais entendu parler. Mais pour être juste, ce ne sont peut-être que des rumeurs. Vous savez comment peuvent être les adolescents. »

36

« Punaise, Frank, quelle perte de temps. »

« On ne perd jamais son temps si on apprend quelque chose. Même quand on fait chou blanc, ça peut aider à éliminer un suspect ou à clore une piste. Qu'est-ce qui s'est passé ? »

« J'ai dû attendre chacun de ces mecs. Mais ils ont tous dit qu'ils ne se souvenaient pas avoir écrit un truc pareil. »

« On ne sait pas qui a écrit ce message ? »

« Non. »

« Il faut que tu leur prélèves des échantillons d'écriture. »

« Tu crois que ça vaut le coup ? »

« Ouais. On ne sait jamais. »

« L'un de ces mecs est super loin, à Winter Gardens, et un autre au Cap Coral. »

« Qu'est-ce que tu veux que je te dise ? On doit savoir qui a écrit ce message et pourquoi. »

« Tu as raison, Frank. Désolé pour ça. »

« Au final, on ne sait jamais où quoi que ce soit peut

mener. Tiens, j'ai déposé une bouteille pour des analyses ADN. Préviens-moi quand le rapport arrivera. »

« Une bouteille ? De qui ? »

« Notre salaud de Russo-Grec. »

« Papadakis ? »

« Ouais. »

« Mais je croyais que tu avais déjà récupéré son ADN. »

« C'est vrai, mais ça venait de la salle de bain, et je ne pouvais pas être sûr que c'était bien le sien. »

« Mais pour Wheeler ? Les canettes que j'ai prises, on ne sait pas s'il a bu dedans. »

« Les trois canettes avaient le même ADN, et c'est Wheeler qui boit de la root beer. »

« Quand tu retourneras voir les trois Fred, demande-leur s'ils ont entendu des rumeurs sur un prof qui aurait eu une liaison avec une ou deux élèves. »

« Une liaison amoureuse ? Sexuelle ? »

« On ne sait pas, mais je parierais sur les deux. »

« Debbie Boyle ? »

« C'est possible. »

« Où est-ce que tu as entendu ça ? »

« La sœur d'une des amies de Boyle. »

« Waouh. Ce serait énorme. »

« Si c'était vrai, oui, mais les relations sexuelles entre profs et élèves, ce n'est pas nouveau et c'est à des années-lumière d'un meurtre. »

« Je sais. Mais quand même, c'est fou de se dire qu'un prof profiterait d'une gamine. »

« Je n'ai pas besoin de te rappeler qu'il y a beaucoup de malades sur cette planète. »

« Amen. »

« Ne va pas ébruiter ça. Je ne veux pas que ça remonte aux oreilles de la mère avant que je lui en aie parlé. »

« Pas de problème. »

« Pourquoi tu ne rentres pas chez toi ? Tu as beaucoup de route à faire demain. »

———

J'ENTENDAIS Amy Winehouse chanter depuis le garage. En ouvrant la porte de la maison, j'ai été accueilli par une odeur de champignons qui sautaient dans de l'ail et de l'huile. Mon estomac s'est noué. Les pâtes aux champignons grimpaient rapidement dans mon classement des plats préférés.

La première fois que j'en avais mangé, c'était chez Molto sur la Cinquième Avenue. Je ne me souvenais plus du nom italien du plat, mais ça avait un rapport avec la tentation des prêtres. Une astuce sur le vin que j'avais lue la semaine précédente, selon laquelle les champignons et le pinot noir formaient un accord parfait, m'est revenue en tête.

Mary Ann était devant une poêle, dans un short si court qu'on pouvait voir le bas de la courbe de ses fesses. Je ne savais pas sur quoi me jeter en premier : une poignée de ses fesses ou une fourchetée de champignons.

« Ça sent bon. » J'ai embrassé sa nuque et me suis pressé contre son dos.

« Doucement, Frank, ou les champignons vont brûler. »

J'ai glissé ma main sous son T-shirt. « Je m'en fiche. Laisse-les brûler. »

Elle m'a repoussé avec ses fesses. « Ouais, bien sûr, pour les cinq prochaines minutes. Quel genre de pâtes tu veux : fusilli, farfalle ou penne ? »

« Fusilli. Tu veux que je fasse griller quelque chose ? »

« Il y a une boîte Tupperware dans le frigo avec des crevettes qui marinent. »

J'ai allumé le gril, je me suis changé et j'ai débouché un pinot noir de Siduri.

Le dîner était excellent, mais la bouteille de vin était finie. J'avais besoin de quelque chose de plus corsé et j'ai ouvert une syrah française que Bleu Cellars m'avait recommandée. J'en ai bu un verre pendant que nous rangions. La vie ne pouvait pas être plus belle. Mais ça n'allait pas m'empêcher d'essayer. J'ai mis le spa en route et j'ai convaincu Mary Ann de mettre un maillot de bain.

Nos verres de vin à la main, nous nous sommes glissés dans l'eau bouillonnante.

« On devrait faire ça plus souvent. » J'ai passé mon bras autour de ses épaules. « Tu as le corps d'une adolescente. »

« Les jeunes filles t'excitent, Inspecteur ? »

« En parlant de ça. Tu es à Naples depuis longtemps. Tu te souviens de rumeurs concernant des profs du lycée qui auraient eu des relations avec leurs élèves ? »

« Des relations sexuelles avec eux ? »

« Ouais. »

« Je ne crois pas, non. C'est pour l'affaire Boyle ? »

« Ouais, la sœur d'une amie de Debbie a dit qu'il y avait des rumeurs à ce sujet. »

« Ça devait être il y a vingt-cinq ans ou plus. Contrairement à toi, je n'étais même pas une adolescente à l'époque. »

« Tu essaies de remuer le couteau dans la plaie ? »

« Ça dépend de ce qu'il faut remuer. »

J'ai mis ma main entre ses cuisses.

Elle s'est dégagée en se tortillant. « Pas maintenant, Frank. »

« C'est une promesse pour plus tard ? »

« Peut-être. »

« Tu es une vraie allumeuse. »

Nous avons parlé de son nouveau poste à l'équipe de lutte contre la cybercriminalité jusqu'à ce que la minuterie du spa s'arrête et que les bulles disparaissent. Nous entendions le gamin d'à côté jouer avec son chien. J'ai dit : « On dirait que Billy fait faire de l'exercice à Buttercup. »

« Il est trop mignon. Hier, je suis allée chercher le courrier, et il promenait le chien avec Mary. Je les ai accompagnés. »

« C'est un bon gamin. »

« Oui. Tout dépend des parents ; ce sont eux qui font la différence. »

« Tu as raison. »

« Tu ferais un père génial, Frank. »

Elle plaisante ? Je suis à peu près aussi égocentrique qu'on puisse l'imaginer. « Je n'en suis pas si sûr. »

« Eh bien, moi si. Je n'ai aucun doute là-dessus. »

Je savais que je devais faire attention ou je gâcherais la soirée. Je n'ai rien dit.

« Frank, c'est vraiment quelque chose dont on devrait parler avant qu'il ne soit trop tard. »

Elle et le Dr Brown s'étaient parlé aujourd'hui ? « Parler de quoi ? »

« De la question d'avoir un enfant ou non. »

L'eau m'a soudain paru froide. « Je suppose, oui. »

Elle a pris ma main. « Je ne parle pas de tout de suite, mais si c'est quelque chose que nous voulons tous les deux, alors nous devrions en parler. »

« J'y ai pensé. »

« Vraiment ? »

« Juste un peu. Je sais que tu aimerais être mère, et j'ai un peu réfléchi à tout ça. Pas énormément, mais tu sais… »

« C'est quelque chose qu'on ne devrait pas précipiter. Mais il faut faire attention au temps qui passe si on veut être des parents assez jeunes. Je ne veux pas aller à la réunion parents-profs et avoir l'air d'une grand-mère. »

Les réunions parents-profs ? « On a encore quelques années avant de devoir s'en préoccuper. »

« Tout au plus. Tu as quarante-trois ans, Frank. Et imagine qu'on ait un bébé dans deux ans, quand notre enfant aura dix ans, tu en auras cinquante-cinq. »

« Merci, j'avais besoin de ça. »

« C'est juste un fait, mais tu as l'âge que tu te donnes. »

Et pour ce qui était de me comporter comme un gamin, j'étais un champion. « Je sais, mais ça finit par te rattraper. Tu as beau te comporter comme tu veux à quatre-vingts ans, tu as quand même quatre-vingts ans et tu ne joues pas au football. »

« C'est vrai, jusqu'à un certain point, mais ne te prends pas la tête avec ça. Pense-y, d'accord ? »

J'ai hoché la tête.

« Ne t'inquiète pas, Frank, je ne te mettrai aucune pression. »

« Merci. »

« Allons-nous-en. »

J'avais vraiment envie de déguerpir après cette discussion. Nous nous sommes séchés avec nos serviettes, et je lui ai suggéré de prendre une douche. Elle a mordu à l'hameçon et, avant que Mary Ann ait eu le temps de comprendre, j'étais avec elle sous la douche.

37

ÊTRE ASSIS DERRIÈRE MON BUREAU M'A APAISÉ. MARY ANN N'A plus reparlé d'enfants du reste de la soirée, mais le sujet était dans l'air. Même quand nous faisions l'amour, je ne pouvais pas m'empêcher de penser que je pourrais bientôt le faire comme une mission, et non par plaisir.

Je sirotais mon café et lisais un e-mail d'un vieux pote du New Jersey quand Derrick est entré.

« Bonjour. Tu as passé une bonne soirée ? » Il a posé un gobelet Starbucks sur mon bureau.

Était-il aussi dans le coup ? « Merci. »

« Je vais me tirer d'ici dans une demi-heure. »

« Ouais, attends que les bouchons de l'heure de pointe sur la 75 se calment. »

« Tu as quelque chose pour moi ? »

« Non. Rapporte juste les échantillons d'écriture, et n'oublie pas de poser des questions sur l'histoire de sexe entre prof et élève. »

« C'est noté. J'imagine que je ne serai pas de retour ici avant sept heures. »

J'ai retiré le couvercle du café. Il était parfait. Ça faisait un moment qu'il n'avait pas merdé. « Rentre directement chez toi. Tu pourras le déposer au labo demain matin. »

« Merci. Qu'est-ce que tu as prévu aujourd'hui ? »

« Je pense retourner voir la mère, ou peut-être les copines de Boyle. »

« Oh, j'allais oublier. J'ai récupéré trois autres canettes de root beer dans la poubelle de recyclage de Wheeler. »

Je lui ai fait un pouce levé. « On n'est jamais trop prudent. »

« J'ai repensé à ce que tu as dit, et c'était tout à fait logique. »

« Ça ne paie pas de prendre des risques ou de devenir négligent. Tu vas faire un excellent inspecteur de la brigade criminelle. Et si on réfléchissait à ce que ce gamin, Fred, a pu vouloir dire quand il a écrit "Tu vas le regretter" ? »

« Je pense qu'il voulait probablement sortir avec elle et qu'elle l'a rejeté. »

« Ou ça pouvait être aussi simple que l'université ou la spécialisation qu'elle visait. »

« Pourrait-il y avoir un lien avec ce que son autre amie a dit, qu'elle serait toujours là pour elle ? Comme si elle s'apprêtait à faire quelque chose, que Fred avait dit que c'était une mauvaise idée, et que l'autre fille lui avait offert son soutien ? »

C'était un peu tiré par les cheveux, mais c'est en sortant des sentiers battus qu'on devient un bon détective. « Peu probable, mais possible. Tiens, avant que j'oublie, il semble que Boyle ait arrêté d'être pom-pom girl en plein milieu de la saison. Vois si un certain Fred sait pourquoi. »

———

J'AI EXAMINÉ les propositions du café Second Cup. J'hésitais entre un bagel et un croissant. Avec le voyage à Paris en perspective, j'ai opté pour la viennoiserie française et un café corsé en attendant Joanne Wilbur. La vieille amie de Debbie Boyle faisait visiter quelques appartements à un client à Mercato.

Alors que je picorais un dernier éclat de pâte, je l'ai vue franchir les portes. Elle a poussé ses lunettes de soleil sur le haut de sa tête et m'a gratifié d'un sourire. Nous avons échangé des salutations.

« Souhaitez-vous une tasse de café ? »

« Absolument. Le couple que je viens de quitter était épuisant. Ils trouvaient à redire à tout. Si je leur trouvais un palais sur la plage pour un million, ils y trouveraient encore quelque chose qui n'allait pas. »

« Si vous en trouvez un, appelez-moi d'abord. Café normal ou corsé ? »

Je lui ai tendu un café, et elle a fouillé dans son sac pour en sortir un sachet violacé. Elle a vidé le contenu dans sa tasse et a remué. Les gens faisaient des efforts extrêmes pour contrôler ce qu'ils mettaient dans leur corps.

Elle a pris une gorgée, maculant la tasse de rouge à lèvres. « Merci, j'en avais besoin. Alors, comment avance l'enquête ? »

« Nous y travaillons d'arrache-pied, et c'est pour ça que je voulais vous reparler. »

« Je ferai tout ce que je peux pour aider. Vous savez, vous ressemblez à George Clooney, n'est-ce pas ? »

J'ai souri. C'était la troisième référence à Clooney en un mois. Peut-être que la soixantaine n'était pas aussi proche que je le pensais. « On me le dit de temps en temps. Vous avez dit que vous étiez dans l'équipe de pom-pom girls avec Debbie. »

« Oui, en effet. »

« On m'a dit qu'elle avait arrêté en plein milieu de la dernière saison. J'aimerais savoir pourquoi. »

« Nous avons été surprises quand elle a arrêté. Elle n'a jamais vraiment donné de raison. Une fois, Debbie m'a dit qu'elle en avait marre et que c'était immature, mais elle a dit à d'autres que sa cheville la gênait et qu'elle ne voulait pas prendre de risque. »

« Et vous, qu'en avez-vous pensé ? »

« J'ai trouvé ça bizarre, mais je me suis dit qu'elle tournait la page, qu'elle mettait de la distance entre elle et le lycée. »

« Qui était Fred ? »

« Fred ? Quel est son nom de famille ? »

« Je n'en suis pas encore sûr, mais c'est le garçon qui a écrit "Tu vas le regretter" dans son album de fin d'année. »

« Je n'étais pas au courant de ça, et je n'aime pas la tournure que ça prend. Je pense qu'elle me l'aurait dit, cela dit. »

« Est-ce que Debbie avait des secrets ? »

Elle a penché la tête, laissant apparaître une boucle d'oreille. « Nous avons tous des secrets, n'est-ce pas ? »

« Est-ce que l'un de ses secrets était qu'elle avait une relation avec un professeur ? »

Du café s'est renversé sur la table. « Oh, je suis désolée. » Elle a attrapé une poignée de serviettes en papier et a nettoyé.

« Debbie Boyle avait-elle une relation avec un professeur ? »

« On avait toutes des béguins pour des profs de temps en

temps, mais je ne pense pas qu'elle ait fait quoi que ce soit qui ressemble à ce que vous insinuez. »

« Mais elle aimait les hommes plus âgés ; c'est ce que vous avez dit la dernière fois que nous avons discuté. »

« Oui, mais j'ai aussi dit que nous aimions toutes les garçons plus âgés. Ce n'est pas inhabituel à cet âge. »

Elle avait une mémoire vive qu'elle mettait sûrement à profit pour vendre des maisons.

« Y avait-il des rumeurs au lycée à propos d'un ou de plusieurs professeurs qui auraient pu dépasser les bornes avec un ou plusieurs élèves ? »

« Sexuellement ? »

« Oui. »

« Je ne pense pas. »

« Y a-t-il autre chose que vous puissiez me dire ? »

« Pas vraiment, mais avez-vous enquêté sur Jason Norwicky ? »

Merde. J'avais oublié ce gamin. J'étais tellement concentré sur Moore que Norwicky avait été victime de mon cerveau post-chimio.

« Je suis désolé, madame Wilbur, mais je ne peux pas parler d'une enquête en cours. »

38

E<small>N RETOURNANT AU BUREAU À TOUTE ALLURE, JE N</small>'<small>ARRIVAIS</small>
pas à me débarrasser de mon cafard. Comment diable avais-
je pu oublier de faire des recherches sur Norwicky ? Boyle
l'avait mis en colère après lui avoir donné de faux espoirs,
puis elle l'avait humilié dans la cour de l'école. Les adolescents ne supportent pas ce genre de manque de respect
public. Si ça s'était passé dans les quartiers difficiles de
Chicago, il lui aurait probably tiré dessus sur-le-champ. Et
vu comment les choses tournaient à Chicago, il s'en serait
probablement sorti sans problème.

Ce n'était pas Chicago, Dieu merci, mais le comté de
Collier. La violence n'a pas de frontières, mais un adolescent
éconduit attendrait-il des mois avant de passer à l'acte ? J'ai
ralenti. Il y avait de fortes chances qu'il ait oublié toute l'histoire en quelques semaines.

Mon cafard s'est envolé jusqu'à ce que je me souvienne
du tueur en série que j'avais arrêté. Pour ce qui est de la
patience, ce vengeur avait attendu des années pour régler
ses comptes. Il fallait que je fasse vite des recherches sur

Norwicky, ou je risquais de passer une nuit blanche. Il restait encore assez de temps aujourd'hui pour le retrouver.

———

LA BASE de données du tribunal n'avait rien sur Jason Norwicky ; il n'avait jamais été arrêté. Je doutais que notre nouveau système de gestion de dossiers contienne quoi que ce soit, et il ne contenait rien.

Le désir des gens de conduire était le prétexte que le gouvernement utilisait pour nous garder à l'œil. Le Département des véhicules motorisés détenait des informations qui équivalaient à une carte d'identité. Je n'aimais pas que le gouvernement en sache trop sur moi, mais en tant qu'agent des forces de l'ordre, je ne pouvais pas imaginer ne pas avoir le DMV comme ressource.

J'ai tapé « Jason Norwicky » dans leur portail. Rien n'est apparu. Il avait probablement déménagé dans un autre État. La base de données nationale des conducteurs à problèmes n'a rien donné non plus. Cette fichue affaire ne me permettait même pas de prendre le moindre raccourci.

J'ai fait une recherche rapide de propriété et, encore une fois, rien. Il était temps de regarder sur les réseaux sociaux. De nos jours, tout le monde était sur Facebook, sauf moi et Mary Ann, et maintenant, Norwicky. Étais-je en train de courir après un fantôme ? J'ai envoyé un SMS à Mary Ann, lui demandant de vérifier d'autres canaux, et j'ai creusé plus profondément.

La dernière adresse connue que le système scolaire de Collier avait pour Norwicky se trouvait dans un quartier près d'Orange Blossom Road appelé Sunshine Village. C'était un vieux lotissement avec beaucoup de briques rouges déroutantes. Des arbres anciens offraient beaucoup d'ombre, et la plupart du gazon avait cédé la place à la mousse.

Deux enfants d'une dizaine d'années jouaient au ballon devant l'adresse que je cherchais. Il y avait de fortes chances que la famille Norwicky ait déménagé. Après avoir eu la confirmation de mon intuition, j'ai inspecté le quartier, à la recherche de maisons qui n'avaient pas été rénovées.

Je me suis dirigé vers la porte d'une maison en stuc jaune et brique avec un nain de jardin qui montait la garde. C'était mon deuxième coup de chance ; la femme qui a ouvert la porte avait la soixantaine.

« Bonjour, madame. Je suis du bureau du shérif, et je cherche la famille Norwicky. »

« Vraiment ? Ils ont déménagé il y a très longtemps. »

« Pourriez-vous me donner une idée de quand c'était ? »

« Oh, ça remonte à loin. Quelque temps après que cette pauvre fille a été retrouvée morte. »

« Debbie Boyle, à Delnor-Wiggins ? »

« Oui. C'était elle. Nous avons tous été choqués. Mes enfants allaient à l'école avec elle, ainsi que quelques autres d'ici. »

« Savez-vous où ils sont allés ? »

« Je n'en suis pas sûre, mais peut-être que ma fille le saurait. Je peux l'appeler. »

« Ce serait gentil de votre part. Que pouvez-vous me dire sur Jason Norwicky ? »

« Jason ? C'était un gentil garçon. C'est dommage qu'il ait eu ce qu'il avait. »

« Qu'est-ce que c'était ? »

« De l'épilepsie. »

C'était pour ça qu'il ne pouvait pas conduire. « Son épilepsie était-elle grave ? »

« Quand il était enfant, c'était terrible. Il a eu des crises plusieurs fois quand il était ici, mais avec le temps, ils ont affiné ses médicaments et il allait beaucoup mieux. »

« Savez-vous où la famille a déménagé ? »

« Oh là là, je crois me souvenir qu'ils ont déménagé à Bonita, mais laissez-moi vérifier avec ma fille. »

Elle a appelé sa fille, a secoué la tête et a laissé un message.

« Voici ma carte. S'il vous plaît, appelez-moi dès que vous aurez parlé à votre fille. »

———

DERRICK AVAIT l'air maussade et arborait une nouvelle coupe de cheveux. « Salut, patron. Quoi de neuf ? »

« Un truc nouveau et intéressant vient de faire surface. » Ce n'était pas nouveau, mais c'était intéressant. « Un certain Jason Norwicky a eu une altercation avec notre victime à l'école. On dirait qu'elle lui a donné de faux espoirs, et quand il a insisté, elle l'a rejeté. C'est devenu physique, et ce gamin de Norwicky a fini par se faire humilier devant toute l'école. »

« Où avez-vous appris ça ? »

« D'une amie de Boyle, je l'ai vue tout à l'heure. » C'était vrai.

« Il n'était pas dans l'enquête initiale. Je me serais souvenu d'un nom comme ça. Ça a l'air prometteur. »

« On verra bien. J'essaie de le retrouver. »

« Que voulez-vous dire ? »

« Pour l'instant, c'est un vrai fantôme. Pas de casier, il n'a même pas de permis. »

« Et sa dernière adresse connue ? »

« Je suis allé dans son ancien quartier, à l'époque de l'homicide. J'espère que l'enfant d'un voisin aura une piste à suivre. »

« Rien sur les réseaux sociaux ? »

« Zéro sur Facebook, mais j'ai mis Vargas sur le coup pour vérifier ailleurs. »

« Vous pensez que ce type a disparu juste après l'avoir tuée ? »

« On va le découvrir. »

« Frank, ça pourrait être lui. Quelqu'un qui s'est battu avec elle, il a un mobile, et ensuite il disparaît. C'est forcément lui. »

« Calme-toi, Derrick. »

« Mais vous m'avez dit que si j'avais une intuition, il ne fallait pas l'ignorer. »

« Tu viens juste d'apprendre ça, gamin. Ce n'est pas ton intuition, mais une réaction instinctive. On ne peut pas perdre notre concentration à chaque fois qu'on tombe sur une personne d'intérêt. On doit être méthodique, continuer à chercher et à éliminer. On l'aura, notre gars. »

« Je, euh, j'avais juste l'impression qu'il correspondait parfaitement. »

« Qu'as-tu obtenu des Freds ? »

« Ils ont déposé des échantillons de leur écriture au labo pour analyse. »

« Quelqu'un a refusé de te le donner ? »

« Pas vraiment. Ils ont tous prétendu ne pas avoir écrit dans son album de fin d'année. »

« Et les rumeurs de relations entre profs et élèves ? »

« Rien de spécial. Juste quelques commentaires sur une enseignante qui était apparemment très jolie. »

« Mais qu'en est-il d'un enseignant ? »

« Juste que toutes les filles aimaient deux professeurs, un certain M. Stark et un certain M. Culver. »

« Culver était celui qui était impliqué dans l'embrouille du test SAT. »

« Ouais, c'est vrai, mais ça n'a rien à voir. »

« Rends-moi un service, demande au labo où en est la bouteille de Papadakis. Je dois aller pisser. »

39

APRÈS ÊTRE PASSÉ AUX TOILETTES, JE ME SUIS PRIS UN CAFÉ À la cafétéria. En retournant au bureau, je me suis arrêté. Derrick parlait à une femme aux cheveux châtains et à un garçon d'environ sept ans.

« Oh, voilà mon coéquipier, l'inspecteur Frank Luca. Frank, je te présente ma sœur Paula et mon neveu Bert. »

Bert ? Qui appelle son gamin Bert ? « Enchanté. » Je me suis avancé pour serrer la main de sa sœur, mais le petit garçon s'est interposé, et j'ai pris sa main tendue.

« Tu as une poignée de main ferme, Bert. »

« Tonton Derrick a dit que tu lui apprenais à attraper les tueurs. Tu peux m'apprendre à moi aussi ? »

« Eh bien, il faut que tu sois un peu plus grand. »

« Mais j'ai déjà huit ans et demi. »

« Alors tu y es presque. On ne me laisse pas enseigner à qui que ce soit avant ses vingt et un ans. »

« C'est si loin. Je veux être policier. »

« Le règlement, c'est le règlement, j'en ai bien peur, mais

tu sembles avoir du potentiel, alors laisse-moi voir ce que je peux faire. Je reviens tout de suite. »

Nous avions un programme de sensibilisation communautaire que j'aimais beaucoup. Il humanisait les agents sur le terrain et aidait à bâtir un lien de confiance avec nous. Je me suis éclipsé dans le bureau et j'ai pris quelques objets.

J'avais les mains derrière le dos quand je suis revenu.

« Agent Bert. »

Le gamin s'est retourné, et je lui ai tendu un badge en plastique. « Voilà ton badge. Tu es officiellement shérif adjoint junior du département du shérif du comté de Collier. »

Le gamin avait un sourire digne d'une citrouille d'Halloween. « Maman ! Regarde mon badge. Accroche-le-moi, vite ! »

« Attends un peu, Agent, il te faudra ta casquette. » J'ai posé la casquette sur sa tête, et elle lui est tombée sur les oreilles. J'ai ajusté le Velcro et je l'ai bien mise sur sa tête.

« Maman, c'est trop cool. Prends une photo et envoie-la à Papa. »

Derrick a mimé un « merci » pendant que la photo était prise.

« Prends-en une de moi et de l'inspecteur, vite. »

Le gamin s'est glissé à côté de moi et je me suis agenouillé.

« Derrick, pourquoi n'emmènerais-tu pas l'agent Bert faire un tour ? Peut-être que le shérif pourra lui dire bonjour. »

« Oh là là, le shérif ? Je peux rencontrer le vrai shérif ? »

« S'il n'est pas occupé à résoudre un crime, je suis sûr qu'il aimerait rencontrer son plus jeune shérif adjoint. »

Le gamin a attrapé la main de son oncle et a commencé à marcher vers la porte quand il s'est retourné et m'a fait un salut militaire. Je lui ai rendu son salut et je suis resté là pendant bien deux minutes. Ce gamin était incroyable.

Je ressentais quelque chose. Ce n'était pas de la fierté d'avoir fait le bonheur d'un enfant ; c'était de la jalousie, et c'était stupide.

Je me suis effondré sur ma chaise et j'ai vérifié mes e-mails. En cliquant sur un message de la police scientifique, mon humeur a encore chuté d'un cran. La bouteille d'eau que j'avais prise chez Papadakis ne correspondait pas, ni les canettes de root beer de Wheeler.

Deux des suspects les plus sérieux étaient hors de cause. Ou l'étaient-ils ? L'ADN sous les ongles de la victime était-il le facteur décisif ? De l'avis de tous, Boyle était une battante et aurait résisté à son agresseur. Mais si elle connaissait le tueur et qu'il ou elle l'avait surprise, peut-être n'aurait-elle pas pu le griffer.

J'ai pensé à Wheeler. Son histoire me dérangeait. Ce n'était pas son ADN sous l'ongle, et s'il avait bien une légère fracture du crâne, elle avait pu se produire ou non cette nuit-là. Sans son histoire, les éléments matériels m'auraient amené à le laisser tranquille.

Papadakis avait un deuxième prénom, et il n'était ni grec ni russe. Il aurait voulu vous faire croire que c'était « malchanceux ». La réalité, c'était que des adolescents finissaient morts, peu importe sur quel continent il se trouvait.

À ce stade, je n'étais pas prêt à les laisser filer. Je leur laisserais un peu de corde pendant que nous continuions à soulever des pierres. Le téléphone a sonné. C'était le voisin de Norwicky à qui j'avais rendu visite.

« Ce n'est rien. Je suis content que vous ayez appelé...
Vous avez parlé à votre fille ?... Quoi ?... Elle en est sûre ?...
Quand est-ce que ça s'est passé ?... Où ?... Je sais que vous
ne le saviez pas. S'il vous plaît, donnez-moi votre numéro et
celui de votre fille, au cas où j'aurais besoin de parler à l'un
ou l'autre d'entre vous. »

40

« Mec, t'aurais dû voir Chester avec Bert. Je ne pensais pas que le shérif avait beaucoup de personnalité, mais purée, on aurait dit qu'il travaillait pour Disney... »

« Norwicky est mort. »

« Quoi ? »

« Jason Norwicky, le gamin qui s'est battu avec Boyle et qui a disparu, est mort. »

« Quand ? Comment ? »

« Il est mort d'une crise cardiaque foudroyante il y a environ onze ans. »

« J'arrive pas à y croire. Ça pourrait être notre homme. Et maintenant ? »

J'ai eu envie de lui dire ce que je ressentais vraiment, comme si j'essayais de nouer un nœud papillon dans le noir avec une seule main.

« On va creuser, voir ce qu'on peut apprendre d'autre sur lui. Découvrir les circonstances qui l'ont poussé à déménager. Voir s'il y avait autre chose entre lui et Boyle. »

« Mais si c'est lui le tueur, il ne sera jamais traduit en justice. »

« Je suis sûr que Mme Boyle aimerait assister à la condamnation à mort du tueur, mais si c'était Norwicky, alors c'est peut-être Dieu qui a eu le dernier mot. J'espère juste que ça suffira à cette pauvre femme. »

« Mon premier homicide, et on est à la poursuite d'un mort ? »

« On ne le sait pas encore, mais c'est une possibilité. Dis, je suis désolé de t'avoir coupé à propos de ton neveu. Ce gamin était vraiment incroyable. »

« Merci d'avoir été si gentil avec lui. Tu as refait sa journée. Je ne savais pas qu'on avait des trucs pour les enfants ici. »

« Ta sœur a de la chance de l'avoir, et de t'avoir comme oncle. Ça doit être sympa de l'emmener partout et de lui apprendre des choses. »

« Au printemps dernier, je l'ai emmené à Fort Myers voir les Red Sox. C'était son premier match. Je lui ai acheté une balle de baseball, et il a récolté plus d'autographes en une journée que moi en dix ans. »

« Même les joueurs ne peuvent pas résister à un gamin adorable. »

« Tu penses que tu auras des enfants un jour, Frank ? »

J'ai haussé les épaules. « Qui sait ? »

« T'es censé savoir. »

« Voir un gamin comme ton neveu me donne envie de dire oui, mais je ne sais pas. Ce serait un tout nouveau mode de vie. »

« Et Mary Ann ? »

« Elle, c'est un oui catégorique. Mais elle est cool, tu sais ; elle n'insiste pas trop. »

« Je ne suis pas un expert, mais je pense que tu ferais mieux de vous assurer que vous êtes sur la même longueur d'onde. Un truc comme ça peut tout foutre en l'air entre vous deux à l'avenir. »

Il avait raison. Si je l'empêchais d'avoir un enfant, je le paierais par des tonnes de ressentiment, ce qui finirait par ruiner notre relation.

———

L'EXPERT en documents judiciaires a placé une feuille grossissante sur le spécimen. « Vous voyez ici, Frank, la courbe dans cette boucle ne correspond pas tout à fait. Mais à mon avis, la différence était intentionnelle. »

« Intentionnelle ? Vous voulez dire qu'il a essayé de rendre son écriture différente de d'habitude ? »

« Précisément. Regardez ici, le mouvement ascendant est naturel, mais par là, il est forcé ; un rythme plus lent a été utilisé dans le tracé. »

Je ne savais pas comment diable il pouvait en déduire ça. L'une semblait avoir un léger vibrato, mais c'était tout. « Vous en êtes sûr ? »

« J'en suis certain, mais avec deux réserves. Je crois comprendre que l'original a vingt-cinq ans. De nombreux facteurs pourraient altérer naturellement l'écriture d'une personne, comme une maladie nerveuse ou musculaire ou une affection oculaire. »

Certain et réserve dans la même phrase ? C'était un politicien ? « Vous avez mentionné deux exceptions. »

« L'autre est l'état psychologique du scripteur. Je ne suis pas graphologue, mais votre écriture peut être affectée par votre état d'esprit. »

Génial. Il me fallait un psy de l'écriture. « Je ne sais pas si je veux m'aventurer sur ce terrain. Si je présentais ça au tribunal, ça se ferait démolir. »

« C'est vrai. »

« D'accord, en résumé, vous pensez que cet échantillon a été écrit par la même personne qui a laissé le mot dans l'album de fin d'année ? »

« Exactement. Bien qu'il y ait des différences entre les deux, la personne qui a fourni cet échantillon l'a délibérément écrit de manière à masquer son style naturel. »

———

DÈS QUE JE suis retourné à mon bureau, j'ai entré le nom de Freddy Palmer dans le système. Il n'y avait aucun casier judiciaire, même pas pour un délit mineur comme un accident de voiture. Les registres de propriété ont donné deux résultats. Je les ai vérifiés dans les fichiers du DMV : un Freddy Palmer n'avait que trente-deux ans ; l'autre en avait quarante, portait des lunettes, et c'était notre homme.

Mary Ann m'avait fait savoir que Derrick avait exprimé son désir de m'accompagner plus souvent sur des entretiens. Il avait raison, et je voulais qu'il acquière plus d'expérience. Le problème, c'est qu'il ne devait pas rentrer du stand de tir avant une heure.

Freddy Palmer vivait près de Livingston Road, dans un quartier maintenant baptisé Livingston Estates. Sa vaste propriété s'appelait Nautical Ranch. J'ai sonné à l'interphone du portail et celui-ci s'est ouvert. L'allée de gravier serpentait le long d'une grange et d'un grand enclos avec trois chevaux. Une camionnette était attelée à une remorque à chevaux, bloquant l'entrée de la grande maison.

Une paire de portes en acajou de trois mètres de haut était encadrée par deux cyprès. Le vent a soulevé un nuage de poussière sur l'allée. Alors que j'examinais la propriété, la porte s'est ouverte. Un homme au crâne rasé, avec des lunettes et un sourire, a dit : « Vous êtes de la police ? »

Je lui ai montré mon insigne. « Oui, inspecteur Luca, et vous êtes ? »

« Freddy Palmer. Que se passe-t-il ? »

« J'aimerais vous poser quelques questions. »

Palmer s'est penché en arrière. « À quel sujet ? »

« Debbie Boyle. »

« J'ai déjà dit à l'autre inspecteur que je ne savais rien à ce sujet. »

Le soleil me tapait dans le dos. « Je sais, mais l'affaire a été rouverte, et nous repartons pour ainsi dire de zéro. »

Palmer a cligné des yeux deux fois et a secoué la tête. « Mais c'était il y a plus de vingt ans. »

« Je peux entrer ? »

Il s'est écarté. « Allons dans mon bureau. »

La maison avait un sol en terre cuite et une atmosphère méditerranéenne. Une paire de grands tableaux représentant des galions espagnols dominait le hall d'entrée.

Le bureau de Palmer était d'une grande modernité. Un immense bureau en verre avec quatre moniteurs affichant des chiffres et des symboles clignotants en vert et en rouge. Ce type était une sorte de trader.

« Que faites-vous dans la vie ? »

« Trader en devises. »

« Il paraît qu'il faut se lever assez tôt pour trader sur les marchés européens. »

Il a souri. « C'est vrai, mais ça me permet de finir tôt et de monter mes chevaux. Bon, en quoi puis-je vous aider ? »

J'ai sorti une feuille de papier et je l'ai posée sur son bureau. « C'est vous qui avez écrit ça dans l'album de promo de Debbie Boyle. Pourquoi ? »

Il a secoué la tête. « Comme je l'ai dit à votre collègue, je n'ai jamais écrit ça. Je la connaissais à peine. Il y avait cinq cents élèves dans le lycée. »

« C'était une fille populaire, une pom-pom girl. Et vous me dites que vous ne la connaissiez pas ? »

« Je savais qui c'était, mais ça s'arrêtait là. Pour ce qui est des pom-pom girls, je ne faisais pas de sport, ni à l'époque ni maintenant. Que pensez-vous que j'aie fait ? »

« Lisez le message. C'est une menace. »

Il a fait glisser le papier dans ma direction. « Ça pourrait vouloir dire n'importe quoi, mais je ne pourrais pas vous le dire, car ce n'est pas moi qui l'ai écrit. »

« Les experts en graphologie ne sont pas de cet avis. »

« Vous avez fait appel à un expert en graphologie ? Mais qu'est-ce qui se passe, bon sang ? »

Mon radar interne s'est déclenché, et je l'ai ignoré. « J'essaie juste de comprendre ce que vous vouliez dire par là. »

Il a levé les mains au ciel. « Combien de fois devrai-je vous répéter que ce n'est pas moi qui ai écrit ce message ? »

« Où étiez-vous la nuit où Debbie Boyle a été assassinée ? »

Il a rentré le menton et a hésité. « Je… je crois que je suis allé au cinéma. Oui, c'était ça. »

« Quel film avez-vous vu ? »

Encore ce clignement d'yeux. « *Jurassic Park*. »

C'était le bon film pour l'année 1993, mais ça ne voulait pas dire qu'il l'avait vu ce soir-là.

« Avec qui y êtes-vous allé ? »

« Vous vous moquez de moi ? Vous me traitez comme un putain de suspect. »

« Avec qui êtes-vous allé au cinéma ? »

« Steve Bueller. »

Alors que je notais le nom, il a ajouté : « Vous savez, si vous cherchez un certain Fred, pourquoi ne pas vous pencher sur le cas de M. Stark ? Son prénom, c'est Fred. »

« Vous parlez de Fred Stark, le professeur ? »

« Oui. »

———

41

UNE HEURE APRÈS MON HEURE LIMITE, J'ÉTAIS ASSIS SUR LE trône et je me tâtais le ventre gonflé. En espérant que le soulagement viendrait vite, je réfléchissais à l'affaire Boyle. Nous avions deux nouvelles pistes à creuser, Norwicky et Stark, mais quelque chose me chiffonnait. Je n'arrivais pas à mettre le doigt dessus. Avais-je affaire à une ordure qui profitait des filles ? Était-ce mon instinct de flic ou mon instinct paternel qui prenait le dessus ?

Un filet d'urine a commencé à couler tandis que je me demandais si je devais d'abord suivre la piste de Norwicky. S'il s'avérait que le coupable était un homme décédé, j'éviterais d'impliquer l'école et le syndicat des enseignants, sans parler du risque de porter des accusations infondées. De plus, si l'information filtrait, et elle filtrait toujours, je ternirais la réputation d'un type avec une tache qui le suivrait jusqu'à la tombe.

Mais s'il se passait vraiment quelque chose, je ne pouvais pas laisser ce pervers continuer. Les dernières gouttes d'urine se sont écoulées au moment où j'ai opté pour un compromis.

« Derrick, je veux que tu commences par Norwicky. Va voir ses parents, découvre pourquoi ils ont déménagé, pourquoi leur fils est parti. Vois s'ils se souviennent où il était la nuit du meurtre. S'ils te donnent un alibi, je veux qu'il soit vérifié pour qu'il n'y ait absolument aucun doute. Tu peux t'en charger ? »

« Bien sûr que je peux. Tu ne me fais pas confiance ? »

« Tu es mon coéquipier, c'est plus fort que la confiance. »

« Merci. »

« Ce que je veux vraiment, c'est l'ADN des parents. On saurait si c'est l'ADN de leur fils sous son ongle. Mais je ne veux pas forcer les choses. On verra ce que tu trouves avant de passer à la vitesse supérieure. »

« C'est noté. »

———

ALORS QUE JE roulais vers le nord sur Airport Road, j'ai tourné à gauche sur Cougar Drive, la route d'accès du lycée Barron Collier. Nommée d'après le patriarche de la famille qui a donné son nom au comté, l'école faisait bien ses quarante ans et plus.

Elle était bien entretenue, mais son style et sa construction en parpaings témoignaient d'une autre génération, celle dont Debbie Boyle avait fait partie.

J'ai marché au centre d'un U inversé en direction de l'entrée carrelée de bleu. C'était d'un calme inquiétant pour un bâtiment abritant des centaines d'adolescents. Les portes étaient verrouillées, et j'ai sonné.

Le sol du couloir reflétait les néons tandis que je passais devant une succession de salles de classe. Je pouvais entendre des voix étouffées chaque fois que je passais devant une porte. L'une d'elles était ouverte et l'enseignant, qui récitait un poème, a tourné la tête dans ma direction à mon passage. Quelques pas plus loin, j'ai atteint ma destination.

J'ai fixé la plaque sur la porte du bureau de l'administration. On pouvait y lire : Proviseur Larry Culver. Le professeur avait eu une sacrée promotion en vingt-cinq ans. J'ai poussé la porte et me suis annoncé. Pendant que la réceptionniste appelait Stark, j'ai balayé le bureau du regard, cherchant Culver. Il ne semblait pas être là, et on m'a fait entrer dans une salle de conférence.

Je me suis assis dans la pièce sans fenêtre, attendant M. Stark. Il avait l'impression que nous nous rencontrions au sujet de l'un de ses élèves. L'effet de surprise était un cliché, mais j'aimais bien l'utiliser.

Fred Stark était peut-être mignon en 1993, mais j'avais du mal à croire que cet homme dégarni ait pu attirer Debbie Boyle. Il était bâti comme une autruche : des jambes maigres, un ventre à bière et un long cou.

Nous nous sommes serré la main et il s'est assis en face de moi, de l'autre côté de la table en Formica.

« J'espère qu'un de mes élèves ne s'est pas fourré dans de trop sales draps. Mais votre présence suggère le contraire, n'est-ce pas ? »

« Ma visite concerne l'une de vos anciennes élèves. »

Son visage s'est détendu. « Oh, tant mieux. De qui s'agit-il, alors ? »

« Debbie Boyle. »

Était-ce de la peur ou de la tristesse qui venait de traverser son visage ?

« Oh, j'ai entendu dire que l'affaire avait été rouverte. Comment puis-je vous aider ? »

« À quel point connaissiez-vous Debbie Boyle ? »

Il s'est caressé le menton. « Elle était dans ma classe, je crois que c'était en première. Oui, ça devait être ça, parce que ce n'était pas sa dernière, euh, son année de terminale. C'était une bonne élève. Je crois qu'elle était aussi pom-pom girl. »

« Était-elle sympathique ? »

« Sympathique ? Oui, je crois bien. C'était une fille assez populaire. »

« Jolie ou populaire ? »

« Je ne comprends pas. »

« La trouviez-vous jolie ? Une belle fille ? »

« Je suppose que oui. »

« Étiez-vous attiré par elle ? »

Les yeux de Stark se sont plissés. « Pardon ? »

« Si je comprends bien, à l'époque, beaucoup de lycéennes vous trouvaient mignon. »

Stark s'est tapoté le ventre. « Elles devraient me voir maintenant. »

Il n'avait pas tort. « Avez-vous déjà tenté d'explorer l'intérêt que vous portait Debbie Boyle ? »

« Attendez une minute, inspecteur. Je n'aime pas la tournure que ça prend. Essayez-vous d'insinuer que j'avais une relation inappropriée avec une élève ? »

« C'est une information que nous avons reçue. »

« À mon sujet ? Quelle information ? »

« On nous a dit que quelques professeurs masculins

auraient pu franchir la ligne avec des élèves de sexe féminin. »

« Et vous pensez que j'étais l'un d'eux ? »

Donc, ce n'était pas une rumeur. « Aviez-vous une relation avec Debbie Boyle ? »

« Aucune autre que celle qu'un professeur soucieux entretient avec une élève. »

Soucieux ? Pourquoi ce qualificatif ? « Est-ce qu'elle venait vous voir pour ses problèmes personnels ? »

« J'encourage tous mes élèves, garçons et filles, à me parler de leur vie. Je veux qu'ils se sentent à l'aise pour se confier à moi. »

« Qu'est-ce que Debbie Boyle vous a confié ? »

« Rien de mémorable. Elle s'inquiétait, comme tous les jeunes, de ce que son avenir lui réserverait. Elle était tiraillée entre le choix d'une vie comme celle de sa mère et le fait de viser plus haut. Je pense qu'elle voulait tenter sa chance, mais avait peur de laisser derrière elle sa mère veuve. »

Il en savait beaucoup sur elle. « Et quel conseil lui avez-vous donné ? »

« Le même que je donne à tous mes élèves : suivez votre cœur et vos rêves. Je les encourage à vivre d'une manière qui leur permette d'atteindre leur plein potentiel. »

J'ai sorti la photo de l'album de fin d'année. « Qu'est-ce que vous vouliez dire en écrivant ceci ? »

Il a regardé le message, puis moi. Il a de nouveau posé les yeux sur le papier et l'a reposé. « Je ne sais pas ce qui se passe ici, mais ça me met mal à l'aise. Je n'ai pas écrit ça. »

« Vous en êtes sûr ? »

« Bien sûr que j'en suis sûr. Ce n'est pas mon écriture, et

le règlement de l'école interdit aux professeurs de signer les albums de fin d'année des élèves. »

Ça, c'était un mensonge. Il y avait plusieurs autres messages de professeurs dans l'album de Boyle.

Avant que je ne puisse répondre, on a frappé à la porte avant qu'elle ne s'ouvre. Un homme aux cheveux blonds vénitiens, avec des épaules et une mâchoire carrée, est entré dans la pièce. Ses yeux noisette pétillaient quand il a dit : « Est-ce que tout va bien, ici ? »

Stark a dit : « Inspecteur Luca, je vous présente le proviseur du lycée, Larry Culver. »

Je me suis levé et lui ai serré la main. « Ravi de vous rencontrer, monsieur Culver. »

« De même. J'ai cru comprendre qu'un élève de M. Stark a eu des ennuis. Y a-t-il quelque chose dont l'école devrait s'inquiéter, en dehors du bien-être de l'élève ? »

« Pas pour le moment, monsieur Culver. Nous en avons terminé ici, mais puis-je vous emprunter une minute ? »

Culver a regardé sa montre. « Je dispose de vingt minutes avant une réunion du personnel. »

« C'est plus qu'il ne m'en faut. »

« Fred, pourquoi ne retournez-vous pas en cours pendant que je parle avec l'inspecteur ? »

J'ai suivi Culver dans un bureau spacieux doté d'une série de fenêtres donnant sur un terrain de sport. À part une pomme en céramique brillante et une plaque nominative, son bureau était vide.

« Mettez-vous à l'aise. Vous voulez un café ou autre chose ? »

« Non, merci. »

Culver s'est installé dans son fauteuil tandis que je

balayais du regard le buffet derrière lui. Quatre photos d'une jeune fille. Il avait une fille.

« Qu'est-ce qui vous amène au lycée Barron Collier ? »

« Nous avons été informés qu'au début des années 90, il y a eu des relations inappropriées entre des professeurs et des élèves. »

Culver m'a observé un instant. « Inappropriées ? »

« De nature sexuelle. »

« Oh, allons, inspecteur, vous êtes en train de me dire qu'un professeur d'ici – il a tapoté son bureau de l'index – a eu des relations sexuelles avec une élève ? »

« Exactement, et il s'agit de professeurs, au pluriel. »

Il a froncé les sourcils.

« Vous étiez professeur à l'époque, ne me dites pas qu'il n'y avait aucune rumeur à ce sujet. »

« Ce n'étaient que des rumeurs, rien de plus. »

« Vous en êtes sûr ? »

Il a haussé les épaules. « Il y avait un professeur à l'époque qui plaisait à beaucoup de filles, et il ne faisait aucun doute qu'il appréciait cette attention, mais c'est tout ce que je sais. »

« Comment s'appelle-t-il ? »

« Morgan. Peter Morgan, mais il est parti depuis longtemps. »

« Est-ce que Debbie Boyle était l'une des filles à qui il plaisait ? »

Il a hésité. « Vous savez quoi ? Maintenant que j'y pense, c'était bien son cas. »

« J'aimerais jeter un œil à son dossier et obtenir sa dernière adresse connue. »

« Bien sûr, venez. »

Alors que nous quittions son bureau, je me suis arrêté pour regarder le diplôme universitaire accroché au mur. Il provenait de l'université Rutgers.

———

42

JE N'ARRÊTAIS PAS DE PENSER À CE LIEN AVEC RUTGERS. Debbie Boyle avait une bague de Rutgers, et maintenant, nous avions un professeur diplômé de Rutgers. Était-ce une coïncidence ou y avait-il un rapport ? Il fallait creuser cette piste, mais je voulais d'abord donner suite à celle de Peter Morgan.

Morgan vivait à Jacksonville et enseignait au lycée Robert E. Lee. Il n'avait enseigné au lycée Barron Collier que pendant deux ans. Alors que je saisissais ce que je savais sur Morgan dans le dossier d'homicide, je n'arrêtais pas de me demander ce qui l'avait poussé à partir si vite.

Tandis que je réfléchissais à ma prochaine action, Derrick est entré dans le bureau en agitant un dessin au crayon de cire.

« C'est Bert qui a fait ça pour toi. »

C'était une voiture de police bleue avec une boule rouge sur le toit et deux personnages en bâtons à côté. Dans la bulle au-dessus de la voiture, Bert avait écrit : « L'inspecteur Frank et moi ».

« Tu t'es fait un nouveau copain. »

« Il va falloir que je fasse encadrer ça. Quelques photos de plus ne feraient pas de mal par ici. »

« Je sais, on dirait que tu n'as pas de vie en dehors de ce bureau. »

« J'aime bien séparer les choses, tu vois ? » J'espérais qu'il n'allait pas anéantir cette théorie en me demandant pour-quoi je vivais avec mon ex-partenaire.

Il a haussé un sourcil et s'est assis derrière son bureau.

« Qu'est-ce que tu as trouvé sur Norwicky ? »

« Les parents ont vendu la maison en 2001, presque huit ans après le meurtre de Boyle. Leur fils Jason est parti à la Florida State University de Tallahassee après avoir eu son diplôme. Ils ont dit qu'il était parti fin juillet. »

« Comment tu les as sentis ? »

« Je les ai crus. »

« La conviction s'appuie sur des faits, pas sur des senti-ments. Appelle la FSU et vois quand Norwicky est arrivé là-bas. Et pour l'alibi, le soir du meurtre ? »

« Ils ont dit qu'ils ne s'en souvenaient plus. »

« Tu vois ? »

« Je vois quoi ? Ils ont plus de soixante-dix ans. »

« Des choses comme un meurtre, ça reste gravé dans la mémoire. Tu te souviendrais de ce que tu faisais si quel-qu'un que tu connaissais, quelqu'un avec qui ton gamin était ami, se faisait assassiner. On n'est pas à New York, où on découvre un cadavre tous les quatre matins. Surtout en 1993, cette ville était beaucoup plus petite. »

« Tu es comme le président Reagan : fais confiance, mais vérifie. »

« Exactement. Tu devrais le savoir. Le nombre de conne-ries que tu as dû entendre à Washington ? »

« Des tonnes. Tu as raison. Tu veux que je prélève des échantillons d'ADN ? »

« C'est le seul moyen d'être certain que ce n'est pas lui. »

« Je leur demande directement, ou j'essaie de récupérer ce que je peux ? »

« C'est à toi de voir. Je me fiche de la manière, tant que tu l'obtiens. »

« Compris. »

« À la réflexion, ne leur demande pas. Vois plutôt s'il y a des occasions de récupérer un échantillon sur eux. »

« Pourquoi ce changement d'avis ? »

« Ils en ont déjà assez bavé en perdant leur fils. Si leur gamin n'est pas impliqué, je ne veux pas leur rajouter de stress. »

« Tu as raison. »

« Hé, fais-moi une faveur, renseigne-toi sur l'université Rutgers, dans le New Jersey. Vois combien de diplômés ils sortent chaque année et l'importance de leur département de formation des enseignants. »

« Je m'en occupe. »

Pendant qu'il pianotait, j'ai rempli une page sur Morgan.

« Ouah. Rutgers existe depuis une éternité. Elle a été fondée en 1766, avant même que nous soyons un pays. »

En quoi est-ce que ça allait faire avancer l'enquête ? « Je l'ignorais. »

« C'est énorme. Cinquante mille étudiants, plus vingt mille autres dans leurs programmes de troisième cycle. »

« C'était aussi grand en 1984 ? »

« Difficile à dire exactement, mais on dirait que c'était dans les trente mille et quelques, plus le programme de troisième cycle. Plus grand que la plupart des villes. »

« Combien de diplômes d'enseignant ont-ils délivrés en 1984 ? »

« Pour ça, je vais devoir appeler. Mais même si ce n'était que dix pour cent, ça ferait quelques milliers. »

« Laisse tomber. Ne perds pas plus de temps avec ça. Reconcentre-toi sur Norwicky. »

———

JACKSONVILLE ÉTAIT à bien sept heures de route avec une circulation modérée. Au moment de dire à Derrick de faire le trajet, j'ai vu le dessin que son neveu m'avait fait et j'ai enfreint mon propre protocole en utilisant le téléphone.

Quand j'ai entendu la voix de fumeur de Peter Morgan, j'étais content d'avoir échappé à la fumée secondaire. Je me suis présenté et j'ai enchaîné : « J'aimerais vous poser quelques questions sur la période où vous étiez au lycée Barron Collier. »

« Ça remonte à une éternité. »

« Vous souvenez-vous d'une élève du nom de Debbie Boyle ? »

« Bien sûr, la pauvre gamine a été assassinée juste après mon départ. »

« Après que vous avez quitté le lycée ? »

« Oui. Je suis parti environ un mois avant qu'elle soit tuée. »

« Et pourquoi avez-vous quitté la région ? »

« Ma mère avait un Alzheimer précoce, et j'ai déménagé à Jacksonville pour aider mon père. »

« Et vous êtes certain que c'était avant l'homicide de Boyle. »

« Absolument. »

« Où avez-vous fait vos études ? »

« À la FSU. »

J'ai entendu le grattement d'une allumette. « Je crois comprendre que vous étiez l'objet de beaucoup d'attention de la part des étudiantes quand vous étiez là-bas. »

« Que voulez-vous dire ? »

« Que beaucoup de filles avaient le béguin pour vous. »

« Moi ? Qui vous a dit ça ? »

« Larry Culver. »

« Culver ? C'est dingue. J'ai entendu dire qu'il est proviseur maintenant. »

« C'est exact. »

« Vous devriez lui poser la question. Entre Fred Stark et lui, ils avaient la moitié des filles du lycée qui leur mangeaient dans la main. »

« Pensez-vous que l'un ou l'autre ait eu une relation déplacée avec des élèves ? »

« Je ne peux pas l'affirmer, mais c'est certainement possible. Leur flirt incessant me tapait sur les nerfs. »

« Pensez-vous que l'un d'eux aurait pu avoir une liaison avec Debbie Boyle ? »

« Je ne sais pas pour Stark, mais j'ai vu Culver et elle ensemble plusieurs fois. »

« Seuls ? »

« Juste une fois dans sa salle de classe, mais d'autres fois avec une ou deux autres filles. »

« La fois où ils étaient seuls, qu'avez-vous observé ? »

« Ils ne faisaient rien. Il était assis derrière son bureau, et elle était sur le côté. Mais ils étaient mal à l'aise ; il y avait de la tension. La gamine ne voulait pas me regarder. J'ai eu l'impression qu'elle avait pleuré. »

43

MARY ANN ÉTAIT ASSISE DANS MON FAUTEUIL INCLINABLE quand j'ai laissé tomber le dessin sur ses genoux.

« Qu'est-ce que c'est ? »

« C'est Bert, le neveu de Derrick, qui l'a fait pour moi. »

« Quand est-ce que tu l'as rencontré ? »

« Il y a quelques jours. Il est venu au bureau avec sa mère. Le gamin était vraiment à part. Je lui ai trouvé un badge et une casquette de l'unité de proximité, et il était comme un fou. »

« C'est gentil à lui de t'avoir fait ça. Tu l'as marqué. »

« Bert a dit qu'il voulait devenir policier. »

« Tu ne l'as pas découragé, j'espère ? »

« Jamais je ne ferais ça. Les enfants doivent décider par eux-mêmes. »

« Tu ferais un bon père, Frank. »

« Je n'en suis pas si sûr. »

« Eh bien, moi si. Un enfant aurait de la chance de t'avoir pour jouer avec lui et le guider dans la vie. Avoir un père comme toi est si important pour le développement d'un gamin. Je sais que ce n'est pas une garantie, mais ça contribue grandement à ce qu'un enfant devienne un adulte équilibré. »

« Je ne change pas de sujet — même si c'était exactement ce que je faisais —, mais la jeune Boyle a perdu son père quand elle était petite. Elle était attirée par les garçons plus âgés, mais qu'en est-il d'un professeur ? »

« Fort possible. Un professeur est le chef de la classe, un meneur qui enseigne aux enfants et veille à leur bien-être. »

« C'est cette dernière partie qui me pose problème. Si la relation a dépassé les bornes, est devenue sexuelle… »

« Tu penses qu'elle aurait pu avoir une liaison avec un professeur ? »

« Il se passait quelque chose dans ce lycée. Mais je vais découvrir si cela impliquait Boyle ou si ça avait un rapport avec sa mort. »

———

DE RETOUR À PELICAN LANDING, je me suis garé devant la maison de Janet Lipton. La couleur de la maison me rappelait la moutarde Boar's Head. Un paysagiste tondait la pelouse et a éteint sa tondeuse à mon approche. En sonnant, j'ai examiné le carillon tubulaire. De petites silhouettes de Kokopelli étaient gravées sur chaque tube. Avec le carillon qui se balançait, on aurait dit qu'elles dansaient.

« Vous aimez notre carillon ? »

« Le Kokopelli joueur de flûte m'a toujours amusé. »

« Eh bien, ça a marché pour nous. »

« La musique ? »

« Non, les Amérindiens considéraient Kokopelli comme le dieu de la fertilité. Quand nous avions du mal à avoir un enfant, ma sœur nous a offert ça, et je suis tombée enceinte quelques semaines plus tard. »

Fertilité ? Grossesse ? « Je ne savais pas, mais c'est un sujet dont je voulais vous parler. »

Elle m'a dévisagé d'un air soupçonneux. « On s'installe dehors comme la dernière fois ? »

« Bien sûr. Il fait un temps magnifique. »

« Allez-y, je vais nous chercher deux thés glacés. »

Elle avait à peu près mon âge, mais paraissait plus vieille. Était-ce le stress d'être parent ?

Lipton a posé deux verres remplis de glaçons. Je n'aimais pas quand il y en avait trop.

« Merci. »

« Comment avance l'enquête ? »

« Bien. Nous faisons des progrès. »

« En quoi puis-je vous aider ? »

« Debbie a quitté l'équipe de cheerleaders en pleine saison. Savez-vous pourquoi ? »

« Elle n'a jamais vraiment dit pourquoi. Nous avons été surprises, mais un jour elle disait que son genou commençait à la faire souffrir, puis le lendemain que c'était puéril d'être pom-pom girl. »

« Se passait-il quelque chose dans sa vie au moment où elle a arrêté ? »

« Rien ne me vient à l'esprit. »

« Il y a quelque chose qui m'intrigue. Pensez-vous que Debbie aurait pu avoir une relation avec un professeur du lycée Barron ? »

Elle a caressé son verre avec un doigt, traçant des lignes

dans la condensation. « La réponse est que je n'en sais rien. »

« Mais vous pensez que c'était possible. »

« J'imagine que oui. »

« La dernière fois que nous nous sommes vus, vous aviez dit que vous pensiez qu'elle faisait peut-être quelque chose avec le père Harrigan, je crois. »

Elle a hoché la tête. « Oui. Debbie aimait les hommes plus âgés. Les figures d'autorité. »

« S'agissait-il d'un professeur nommé Peter Morgan ? »

« Peter Morgan ? Sûrement pas. On se moquait de ses dents jaunes et de ses doigts tachés de nicotine. Il puait le cendrier. »

Je me suis toujours demandé comment on pouvait être marié à un fumeur sans fumer soi-même.

« Et Fred Stark ou Larry Culver ? »

Ses sourcils se sont arqués. « M. Stark et M. C étaient les coqueluches du lycée, sans aucun doute. Et Debbie, eh bien, c'était Debbie. Elle flirtait avec eux tout le temps. »

« Vous pensez qu'elle aurait pu, euh, avoir une aventure avec les deux ? »

« Jamais de la vie. »

« Mais vous avez dit qu'elle flirtait avec les deux. Aurait-elle pu les monter l'un contre l'autre ? »

Son visage s'est fendu d'un sourire. « Ça, ce serait bien Debbie. »

« Avait-elle un favori entre les deux ? »

« Je ne sais pas, mais la plupart des filles aimaient bien M. C. Mais en même temps, Debbie n'était pas comme la plupart d'entre nous. »

« Est-ce que Debbie utilisait un moyen de contraception ? »

« Je ne sais pas. »

« Pensez-vous qu'il soit possible que Debbie ait été enceinte au moment de son meurtre ? »

Elle a passé son doigt sur le bord du verre. « C'est possible. Elle était sexuellement active. »

44

Nous étions en train de rentrer des sacs de courses que Mary Ann avait achetées chez Publix quand elle s'est écriée : « Aïe ! Je crois que je me suis cogné le petit juif. »

« Raconte-moi une blague. Je verrai s'il est cassé. »

« Je ne plaisante pas. Je me le suis cogné juste là. »

« Je vais faire un bisou sur ton bobo, ça ira mieux après. »

Elle a souri. « C'est ce que ma mère me disait quand je me faisais mal. Je te l'avais déjà dit ? »

« Non. » J'ai sorti une bouteille de Neurofuse d'un sac. « Qu'est-ce que c'est que ça ? »

« Un complément. Tu as dit que le Brainol ne marchait pas, alors je me suis dit que tu devrais essayer autre chose. »

Était-ce la vraie raison, ou avait-elle remarqué que ma mémoire empirait ? « Merci. Tu sais, je n'arrête pas de penser à la mère de Boyle. Il y avait une telle tristesse en elle. C'est comme si on avait peur de trop s'approcher et de l'attraper, tu vois ? »

« Ce n'est pas surprenant. Il n'y a rien de pire que de

perdre un enfant. C'est incroyablement difficile de s'en remettre. J'ai lu quelque part que plus de la moitié des couples qui perdent un enfant avant ses trente ans finissent par divorcer. »

« Hmm. Ça fait peur. »

« Il ne faut pas se laisser intimider par ça. Les chances sont faibles, mais même si ce n'était pas le cas, ça en vaut la peine. Ma mère disait toujours que tu n'as pas vraiment vécu tant que tu n'as pas eu d'enfant. »

Je ne savais pas quoi dire et j'ai lâché : « Avoir un père flic, ce n'est pas facile pour un gamin, tu sais. »

« C'est peut-être plus facile si les deux le sont. Regarde Ron et Joan, ils en ont trois, et Bill et Lucy ; ce sont de vraies familles de conte de fées. »

« C'est parce que tu ne les connais pas vraiment. »

« Qu'est-ce que tu racontes ? »

« Juste que dans chaque maison, peu importe l'apparence extérieure, tous les tableaux ne sont pas droits. »

« C'est vrai. Je me souviens qu'il y avait cette famille qui habitait de l'autre côté de la rue, ils avaient une fille de quelques années de plus que moi et un fils qui était le quarterback du lycée. Le père était médecin et la mère, la reine du bénévolat. Puis on a appris que la fille, qui n'avait que quinze ans, était tombée enceinte, et que la mère était alcoolique. »

« Quel genre de choses arriveraient à une fille quand elle tombe enceinte ? Je connais les nausées, mais quels autres signes y aurait-il ? »

« Tu parles de la petite Boyle ? »

J'ai fourré des brocolis-raves dans le bac à légumes. « Ouais. »

« Elle aurait eu des pertes vaginales. Ça aurait taché ses culottes. »

« Sa mère aurait-elle pu confondre ça avec quelque chose lié à son cycle menstruel ? »

« Je ne suis jamais tombée enceinte, Frank. Je ne sais vraiment pas. »

« Tu peux demander à une de tes amies ? »

« Tu penses vraiment qu'elle était enceinte, n'est-ce pas ? »

Je ne pouvais pas lui dire que le Kokopelli m'avait donné un concert de flûte privé. « Je trouve ça de plus en plus probable. Ça répondrait à une ou deux questions. »

« Comme lesquelles ? »

« Pourquoi elle a arrêté d'être pom-pom girl, et un mobile possible si la personne qui l'a mise enceinte ne voulait pas du bébé et qu'elle si. »

« Tu penses qu'elle aurait gardé le bébé ? Je n'en suis pas si sûre. »

« Pourquoi tu dis ça ? »

« Elle venait d'avoir dix-sept ans. Elle avait toute la vie devant elle. Elle allait à l'université. Comment aurait-elle fait ça avec un bébé ? »

C'était un bon argument. « Peut-être qu'elle a changé d'avis quand elle a découvert qu'elle était enceinte. Elle a arrêté d'être pom-pom girl pour protéger le bébé, non ? »

« C'était une autre époque, Frank. »

« Exactement ! Il y a vingt-cinq ans, je peux comprendre qu'avoir un bébé aurait changé la perspective d'une fille. Aujourd'hui, je ne pense pas qu'elles hésiteraient à avorter si ça se mettait en travers de leurs projets. »

« Bon sang, Frank ! Tu es un Néandertalien. »

« Ne t'emballe pas comme ça, Mary Ann. Je ne juge personne. »

« Tu parles ! »

« Non, je suis sérieux. J'essaie juste de résoudre ce meurtre, c'est tout. »

« Une femme a le droit de faire ce qu'elle veut. C'est son corps, bordel. »

« Je sais. Je ne dis pas qu'elle ne pouvait pas faire ce qu'elle voulait. »

« Ne commence pas à me raconter des conneries, Frank. »

« Je ne le fais pas. »

« Ah ouais ? Alors c'était quoi, ces conneries sur le fait d'avorter si un bébé se mettait en travers du chemin ? »

« C'est juste mal sorti, c'est tout. Où est-ce que tu vas ? »

« Faire une promenade. »

Je me faisais crucifier pour rien. Je n'étais ni pour ni contre l'avortement. Bon sang, quand mon ex-femme est tombée enceinte alors que nous nous dirigions vers le divorce, c'est moi qui avais suggéré un avortement. Ça n'aurait pas été bon pour le gamin, et ça n'allait certainement pas être la bouée de sauvetage qu'elle croyait. J'étais reconnaissant que cette option existe et je ne refuserais jamais ce choix à une femme.

Pourquoi Mary Ann s'était-elle sentie si offensée ? Étais-je trop obsédé par cette affaire ? Encore une fois ? Était-ce son désir d'avoir un bébé ? J'ai enfilé mes baskets et je suis sorti pour la retrouver.

———

J'AVAIS la tête qui battait la chamade. J'ai fait tomber trois aspirines et les ai avalées avec du café. Avec un sale goût dans la bouche, j'ai parcouru le rapport d'activité des arrestations de la nuit. Soulagé que rien de nouveau ne soit apparu, je me suis adossé et j'ai fermé les yeux.

« Tu es rentré tard hier soir ? »

« Trop bu, Derrick. »

« Toi ? Je suis surpris. Où est-ce que tu es allé ? »

« Nulle part, Mary Ann et moi, on s'est disputés. À quel sujet ? Impossible de te le dire. »

« Tout va bien ? »

J'ai baillé. « Ouais, rien que quelques bouteilles de vin n'aient pu arranger. Comment ça s'est passé avec les parents de Norwicky ? »

« Sans problème. J'ai récupéré trois bouteilles d'eau et deux mégots de cigarette. »

Mon estomac s'est retourné à la simple pensée d'une cigarette. « Tu les as envoyés au labo ? »

« Yep. Quelle est la suite ? »

Je me suis forcé à dire : « Je vais faire un tour pour voir la mère de Boyle. Tu veux venir ? »

« Carrément. »

« Ne le prends pas mal, mais cette femme en a bavé plus que quiconque ne le devrait. J'aimerais que tu sois dans un rôle d'observateur. Si tu as quelque chose d'important à dire, fais-le sans hésiter, mais sois délicat. »

45

Le mince sourire de Mme Boyle se crispa en un froncement de sourcils quand elle vit Derrick. Elle recula d'un tout petit pas. « Du nouveau dans l'affaire ? »

« Pas encore, madame. Je vous présente mon partenaire, l'inspecteur Dickson. »

Elle lui serra la main et dit : « Entrez, je vous en prie. »

Il y avait de nouveau cette odeur de cire à meubles. Nous l'avons suivie jusqu'aux deux mêmes canapés. Sur la table basse se trouvait une autre photo de la jeune Debbie, cette fois devant un bus scolaire. Ce devait être son premier jour d'école. Debbie avait un sac à dos rose assorti à sa queue de cheval et à son sourire jusqu'aux oreilles. J'ai chassé la mélancolie qui m'envahissait et j'ai dit : « Merci de nous recevoir à nouveau. »

« Ce n'est rien. Trouver le meurtrier de Debbie est la seule chose qui compte pour moi. »

J'avais envie de demander : votre fils ne compte-t-il pas ? « Nous apprécions votre volonté de coopérer, et vous nous avez été d'une grande aide. Je sais que c'est difficile, mais essayez de continuer à vivre. Je ne lâcherai pas cette affaire tant que nous n'aurons pas traduit en justice celui qui a fait ça. »

Derrick opina du chef.

« Vous ne comprenez pas ; personne ne comprend. Vous croyez qu'attraper la personne qui a fait ça arrangera tout ? Eh bien, non ! » Elle secoua la tête. « Ne vous méprenez pas, je veux que l'homme qui a fait ça à mon bébé paie, mais ça ne réparera rien. »

Un homme ? Était-ce une description générale pour tous les individus de sexe masculin ? « Je comprends, madame. Tout ce que je peux faire, c'est ce que j'ai promis : traduire le coupable en justice. »

« Et je vous en serais reconnaissante. »

« Je ne sais pas si vous étiez au courant d'un incident qui s'est produit au lycée de Barron. C'était entre votre fille et un élève nommé Jason Norwicky. »

Ses yeux ternes se sont animés. « Il ne laissait pas Debbie tranquille. Il n'arrêtait pas d'appeler, et Debbie lui raccrochait au nez. Finalement, j'ai dû lui dire d'arrêter ses appels. »

« Savez-vous à propos de quoi étaient ces appels ? »

« Un malentendu, en quelque sorte. Debbie disait qu'il l'aimait bien, mais qu'elle n'était pas intéressée par lui. »

« Quand a-t-il appelé pour la dernière fois ? »

La lueur dans ses yeux a disparu. « Une semaine à peu près avant que ça n'arrive. »

« Est-ce que Debbie a déjà dit qu'il l'avait menacée ? »

« Pas menacée, juste qu'il ne la laissait pas tranquille. »

« J'ai quelques questions qui pourraient vous contrarier, mais elles font partie de l'enquête et j'ai besoin de ces informations. D'accord ? »

Elle posa ses mains sur ses genoux et hocha la tête.

« Pourquoi Debbie a-t-elle arrêté d'être pom-pom girl en pleine saison ? »

« Ça l'ennuyait. Debbie trouvait ça enfantin et, franchement, j'étais d'accord avec elle. J'étais heureuse qu'elle mûrisse. »

« Ce n'était pas lié à une blessure ? »

« Non, pas du tout. »

« Votre fille était-elle enceinte au moment de sa mort ? »

Sa joue tressaillit. « Enceinte ? Je ne crois pas. »

« Quand vous faisiez la lessive, avez-vous remarqué des pertes sur ses sous-vêtements ou ses draps ? »

Je ne savais pas qui, de Mme Boyle ou de Derrick, avait les joues les plus rouges. Les yeux fixés sur ses mains, elle a expiré. « Il y a eu une fois, je l'ai interrogée à ce sujet, et elle m'a dit que c'étaient ses règles. J'ai laissé tomber, mais honnêtement, elle s'est mise à faire sa lessive elle-même. J'avais peur qu'elle ait des relations sexuelles, et que ce soit ça. Vous savez quelque chose que j'ignore ? »

« Comme je l'ai dit, nous explorons toutes les possibilités. Votre fille était-elle sexuellement active ? »

« Je le crois. Je lui ai dit plusieurs fois de faire attention. »

« Il n'y avait rien dans le dossier sur le fait qu'elle prenait la pilule. Utilisait-elle un contraceptif ? »

« Pas à ma connaissance. J'aurais dû le savoir, mais le gynécologue ne me l'aurait jamais dit si j'avais posé la question, alors je ne l'ai jamais fait. »

« Il y a des lois sur la confidentialité pour protéger les patients. Alors, ne vous en faites pas pour ça. »

« Merci. »

« Verriez-vous un inconvénient à ce que j'emporte la

bague que nous avons trouvée dans cette tortue ? Nous aimerions effectuer un test dessus. Je vous la rapporterai dès que possible. »

« Vous voulez la bague ? »

« Si ça ne vous dérange pas. »

« Ça ne me pose aucun problème. Je ne savais même pas qu'elle était là. » Elle se leva. « Je vais la chercher. »

« Merci, et s'il vous plaît, ne touchez pas la bague. Descendez la tortue. C'est moi qui retirerai la bague. »

Ses sourcils se haussèrent. « Oh. D'accord. » Elle a disparu dans un couloir.

Derrick se pencha vers moi. « Mec, elle est complètement lessivée. » Il attrapa la photo du bus scolaire.

Je chuchotai : « Repose ça. »

« Elle vit seule, n'est-ce pas ? »

« Ouais. »

« L'endroit sent l'encaustique au citron, et tout est si bien rangé. »

« Tu devrais voir la chambre de la gamine… » Je me tus en entendant ses pas.

La mère de la victime portait la tortue à deux mains comme si elle transportait des œufs. Elle a tendu les bras, et j'ai pris la tortue. Je l'ai posée, j'ai retiré sa carapace et j'ai enfilé des gants.

J'ai enfilé la bague sur mon stylo, je l'ai laissée tomber dans un sac de preuves en plastique et je l'ai tendu à Derrick, qui a noté la date et le lieu.

« Vous pensez vraiment que c'était sa bague ? À la personne qui a fait ça ? »

Derrick dit : « Nous ne le savons pas, mais le processus d'élimination est une composante essentielle du processus d'enquête. »

Bien dit, mais il regardait trop de séries policières à la télé.

« Merci encore, Mme Boyle. Nous avons terminé pour aujourd'hui, mais je vous tiendrai au courant. »

Le bruit de la portière de la voiture qui se refermait résonnait encore dans l'air quand Derrick a dit : « Pourquoi on est partis si vite ? »

« On a eu ce qu'on voulait : la bague, l'info sur sa grossesse, et un petit aperçu sur Norwicky. »

« Il ne laissait pas Boyle tranquille. Il la harcelait, elle et sa mère. »

« Nul doute que Norwicky était tenace. Voyons ce que l'ADN des parents va nous révéler. »

« On devrait avoir ça demain. »

« Bien. »

« Tu penses que la gamine était enceinte ? »

« Ouais. »

« J'aurais préféré que tu ne lui dises pas d'aller chercher la bague. Je voulais voir la chambre, comme toi. »

« Fais-moi confiance, tu n'as pas besoin de voir ça. C'est déprimant. »

« Qu'est-ce que tu vas faire avec la bague ? La faire analyser ? »

« Autant voir s'il y a de l'ADN dessus. »

« Plus d'informations. C'est ça ? »

J'ai fait oui de la tête.

« Je me suis tu, comme tu me l'as dit. »

« Tu as répété cette réplique sur le processus d'élimination devant un miroir ? »

46

Mes épaules se sont affaissées quand j'ai vu l'informaticien assis au bureau de Derrick.

« Bonjour, inspecteur Luca. »

« Bonjour, Marco. Qu'est-ce qui se passe ? »

« Juste une mise à jour, monsieur. »

« Je vais encore perdre des données ? »

« Non, non. La dernière fois n'avait rien à voir avec notre intervention. »

« Ouais, encore une coïncidence. »

Il a haussé les épaules et j'ai allumé mon ordinateur. À la moitié de ma tasse de café, je fixais un curseur clignotant.

« Marco, dites-moi que vous n'avez pas touché à mon ordinateur. »

« Pourquoi ? Quel est le problème ? »

« Il ne s'allume pas. »

« Attendez, ne touchez à rien. La mise à jour doit terminer son cycle. »

Alors que j'avalais la dernière gorgée de mon café, l'écran a vacillé avant de s'allumer.

« Voilà, c'est reparti. »

Il y avait un e-mail du rectorat de Jacksonville. L'objet était : Peter Morgan. Je me suis penché vers l'écran, j'ai cliqué pour l'ouvrir et j'ai lu.

Peter Morgan avait déménagé à Jacksonville avant le meurtre des Boyle et y enseignait le jour du crime. Il avait donné des cours toute la journée, et son dernier cours s'était terminé à quinze heures trente. Jacksonville se trouvait à au moins sept bonnes heures de route. Je ne pouvais pas écarter complètement cette possibilité, mais à moins que Morgan ne soit Clark Kent, ça aurait été impossible à réaliser.

J'ai senti l'odeur du café avant même que Derrick n'entre avec deux gobelets. Il a levé les yeux au ciel. « Qu'est-ce qui se passe ? Encore une mise à jour ? »

« Ouais. Je pense qu'on peut éliminer Morgan. Il était à Jax, en train d'enseigner jusqu'à quinze heures trente. »

« La dernière fois que j'y suis allé en voiture, ça m'a pris presque dix heures. »

J'ai retiré le couvercle de mon café – bien noir. « Tu as descendu la bague au labo ? »

Derrick a sorti son portable. « Ouais, ils l'ont. Ils ont dit que le rapport sur les parents Norwicky serait prêt cet après-midi. Euh, regarde cet e-mail d'Interpol. »

Le document d'Interpol était une compilation de rapports de la police hellénique et de la version russe du FBI, le Comité d'enquête de Russie. La plupart des informations contenues dans le rapport étaient des choses que nous savions déjà : que Papadakis était un suspect dans la mort d'un garçon en Grèce, que sa famille avait quitté la Russie pour la Grèce, et que Papadakis n'avait pas respecté l'obligation d'informer la police hellénique avant de voyager à l'étranger.

Les nouvelles informations avaient été fournies par les Russes. Il s'agissait d'informations concernant l'agression d'un prêtre orthodoxe et le vol de la quête du jour. Boris Yenko, un homme de soixante-huit ans qui dirigeait la cathédrale du Christ-Sauveur, avait été battu presque à mort immédiatement après une messe.

La famille Papadakis était membre de l'église, et Igor Papadakis était le seul enfant de chœur à la messe ce matin-là, avant l'agression. Papadakis a été interrogé sur l'agression et le cambriolage, mais n'a pas été placé en garde à vue. Un jour après l'agression, l'église s'est rendu compte que quatre icônes de grande valeur avaient disparu.

Les autorités pensaient que les icônes avaient été volées après que le père Yenko eut été neutralisé.

Papadakis a été vu par un voisin transportant un sac le lendemain matin de l'attaque contre le père Yenko.

La police a interrogé Papadakis et a fouillé le domicile familial. Rien n'a été retrouvé, et l'enquête s'est essoufflée alors que l'Union soviétique se désintégrait. Les icônes sont toujours portées disparues aujourd'hui.

J'ai dit : « Tu te rends compte de ce type ? Il sème le trouble d'un continent à l'autre. »

« Tu penses qu'il a tabassé un prêtre ? »

« Non. »

« Pourquoi ? Parce que c'était un enfant de chœur ? »

« Non. Parce que c'est un opportuniste. »

« Je ne comprends pas. »

« Je pense que Papadakis a été témoin de l'agression et du vol, et qu'il s'en est servi de couverture pour voler les icônes. »

« Qu'est-ce qui te fait penser ça ? »

« En tant qu'enfant de chœur, il n'avait aucune raison de tabasser le prêtre pour voler. Je suis sûr qu'il avait de nombreuses occasions et un accès facile s'il voulait l'argent. Je pense qu'il n'a pas pu résister à l'opportunité que l'incident lui a offerte. Le problème pour lui, c'est qu'il a été trop stupide pour réaliser qu'il ne pourrait jamais se débarrasser des icônes. »

« Hmmm. »

« Mon intuition me dit que les icônes sont dans son coffre. »

« Probablement, mais comment penses-tu que ça influe sur l'affaire Boyle ? »

« C'est une preuve de plus que Papadakis est un salaud dépravé au jugement douteux. »

47

Derrick a dit : « Sans correspondance avec l'ADN de Papadakis, il nous faut du solide contre lui. Pour l'instant, tout ce qu'on a, ce sont des présomptions. »

« D'après ce que j'ai appris sur les tueurs en série, et je ne dis pas qu'il en est un, les gens qui tuent à de longs intervalles sont rares. »

« Peut-être qu'on n'en a pas attrapé assez, surtout quelqu'un comme Papadakis. Ce type a non seulement déménagé, mais il a traversé trois continents ; c'est pour ça qu'il n'y a aucune trace. »

Je n'étais pas de cet avis, mais j'ai dit : « Il est peut-être plus malin qu'on ne le pense. »

« Mais on est sur sa piste maintenant. »

« Je ne suis pas convaincu. »

J'ai ouvert Google Traduction et j'ai tapé Fred, cherchant la traduction en russe. Était-ce quelque chose comme Igor ? Des caractères russes qui ne ressemblaient en rien à l'anglais sont apparus. J'ai appuyé sur le haut-parleur et une voix a prononcé quelque chose qui sonnait comme Igor. En répétant le processus, Igor en grec sonnait comme Igor en anglais.

« Derrick, est-ce que Papadakis avait un deuxième prénom ? »

« Ouais, Misha. C'est le diminutif russe de Michael. On devrait demander un mandat. »

Papadakis me dérangeait, mais était-il le tueur de Boyle ? Son ADN ne correspondait pas à ce qu'on avait trouvé sous l'ongle de la gamine, mais je n'arrivais pas à me sortir ce coffre verrouillé de la tête. Qu'y avait-il dedans ? Les icônes volées ? Il serait fou de garder l'arme du crime à l'intérieur. Je ne voulais pas demander de mandat de perquisition. On n'avait pas assez d'éléments, et j'allais ruiner ma réputation en demandant quelque chose auquel nous n'avions légalement pas droit. Pendant une nanoseconde, j'ai pensé à demander à Derrick de rédiger la requête, mais le gamin n'avait pas besoin de commencer sa carrière du mauvais pied.

« On n'a pas de base légale pour ça. Aucun juge ne l'accorderait. »

« On n'en aura peut-être pas besoin. Le rapport sur les parents de Norwicky vient d'arriver. Je te le transfère. »

Il ne semblait pas que Norwicky soit le tueur. L'ADN prélevé sous l'ongle de Boyle ne correspondait pas à l'ADN mitochondrial de la mère de Norwicky.

« Qu'est-ce que ça veut dire, l'ADN mitochondrial ? »

« C'est un type d'ADN qu'on hérite de sa mère. En clair, quelle que soit la personne qui a laissé cet ADN sur l'ongle de la victime, sa mère n'était pas Mme Norwicky. »

« Et s'il avait été adopté ? Tu sais, s'il avait une mère biologique différente ? »

J'aimais sa façon de penser. C'était la même que la

mienne avant la chimio. « C'est assez facile à vérifier. Consulte les actes de naissance. »

« C'est ce que je vais faire. »

———

Il faisait une journée si magnifique que j'allais emmener Mary Ann déjeuner au Turtle Club. Elle me demandait tout le temps d'y aller, mais comme c'était l'endroit où j'avais rencontré Kayla, j'hésitais à l'y emmener.

J'étais content d'avoir appelé un copain qui était barman là-bas. Une jeune femme d'une vingtaine d'années, vêtue d'un chemisier décolleté et d'un short minuscule, nous a fait traverser le restaurant jusqu'à la terrasse. Pour un après-midi de mi-janvier, la terrasse était bien remplie.

Le destin nous a conduits à la même table où j'avais déjeuné avec Kayla.

« Est-ce qu'il y a autre chose de disponible ? »

« C'est parfait, Frank. Quel est le problème ? »

La jeune femme a dit : « Je suis désolée. Si vous voulez attendre au bar qu'une autre table se libère... »

« Non, non, ça va. »

« Cette table est merveilleuse, Frank. »

J'étais tendu et j'avais envie d'un verre de vin pour détendre l'atmosphère. « Tu veux un verre de vin ? »

« Du vin ? On travaille. »

« Un verre ne va pas t'empêcher de travailler, Mary Ann. »

Son regard est devenu glacial. « C'est contre le règlement du service, et tu le sais très bien. »

« D'accord, d'accord. Je voulais juste fêter notre première fois ici. »

Elle a pris le menu. « Tu prends quoi, d'habitude ? »

« Le sandwich au poisson basa. Il est bon. »

« Basa ? D'où ça vient ? »

« Quelque part en Asie. »

« Je vais m'en tenir à quelque chose du Golfe. »

Nous avons passé notre commande, et mon téléphone a signalé un nouvel e-mail. Mary Ann et moi avions fait le pacte de ne pas regarder nos téléphones quand nous sortions. On n'en revenait pas de voir tous ces gens assis à des tables, jouant avec leurs téléphones au lieu d'interagir les uns avec les autres. En fait, nous avions instauré une règle lorsque nous sortions manger avec des amis : on mettait nos téléphones au milieu de la table, et la première personne à prendre le sien devait payer l'addition. Ça avait marché comme par magie.

Mon téléphone a sonné. Un frisson a parcouru ma nuque. J'ai regardé Mary Ann. Elle a hoché la tête. C'était le labo de la police scientifique. J'ai répondu, et la vibration s'est intensifiée.

« Il faut qu'on y aille. »

« Qu'est-ce qui se passe ? »

« Les résultats de la chevalière de Boyle sont arrivés, et tu ne vas pas le croire, mais ça correspond. »

Mary Ann s'est raidie. « C'est qui ? »

« Le même type dont l'ADN était sous l'ongle de la victime. »

« Mais tu ne sais pas qui c'est. »

Pas la peine de me le rappeler. « Pour l'instant, non. Mais c'est énorme. Allons-y. »

« Frank, l'affaire a vingt-cinq ans. On a faim tous les deux. Ça peut attendre une demi-heure. »

———

QU'EST-CE QU'ON AVAIT ? Debbie Boyle connaissait son tueur. Elle devait avoir une relation amoureuse avec lui. Pourquoi d'autre aurait-elle eu sa chevalière universitaire ? C'était un homme plus âgé, quelqu'un qui avait maintenant environ cinquante-cinq ans. Peut-être qu'il avait les cheveux blonds et avait probablement fréquenté l'université de Rutgers ou leur école doctorale.

Je penchais pour un professeur, mais Papadakis avait à peu près le bon âge, les cheveux blonds et un passé trouble. Le problème, c'était que son ADN ne semblait pas correspondre.

J'ai réexaminé l'album de fin d'année de Debbie Boyle et je suis allé directement à la photo de classe de Fred Stark. Stark avait des cheveux châtain clair, bien qu'ils soient coupés courts. Avec un sourire narquois et une silhouette juvénile, il ne paraissait que quelques années de plus que ses élèves. Il y avait quatorze filles et seulement huit garçons dans sa classe — un mélange parfait pour quelqu'un qui pourrait s'en prendre à des filles influençables.

Larry Culver avait de longs cheveux blonds et une carrure musclée. Sans la cravate rouge et la chemise blanche, il aurait pu passer pour un surfeur. Je pouvais imaginer comment une adolescente pouvait être attirée par son physique avantageux et son air décontracté. La répartition des élèves par sexe était parfaitement équilibrée, avec onze élèves de chaque.

J'ai feuilleté jusqu'à la section des événements. Il y avait cette photo d'Halloween de Culver avec son bras autour de Boyle et d'une autre élève. J'ai étudié son visage. Était-il ivre ou défoncé ? C'était difficile à dire, mais quelque chose clochait.

Une page consacrée à la troupe de théâtre montrait une photo de deux lycéennes qui entouraient de leurs bras un professeur aux cheveux grisonnants. Je ne me souvenais pas que les élèves de mon lycée aient montré une telle affection envers les professeurs. La plupart du temps, on râlait à cause de la charge de travail qu'ils nous donnaient.

Le lycée Barron organisait un certain nombre de programmes au profit des plus démunis. La photo de la fête de Noël pour United Way a attiré mon attention. Deux jolies lycéennes étaient assises sur les genoux du Père Noël. Il avait les bras enroulés autour de leur taille et chuchotait à l'oreille de l'une des filles. Je n'arrivais pas à voir de quel professeur il s'agissait, mais ce n'était ni Stark ni Culver.

Il y avait beaucoup d'autres photos de professeurs, hommes et femmes, enlaçant des élèves ou leur tenant la main, d'une manière qui leur vaudrait des ennuis aujourd'-hui. J'ai refermé l'album de fin d'année. Rien de concluant, au mieux.

Il était temps de vérifier l'année du diplôme de Culver et de voir de quel établissement Stark était diplômé. Décro-chant le téléphone, j'ai appelé le lycée Barron.

48

« C'EST QUOI CETTE COÏNCIDENCE DE DINGUE ? »

« De quoi tu parles, Frank ? », a dit Derrick.

« Fred Stark et Larry Culver ont tous deux été diplômés de Rutgers en 1984. »

« Ils étaient à la fac ensemble ? »

« Bon sang ! Je viens de te le dire, ils ont été diplômés de Rutgers la même année. »

« D'accord, d'accord. C'est la même année que celle de la bague trouvée dans la chambre de Boyle. »

« Est-ce que ces deux salauds travaillaient ensemble ? Ça devait être difficile de cacher une relation avec une élève, mais s'ils se couvraient l'un l'autre, ça devenait beaucoup plus simple. »

« Rien que d'y penser, ça me rend malade. Mais tu sais, beaucoup de prêtres s'en sont sortis avec des trucs bien pires. »

« À l'époque, les parents faisaient confiance aux professeurs. Aujourd'hui, si un prof critique un gamin, les parents courent prendre un avocat. »

« C'est dingue. »

« Ça pourrait être l'un d'eux, ou les deux. »

« Alors, ce n'est pas Papadakis ? »

« Si tu écoutais, tu saurais que je parlais d'une relation, qui peut ou non avoir un rapport avec son meurtre. »

« Mais tu penses que c'est le cas, non ? »

« Ça constitue un mobile solide. Boyle aurait pu menacer de révéler la relation ou être tombée enceinte, ce qui aurait vraiment compliqué les choses pour un professeur. »

« On dirait que tu penches plutôt pour Stark ou Culver. »

« Il nous faut leurs échantillons d'ADN, ensuite on saura à qui appartient la bague. Qu'ils expliquent comment leur ADN s'est retrouvé sous ses ongles et ce que Boyle faisait avec leur bague. »

« Comment pourraient-ils expliquer ça ? »

« Je ne sais pas. Papadakis correspond au profil, et ça pourrait être lui, mais quoi qu'il en soit, je vais m'occuper de ces professeurs. S'ils ont fait ce que je pense, ils devront rendre des comptes. Et si Boyle était enceinte et qu'on arrivait à établir depuis quand, on pourrait avoir une affaire de relations sexuelles avec une mineure, même si le délai de prescription est passé. »

« Mais la Floride a des sanctions spéciales si un professeur s'y livre, n'est-ce pas ? »

« Oui, mais ça, c'est aux pontes de là-haut de s'en occuper. Si on découvre ça, Stark et Culver seraient plus que déshonorés ; on leur retirerait leurs pensions et on les chasserait de la ville. »

« Si j'étais père, mec, je leur botterais le cul. »

Le téléphone de mon bureau a sonné. C'était une amie de Joanne Wilbur à la voix timide. Pendant qu'elle parlait, j'ai fait à Derrick un signe de la main avec le pouce en l'air. L'appel n'a duré qu'une minute, mais il a ouvert une nouvelle piste.

« C'était une femme qui a dit vouloir parler de Fred Stark. »

Derrick a bondi de sa chaise. « C'est la chance qu'on attendait. On le fait venir ? »

« Non. Je vais aller la voir. Je veux que tu ailles voir le procureur, pour savoir ce qu'on peut faire ou non avec une accusation de relations sexuelles avec une mineure datant de vingt-cinq ans. Je ne sais même pas si cette femme était mineure à l'époque. Quoi qu'il en soit, mettons les choses au clair sur le plan légal. »

———

MURIEL TULCH HABITAIT dans un vieil immeuble sur Vanderbilt Drive. Des échafaudages encadraient la structure de cinq étages, dont le meilleur atout était sa vue sur le golfe. Les ouvriers écoutaient de la musique hispanique et démolissaient le stuc au marteau-piqueur. J'ai monté les escaliers extérieurs jusqu'au deuxième étage et j'ai sonné deux fois.

La porte s'est entrouverte et je me suis présenté. Madame Tulch a retiré la chaîne de sécurité et a brièvement croisé mon regard. J'ai dû tendre l'oreille pour l'entendre m'inviter à entrer.

Muriel Tulch ne payait pas de mine, mais si elle avait une telle poitrine au lycée, cela expliquait l'intérêt d'un pervers comme Stark. Dans l'entrée, il y avait une photo de famille montrant deux filles et un grand mari. Ça m'a rassuré de voir que Madame Tulch avait survécu à ce qui lui était arrivé au lycée. Elle portait un pull jaune et un jean noir.

Son appartement était petit. Les enfants devaient être partis à l'université. Une superbe vue sur le golfe compensait la sensation d'étroitesse due aux plafonds bas de l'appartement. Madame Tulch a contourné une table de cuisine en verre et a tiré une chaise.

« Belle vue. »

« Normalement, j'ouvrirais les baies vitrées, mais avec tous les travaux en cours… »

Quoi ? Pas d'offre de boisson ou de commentaire sur le temps ? « Je tiens à vous remercier encore une fois de vous être manifestée. C'est courageux de votre part. »

« J'avais mis ça derrière moi il y a des années, mais quand Joanne a mentionné que vous enquêtiez sur les professeurs de Barron… j'ai juste senti que je devais dire quelque chose. »

« Nous sommes heureux que vous l'ayez fait. Parlez-moi de Fred Stark. »

Madame Tulch a gratté la peau autour d'un ongle de pouce. « Eh bien, toutes les filles étaient fascinées par lui et M. C. Ils étaient beaux, indépendants, et ils nous accordaient beaucoup d'attention. »

« Quel genre d'attention ? »

« Eh bien, au début, c'était juste des encouragements de routine. Vous savez, dire des choses gentilles sur notre apparence, notre intelligence, ce genre de choses. »

« Est-ce que vous qualifieriez ça de manipulation ? »

« J'y ai réfléchi, et avec le recul, je suppose que M. Stark… il l'a fait sans éveiller les soupçons. »

« Qu'a-t-il fait exactement ? »

« La première fois, quand j'étais en première, c'est là qu'il m'a touchée pour la première fois. Le cours était terminé, mais j'avais du mal avec un projet et je suis restée pour le lui montrer. Il était assis à son bureau, et j'étais debout à côté de lui, penchée en avant. Il… il a passé son bras autour de moi et m'a attirée contre lui. Il a mis son visage pile dans ma poitrine et ne voulait pas me lâcher. Je ne savais pas quoi faire. Il a dit que j'… j'étais agréable au toucher, et puis nous sommes retournés au travail. »

« Les choses ont progressé à partir de là ? »

« J'étais souvent bénévole à la buvette pour les matchs de football, je devais y être tôt et il le savait. Il a commencé à traîner dans le coin et, de fil en aiguille, on a commencé à s'embrasser et, vous savez, à se toucher. »

J'ai dû me pencher en avant pour l'entendre. « Avec vos mains ? »

Elle a fixé la table et a murmuré : « Oui. Il… je veux dire, je l'ai masturbé. »

« Y a-t-il eu pénétration ? Orale ou autre ? »

« Non ! Rien d'aussi grave. C'était juste de la masturbation. »

« Quel âge aviez-vous quand c'est arrivé ? »

« Dix-sept ans. »

« Saviez-vous si d'autres professeurs faisaient ça ? »

Elle a rougi comme une tomate. « M. C. a commencé à devenir entreprenant, si vous voyez ce que je veux dire. Je suis sûre que Stark a dû lui parler de nous, ce salaud. »

« S'est-il passé quelque chose entre vous et Larry Culver ? »

« Non. Mais je suis presque sûre qu'il faisait quelque chose, ou essayait en tout cas, avec la fille qui est morte. »

« Qu'est-ce qui vous fait croire ça ? »

« Je les ai vus se disputer une fois sous les gradins, avant un match. »

« Vous vous souvenez quand c'était ? »

« C'était quelques jours avant qu'elle soit tuée. »

49

STARK A ESSAYÉ DE SE DÉBARRASSER DE MOI, EN ME DISANT que sa femme était malade et qu'il avait des copies à corriger. Il a vite cédé quand je lui ai dit que je l'interrogerais le lendemain matin au lycée. Puisqu'il prétendait que sa femme était souffrante, j'ai suggéré que nous nous retrouvions à Bayfront, un quartier de gratte-ciels avec des restaurants et une marina.

Stark était assis à l'une des tables en terrasse de l'EJ's Café. Il portait une casquette de baseball des Yankees, rabattue sur ses yeux. J'ai tiré une chaise en métal et je me suis assis. Stark portait une alliance, mais pas de chevalière de l'université de Rutgers.

La main de Stark tremblait en soulevant sa tasse. « Vous voulez un café ? »

« Non. »

Stark a essuyé la crème sur sa lèvre. « Je suis accro à ces Frappuccinos. »

« Muriel Tulch. »

Je pouvais sentir la peur qui émanait de lui avant même d'avoir fini de prononcer son nom de famille.

« Pardon ? »

Je me suis penché sur la table. « Arrêtez vos conneries, monsieur Stark. Vous savez très bien qui elle est et ce que vous lui avez fait. »

« Je-je ne vois pas de quoi vous parlez. Honnêtement. »

Parfait. On en a vite fini avec les déclarations d'honnêteté. « J'espérais avoir une discussion franche sur ce qui se passait au lycée de Barron il y a vingt-cinq ans. Pour votre information, Muriel Tulch a été très explicite dans la description de votre relation. »

Stark a baissé la tête. « J'ai fait une erreur, mais c'était il y a très longtemps. C'était une histoire d'un soir… »

« Épargnez-moi vos regrets. Vous avez vraiment dépassé les bornes, voilà ce que vous avez fait. »

« Est-ce que je devrais prendre un avocat ? »

« C'est à vous de voir, mais pour l'instant je veux juste parler de Debbie Boyle. »

« Qu'est-ce qu'elle a ? »

« Lui avez-vous fait quoi que ce soit, ou fait quoi que ce soit avec elle, comme avec Muriel Tulch ? »

« Non. Absolument pas. Je le jure. »

Il a juré. Comme c'est rassurant. « Connaissez-vous quelqu'un d'autre qui l'aurait fait ? »

Stark a marqué une pause trop longue. Soit il avait fait quelque chose, soit il connaissait quelqu'un qui l'avait fait. « Non, je ne sais rien à ce sujet. »

« Accepteriez-vous de fournir un échantillon d'ADN ? »

Les yeux de Stark se sont écarquillés. « Je ne pense pas que ce soit une bonne idée. »

« Je peux le faire ici, discrètement ; personne ne le saura. »

« Non. »

J'avais envie de lui cracher dessus. « Pourquoi enseignez-vous encore ? Vous devez avoir accumulé assez d'années pour prendre votre retraite. »

« Oui, mais j'adore enseigner. Je m'éclate avec les jeunes. »

Il s'éclatait, ça ne faisait aucun doute. « Fichez le camp. J'en ai fini avec vous. »

« Vraiment ? »

J'ai hoché la tête, et il a détalé comme un raton laveur effrayé. Je l'ai regardé jusqu'à ce qu'il disparaisse et j'ai pris la tasse dans laquelle il avait bu.

———

Alors que je trempais un morceau de pain torsadé dans de l'huile d'olive, Mary Ann m'a dit : « On est sur le point d'attraper un cyberpervers. Je vais servir d'appât au Starbucks de Golden Gate. »

« Ça ne me plaît pas. Tu peux te faire blesser en servant d'appât. »

« Ne t'inquiète pas, Frank. Nous avons tout sous contrôle. »

« Tu penses que tout est bouclé, mais tu ne sais jamais comment il va réagir. »

« Tout ira bien. »

« Qui dirige l'opération ? McGowan ? »

« Yep. »

« Tu lui dis que tu veux deux hommes à l'intérieur du

café. Mets-en un derrière le comptoir et un autre qui se fait passer pour un client. »

« C'est déjà fait. »

« Assure-toi qu'il y a au moins deux voitures, moteurs allumés. »

« On va en avoir trois. »

« N'oublie pas… »

Elle a posé sa main sur mon bras. « Ne t'inquiète pas, Frank. Tout ira bien. Il n'y a pas de quoi s'en faire. »

« Je ne veux pas que quelque chose tourne mal. »

« Ça n'arrivera pas. »

« Tu sais, si tu… si tu deviens mère ou quelque chose comme ça, tu ne pourras plus faire ce genre de travail. »

Elle a posé sa fourchette et a souri. « Si ce jour arrive, je ferai en sorte de me faire affecter à un travail de bureau. D'accord ? »

J'ai hoché la tête. « Je ne dis pas que tu te ferais blesser ou quoi que ce soit, mais un enfant, il ne se rend pas compte, il s'inquiéterait à chaque fois que tu quitterais la maison. »

« Et toi ? Ils s'inquiéteraient pour leur papa aussi. »

Papa ?

———

APRÈS UNE NUIT blanche à m'imaginer en père, j'étais content de travailler un samedi. L'idée de la paternité était devenue un vrai tiraillement mental. Ce serait bien d'avoir un enfant à qui on pourrait apprendre des choses, mais…

La pensée d'avoir une fille était effrayante. Comment pourrais-je la protéger dans un monde comme le nôtre ? Il y avait des sales types et des pervers qui se cachaient derrière beaucoup de visages souriants. J'avais arrêté tellement de gens qui avaient surpris leurs amis par leur criminalité que j'avais cessé de compter.

Prenez les ordures dans l'affaire Boyle. Stark et Culver s'en prenaient à de jeunes filles et, qui sait de quoi Papadakis était capable ? Même les types que nous avions innocentés n'étaient pas des modèles. Si ma fille ramenait un jour quelqu'un comme eux à la maison, je ferais une attaque.

Il y avait beaucoup d'hommes mauvais. Des hommes qui ne voulaient rien d'autre que du sexe. Des hommes qui voulaient dominer leurs femmes. Qui étoufferaient leurs rêves, éteindraient leur flamme.

Les chances de tomber sur un type bien étaient minces, et encore, c'était si l'enfant naissait sans aucun problème de santé. C'était un autre risque, et pour ne rien arranger, Mary Ann n'était pas aussi jeune que la plupart des mères. Je savais que les femmes avaient des enfants plus tard, mais de nombreuses recherches confirmaient les risques auxquels les mères plus âgées étaient confrontées.

Le monde était trop dangereux, et combiné à l'âge de Mary Ann, mon esprit penchait contre l'idée de la paternité alors que je tournais dans Crayton Court.

Larry Culver vivait dans une maison de plain-pied blanchie à la chaux qui datait des années soixante. Sa maison paraissait minuscule à côté de deux nouvelles constructions : un mastodonte marron de style méditerranéen et une élégante maison contemporaine de style côtier, peinte en gris clair.

En enfilant de force une bague à mon doigt, j'ai remarqué un père qui suivait un garçon sur un vélo à petites roues. Le père souriait comme si son gamin venait d'escalader le mont Everest. Le petit a fait un tour et s'est arrêté devant leur allée.

« Papa ! Papa, j'ai réussi ! »

Le père a soulevé son fils du vélo. « Je sais. Tu vois, tu peux tout faire ! »

J'ai senti un sourire se dessiner sur mon visage et j'ai applaudi. « Bravo, bravo ! »

Le gamin m'a salué de la main, s'est dégagé et est remonté sur son vélo. Il ressemblait à Bert. J'ai fait un pouce en l'air au père et je me suis dirigé vers la porte de la maison de Culver.

Un chat noir était enroulé sur une chaise Adirondack, prenant un bain de soleil. Il a ouvert un œil vert avant de se rendormir.

Le carillon de la sonnette résonnait encore quand la porte s'est ouverte. Culver me guettait. Il portait une chemise blanche à manches longues et un pantalon chino beige. Un samedi matin ? Bien que ses yeux noisette fussent légèrement cernés, ils pétillaient toujours.

« Bonjour, inspecteur. Entrez donc. »

« Bonjour. » Je suis entré dans une maison au parquet fraîchement posé.

Une femme en tenue de sport est arrivée dans le couloir, une tasse de café à la main. « Bonjour, voulez-vous une tasse de café ? »

« Volontiers, merci. »

La cuisine avait des placards qui avaient été repeints en blanc cassé et étaient surmontés d'un plan de travail en marbre beige veiné. Pendant que sa femme me versait une tasse, un autre chat, un tigré cette fois, a sauté sur le comptoir.

« Descends de là, Fred. »

« Fred ? »

« Larry aime appeler ses chats Fred. »

Est-ce qu'il écrivait aussi des messages sous leurs noms ?

« Pas tous. Je n'en ai eu que trois. »

« Non, il y en a eu au moins quatre. »

« Bon, ça va. Nous allons nous asseoir dans la véranda. »

J'ai été surpris par le grand lac en forme de croissant. Pas étonnant que ses voisins aient investi tant d'argent dans leurs maisons.

« C'est joli. Vous avez une vue dégagée dans les deux directions. »

« C'est un cadre formidable. Nous sommes ici depuis presque vingt ans, mais ça a changé. » Il a désigné la maison de style méditerranéen de son voisin.

J'ai pris une gorgée de café. « Comme on dit, tout a ses avantages et ses inconvénients. »

Il a hoché la tête et a ramassé une cigarette électronique qui était sur la table en verre.

« Je suis descendu ici du Jersey, donc je ne peux me plaindre de rien. Tiens, ça me rappelle, j'ai vu votre diplôme dans votre bureau. Vous êtes allé à Rutgers, donc vous connaissez bien le New Jersey, n'est-ce pas ? »

Il a soufflé un nuage de fumée par le coin de la bouche. « On peut dire ça. »

Je ne pouvais déceler aucune odeur provenant de la fumée. « Rutgers est une bonne université. Même leur équipe de football est bien classée ces derniers temps. »

« C'était un bon choix. J'y ai passé quelques-unes de mes meilleures années. J'y ai même rencontré ma femme. »

« Vous devez donc avoir un fort esprit d'école. »

« J'étais actif, c'est sûr. »

« Moi, je suis allé à John Jay. » J'ai montré ma chevalière. « Où est la vôtre ? »

Il a haussé les épaules. « Ça fait longtemps. Je ne sais pas où elle peut bien être. »

« Vraiment ? »

« Vous travaillez le samedi matin pour enquêter sur des chevalières disparues ? »

« Préféreriez-vous que nous parlions à votre lycée ? »

Il a froncé les sourcils et a bu une gorgée de café.

« Vous êtes enseignant, et maintenant proviseur du lycée Barron, depuis plus de trente ans. Je vous ai posé la question la dernière fois que nous nous sommes vus, et je vous la pose à nouveau. Des membres du corps enseignant ont-ils eu des relations inappropriées avec des élèves ? »

« C'est une accusation grave que vous insinuez là, inspecteur. »

« Je n'insinue rien. Je pose une question directe et j'attends une réponse honnête. »

La veine sur sa tempe a commencé à battre. « Je suis proviseur depuis bientôt dix ans et je n'ai connaissance d'aucun comportement de ce genre. »

« Et les vingt années précédentes ? »

« Je n'occupais pas de poste à responsabilités à cette époque. Mon rôle était purement celui d'un enseignant. »

« Votre collègue, M. Stark, était enseignant, et pourtant, il était, dirons-nous, plus qu'au courant. »

« Allez-vous me demander un échantillon d'ADN à moi aussi ? »

Stark et Culver avaient parlé. Avaient-ils un plan ? « Souhaiteriez-vous en fournir un volontairement ? »

Il a tiré une longue bouffée de son appareil. « Votre

intérêt pour des choses qui se seraient passées il y a long-temps est surprenant. »

« Pourquoi trouvez-vous cela déroutant ? »

« Le délai de prescription aurait expiré il y a des années pour toutes les transgressions que vous semblez imaginer. »

Le petit malin. Mais connaître la loi était un aveu qu'il avait abusé de sa position d'enseignant. Pour quelle autre raison connaîtrait-il les délais de prescription ?

« C'est vrai, mais il n'y a pas de délai de prescription pour le meurtre. »

Il n'a pas bronché. « Croyez-vous vraiment que Fred Stark a assassiné Debbie Boyle ? »

Culver était-il en train de détourner l'attention sur Stark ? « Si vous êtes au courant d'un lien et que vous refusez de le divulguer, vous feriez au minimum obstruc-tion à la justice et pourriez être complice de meurtre. »

Culver a posé la cigarette électronique sur la table. « Fred Stark et moi travaillons ensemble depuis une tren-taine d'années. C'est un homme bien et un bon professeur, mais comme nous tous, il n'est pas parfait. »

« Pas parfait ? Il s'habille mal ? Il jure trop ? Ou est-ce un prédateur sexuel ? »

« Un prédateur ? Ce n'est pas l'homme que je connais. »

Mon alarme-vessie a sonné. « Je suis désolé, je dois filer, ou je serai en retard à mon prochain rendez-vous. »

Culver s'est levé dès que j'ai prononcé le mot filer. « Oh, dans ce cas, vous feriez mieux d'y aller. »

Il a fait coulisser les portes-fenêtres et est rentré dans la maison. Je l'ai suivi sur quelques pas avant de me retourner. « Oh, j'ai oublié mon téléphone. » Je me suis dépêché de sortir, j'ai ramassé la cigarette électronique et je l'ai échangée avec mon téléphone.

« Je l'ai. »

Culver a ouvert brusquement la porte, et le chat noir s'est faufilé entre ses jambes pour rentrer dans la maison. Était-ce un mauvais présage ? Pour qui ?

50

À PEINE MONTÉ DANS LA VOITURE, J'AI ENVOYÉ UN TEXTO À
Derrick. Il nous fallait un échantillon de l'écriture de
Culver, et l'idée m'a frappé que les albums de fin d'année
contenaient toujours une lettre signée par le proviseur. Est-
ce que les nouveaux compléments pour la mémoire que
Mary Ann avait achetés fonctionnaient ?

Culver se rendrait compte que j'avais pris son appareil
avant même que j'arrive à Pine Ridge. Je m'en fichais, une
information restait une information. Si mon intuition était
bonne, je me soucierais plus tard d'obtenir des preuves qui
tiendraient la route devant un tribunal. J'ai mis la cigarette
électronique dans un sachet et j'ai démarré. Il était dix
heures quarante-cinq. Je pouvais déposer les preuves au
laboratoire de la police scientifique et être au barbecue de
nos voisins pour deux heures.

Tous les samedis, le laboratoire de la police scientifique
était décontaminé. En entrant dans le hall, l'odeur d'eau de
Javel m'a piqué le nez. Le bureau de l'accueil était vide. J'ai
signé le registre et j'ai sonné. Je m'apprêtais à appuyer de

nouveau sur la sonnette quand j'ai aperçu Miller, un technicien en chef, par l'étroite fenêtre de la porte.

Les boutons du bas de sa blouse de laboratoire étaient défaits. Alors qu'il se hâtait vers la porte, les pans de sa blouse flottaient comme une queue de sirène. Un froncement de sourcils s'est dessiné sur son visage quand il m'a vu à travers la vitre. Les verrous ont tourné dans un bruit sec et la porte s'est ouverte.

« Inspecteur Luca. Qu'est-ce qui vous amène ici un samedi ? »

J'ai brandi le sachet. « J'ai besoin d'un profil ADN là-dessus le plus vite possible. Ensuite, il faudra le comparer avec l'ADN de l'affaire Boyle. »

Le froncement de sourcils est revenu. « L'affaire Boyle, vieille de vingt-cinq ans ? »

« Oui, Debbie Boyle, une innocente de dix-sept ans qui a été sauvagement poignardée à mort au parc Delnor-Wiggins. »

Il a regardé sa montre. « Je ne sais pas si j'aurai le temps. Nous ne sommes que deux à travailler aujourd'hui. »

« Je suis désolé, je déteste demander ça, mais nous sommes sur le point de faire une percée dans cette affaire. »

Il a secoué la tête. « C'est exactement ce que votre coéquipier a dit quand il a voulu — non, exigé — une analyse d'un échantillon d'écriture. »

« Oh, je ne savais pas. Avez-vous pu faire l'analyse graphologique ? »

« Non. Ryan ne travaille pas aujourd'hui. »

« Merde. J'espérais ne pas avoir à attendre jusqu'à lundi. »

Il a souri. « Ce sera plus long que ça, il est en congé jusqu'à mercredi. »

« Mercredi ? Vous plaisantez ? »

« Patience, inspecteur. Après tout, c'est une vieille affaire, pourquoi toute cette hâte ? »

J'ai eu envie de lui demander s'il aimerait dire ça à la mère de Boyle. « Est-ce qu'il est parti en voyage ? »

« Non. Deux de ses amis sont en ville. »

« D'accord, mais j'aurai besoin du profil ADN de la cigarette électronique. »

Il a légèrement hoché la tête et a tourné les talons.

––––––––

IL ÉTAIT un peu plus de midi. Ryan était un golfeur. J'espérais de tout cœur que ses invités aimaient les départs matinaux. Il me faudrait vingt minutes pour arriver chez lui à Naples Lakes. J'ai failli appeler Mary Ann, mais j'ai préféré envoyer un texto. J'ai quitté le parking et j'ai roulé jusqu'à chez Ryan.

Le bruit de mes espoirs anéantis a probablement atteint le Maine. Ryan avait emmené son ami à La Playa pour une partie de golf. Pourquoi aurait-il payé pour une partie de golf ? Le quartier de Naples Lakes était « bundled », ce qui signifiait que tout le monde devait payer pour le golf, qu'on l'utilise ou non.

J'ai lutté pour rester poli avec sa femme. L'un de leurs invités venait du New Jersey et voulait discuter des impôts qui saignaient à blanc ses résidents. L'envie de fuir le New Jersey était presque aussi puissante que le sentiment que j'éprouvais maintenant. Invoquant une affaire de police urgente, j'ai pris congé.

La circulation s'était densifiée, et il était une heure et demie passée quand j'ai tourné sur Immokalee. J'ai tourné à gauche, traversant le pont où nous avions trouvé une des victimes du tueur en série flottant dans un canal de drainage. J'ai accéléré en direction du club de golf.

La Playa possédait un hôtel et un club de plage populaires sur Vanderbilt Drive, mais n'étant pas golfeur, je n'étais jamais allé sur leur parcours. Je me suis dirigé vers un bâtiment où une armée de voiturettes de golf était garée. J'ai cherché Ryan du regard, mais avec tout le monde en polo et en short de couleur, il aurait fallu être André le Géant pour se démarquer.

Il y avait un grand patio extérieur rempli de golfeurs en quête de rafraîchissements. Je me suis faufilé à travers la foule, mais Ryan était introuvable. Il était temps de passer à la vitesse supérieure.

Montrer mon badge au concierge a provoqué un air de préoccupation et d'envie de discrétion. En expliquant qu'une affaire de police importante nécessitait de localiser Ryan, le concierge a appelé un caddie, qui s'est dirigé vers les trous les plus éloignés.

Un appel de Mary Ann est arrivé. Il était quelques minutes avant deux heures. J'ai rejeté l'appel et envoyé un texto disant que je la retrouverais chez nos voisins. Elle n'a pas répondu.

Ryan a enlevé sa casquette de baseball, grimaçant en me voyant. Il a sauté de la voiturette, a dit quelque chose à son ami et a montré le bar du doigt.

« T'as intérêt à ce que ce soit important, Luca. »

« Je suis désolé, mon pote, mais j'ai besoin que tu jettes un œil à un truc pour moi sur l'affaire Boyle. »

« Tu m'as fait quitter le parcours pour l'affaire Boyle ? » Il a montré le bar, où son ami était allé. « Tu vois ce type là-bas ? C'était mon témoin de mariage, et je ne l'ai pas vu depuis presque dix ans. »

« Je suis vraiment désolé. Ça ne prendra pas longtemps. On m'a dit que tu ne revenais pas avant mercredi, et il était hors de question que j'attende aussi longtemps. »

« Eh bien, tu vas devoir. »

« Juste un échantillon. Je n'ai besoin de rien d'officiel, juste ton avis pour savoir si ça correspond à la personne qui a écrit le message dans l'album. »

Son regard me transperçait. « D'accord, mais juste un truc informel. »

« Merci. »

Il a regardé sa montre. « On est au dix-septième trou. J'aurai fini dans vingt minutes. Retrouve-moi au labo dans quarante-cinq minutes. »

Mary Ann allait être furieuse, mais je ne pouvais pas attendre jusqu'à mercredi. Il était plus facile d'envoyer un texto pour dire que j'allais être en retard. Une seconde après l'avoir envoyé, elle a répondu : « Comment peux-tu ? BILLY t'attend ! » J'avais dit au gamin que j'allais jouer à la balle avec lui, pour lui apprendre à attraper des chandelles.

Il était quatre heures trente-cinq quand j'ai ouvert la porte moustiquaire de la véranda couverte de nos voisins. Tout le monde était assis autour d'une table remplie de fruits et de desserts. Billy mâchait un brownie. Il a souri en me voyant et a commencé à se lever. Mary Ann a secoué la tête, lui a dit de rester et est venue à ma rencontre.

Elle a chuchoté : « Où étais-tu ? Billy t'a cherché tout l'après-midi. »

« On a eu une piste sur l'affaire Boyle. L'écriture dans l'album est probablement celle de Culver. »

« Probablement ? Tu as déçu Billy pour un "proba-blement" ? »

« Non, ce n'est... pas ça. »

« Alors, c'est quoi ? »

Une notification de texto a retenti au moment où Billy accourait avec son gant et sa balle. Mary Ann a dit : « Je n'aurais pas dû, mais je t'ai fait une assiette. Elle est dans la cuisine. »

« Salut, Billy ! Désolé, mon grand. Une urgence est survenue dans une affaire sur laquelle je travaille. » J'ai sorti mon téléphone. Le texto venait du laboratoire de la police scientifique.

51

LES DIMANCHES PASSAIENT TOUJOURS VITE, MAIS PAS CELUI d'hier. J'en voulais à Miller. Son texto disait qu'il n'avait pas eu le temps d'effectuer les tests ADN sur la cigarette électronique de Culver. Avais-je fait une erreur en le pressant ?

J'avais laissé deux messages au labo avant de me diriger vers le stand de tir. Si je repoussais encore mes obligations de requalification, je perdrais mon autorisation de port d'arme. Nous avions un bon stand de tir au sous-sol du bâtiment, à côté de la salle où se trouvait le bac balistique.

Après m'être enregistré, on m'a donné deux boîtes de munitions, un casque antibruit et des cibles. J'ai mis mes protections auditives et on m'a ouvert la porte de la chambre de tir. Un seul agent enchaînait les tirs dans la cabine du milieu. Ma maîtrise du pistolet avait toujours été bonne, mais pour une raison que j'ignore, je n'étais qu'un tireur passable à la carabine.

En retenant ma respiration, j'ai pressé la détente pour mon premier tir : en plein dans le mille. Sept de mes huit premiers tirs ont atteint le centre de la cible. J'ai rechargé et j'ai tiré rapidement. Ça faisait du bien de me concentrer sur le tir. J'ai changé de cible et j'en ai installé une à silhouette humaine. J'ai visé et touché les deux genoux. Puis je suis passé à chacune des épaules. Deux sur deux, encore une fois.

L'armurier a commenté mes tirs via le haut-parleur, et je lui ai fait un pouce en l'air. En ramenant la cible vers moi, j'ai su que j'étais en pleine forme ce jour-là et j'ai regretté de ne pas avoir apporté une carabine. La journée commençait bien. La question qui me trottait dans la tête en montant les escaliers était de savoir si ça allait continuer.

———

ALORS QUE JE M'ASSEYAIS, Derrick a demandé : « Alors, ça a donné quoi ? »

« Que des tirs dans le mille. »

« Vraiment ? »

« Ouais. » Mon portable a vibré. Je l'ai sorti. C'était Miller, du labo. Je me suis levé et j'ai répondu. En l'écoutant, j'ai serré le poing en signe de victoire.

Derrick a bondi de sa chaise quand je le lui ai annoncé et a dit : « On va lui mettre la main au collet ! »

« Attends un peu. »

« Attendre un peu ? On le tient. »

« On va devoir lui soutirer le plus d'informations possible. J'ai parlé au procureur hier, et il est très soucieux d'obtenir une condamnation, même avec la correspondance ADN de l'ongle. »

« Pourquoi ? »

« Premièrement, c'est une preuve vieille de vingt-cinq ans qui n'a pas été répertoriée. La défense prétendra qu'elle a été placée là. Deuxièmement, on ne peut pas le situer sur la scène du crime et, troisièmement, le mobile est circonstanciel. Il a estimé nos chances d'obtenir une condamnation à moins d'une sur deux et a dit que, sauf si on obtenait plus d'éléments, il ne faudrait pas l'arrêter. »

Dickson a dit : « Mais on sait qu'il s'en est pris à elle. »

J'ai hoché la tête. « Je sais. Au bout du compte, plus on en aura, plus il sera facile d'obtenir une condamnation. Si on l'arrête maintenant, il engagera un avocat. »

« Qu'est-ce qu'on va faire ? »

« Je veux lui parler avant qu'il ne se trouve un avocat. Voir s'il nous donne quelque chose. »

« Mec, j'ai hâte. On va le faire ici, pas vrai ? »

« Non. Il prendrait un avocat si on le convoquait. J'hésite entre le faire chez lui ou à l'école. »

« Je vote pour l'école. Si on y va, il va se chier dessus. »

« On a besoin qu'il soit aussi détendu que possible. On va le faire chez lui. On aura plus de chances d'en tirer quelque chose. »

———

Le soleil brillait, mais il y avait un fond d'air frais. C'était la première semaine de février et il n'était pas rare qu'il fasse frais, surtout le matin. Derrick a sonné, et je me suis retourné pour faire face au soleil.

Culver a ouvert la porte. La seule chose impeccable chez lui était sa chemise. Il était évident qu'il n'avait pas beaucoup dormi la nuit précédente. Il nous a regardés, puis a jeté un œil à sa montre. Culver voulait qu'on vienne après que sa femme soit partie à son cours de yoga. J'avais accepté, mais comme je voulais que sa femme ajoute à la pression, j'étais revenu sur ma parole.

« Entrez, je vous en prie. » Nous l'avons suivi dans la cuisine. « Souhaitez-vous un café ? »

Nous avons répondu non à l'unisson au moment où sa femme est entrée, un tapis enroulé à la main. « Est-ce que tout va bien, Larry ? »

« Oui, juste une affaire concernant l'école, c'est tout. »

« D'accord, à plus tard. »

Culver a fait une bise sur la joue de sa femme et nous a dit : « Asseyons-nous ici ; le soleil n'a pas encore réchauffé l'atmosphère. »

J'ai dit : « Donnez-lui une heure. Il fera plus de vingt degrés. »

Culver a sorti une cigarette électronique rouge. « Pour quelle raison vouliez-vous me voir ? À cause de M. Stark ? »

« Non. Vous avez insinué que Peter Morgan était un professeur qui aurait pu avoir une relation avec une élève. C'était une fausse piste ? »

Il a pris une longue bouffée, a tourné la tête et a expiré la fumée. « Pas du tout. Vous m'avez demandé qui aurait pu faire une telle chose, et il m'est venu à l'esprit. Il était populaire auprès des filles. »

« Eh bien, c'est drôle, parce qu'il a dit que c'était vous et Larry Stark les plus populaires. »

« Vraiment ? C'est ce qu'il a dit ? »

« Il a aussi dit qu'il pensait que vous aviez une liaison avec Debbie Boyle. »

Culver a fait tournoyer sa cigarette électronique entre ses doigts. « Qu'est-ce qui a bien pu lui donner cette impression ? »

« Morgan a dit qu'il vous avait vus tous les deux seuls dans une salle de classe, et que Boyle pleurait. »

« Ah oui, je me souviens de ça. Elle était bouleversée par

l'absence de son père. C'était peut-être l'anniversaire de sa mort. »

« Muriel Tulch vous a également vus tous les deux sous les gradins avant un match de football. »

Il a tiré une bouffée. « Je n'ai aucun souvenir de ça. »

« Vous souvenez-vous d'avoir écrit un mot dans l'album de fin d'année de Boyle ? »

« Absolument pas. »

« Vous en êtes sûr ? Notre expert en graphologie a dit que le message laissé sous le nom de Fred correspondait à votre écriture. »

« Impossible. »

« Les relevés téléphoniques attestent de neuf appels entre votre domicile et celui des Boyle. Pourquoi l'appeliez-vous ? »

« Je ne me souviens pas de l'avoir appelée, mais si je l'ai fait, c'était pour ses cours. »

« Mais elle n'était pas dans votre classe à ce moment-là. »

« Elle me demandait de l'aide de temps en temps. »

« Aviez-vous une liaison avec Debbie Boyle ? »

« Non. »

« Comment expliquez-vous le fait que Debbie Boyle avait votre chevalière de l'université de Rutgers ? »

« Vraiment ? Comment ? Je ne comprends pas comment vous pouvez dire que c'était ma bague. Rutgers a des milliers d'étudiants. Même Frank est allé à Rutgers. C'est probablement la sienne. »

« Elle porte votre ADN. »

« Ça ne prouve rien. Elle l'a probablement volée sur mon bureau. Mes doigts gonflent et il m'arrivait de l'enlever de temps en temps. »

« Comment expliquez-vous la présence de votre ADN sous les ongles de Debbie Boyle quand elle a été assassinée ? »

Son visage s'est figé, mais il s'est ressaisi rapidement. « Je n'en ai aucune idée. Peut-être l'avez-vous placé là vous-même, tout comme vous avez volé ma vapoteuse. Vous m'avez fait perdre quarante dollars, au passage. »

« Vous n'aurez pas besoin d'argent là où vous allez. »

« Est-ce une menace, inspecteur ? Je dirai à mon avocat que vous m'avez volé et que vous me menacez. »

« Je me ferai un plaisir de parler à votre avocat. »

« Écoutez, c'est une vieille affaire et aucune de ces accusations ne tiendra devant un tribunal. »

« Peut-être pas, mais je vous garantis qu'une fois que l'école apprendra tout ça, ce sera fini pour vous. »

« L'école me soutiendra. Je contesterai ces accusations. Il n'y a aucune preuve. »

« Nous leur montrerons la lettre d'amour que nous avons trouvée dans la chambre de Debbie et qu'elle vous a écrite. »

Culver a plissé les yeux et s'est levé. « Il est temps de partir, messieurs. »

« J<small>E</small> <small>N'EN REVIENS TOUJOURS PAS QUE TU LUI AIES FAIT LE</small> coup de la lettre d'amour. Quand tu en as parlé, j'ai cru que tu me cachais quelque chose. »

« Jamais je ne ferais ça. »

« On aurait dit que Culver allait s'écrouler sur place. »

« Il a mieux tenu le coup que ce à quoi je m'attendais, mais ça a eu l'effet escompté. Il doit devenir complètement dingue, maintenant. »

« J'ai adoré, mais... » il s'est penché. « On a vraiment le droit de faire ce genre de choses ? Mentir à un suspect ? »

« Et pourquoi pas ? Ils nous mentent tout le temps. »

« C'est vrai, mais est-ce que les tribunaux sont d'accord avec ça ? »

« Tu peux faire une déclaration, et ils peuvent la réfuter. C'est aussi simple que ça. »

« C'est logique. »

« Tu m'étonnes. C'est une chose à laquelle il ne s'attendait pas du tout, et il va passer des nuits blanches à essayer de deviner ce qu'elle a bien pu écrire. »

« Ne pas savoir, c'est le pire. Ça rend fou. »

« Il nous faut un moyen de mettre encore plus la pression sur Culver. Si on y arrive, il pourrait craquer. »

« À quoi tu penses ? »

« La façon dont je vois les choses, c'est qu'il l'a mise enceinte et qu'elle allait soit garder le bébé, soit rendre leur relation publique. Ça aurait anéanti Culver ; il serait allé en prison pour relations sexuelles avec une mineure. Alors, il est allé la voir. Il l'a menacée. Leur dispute a dégénéré et il l'a poignardée à mort. Il a utilisé un couteau. Ce n'était peut-être pas entièrement prémédité, mais il ne fait aucun doute qu'il y avait une intention de nuire. »

« Exactement, Frank. Tu penses lui proposer un accord pour homicide involontaire ? »

« J'aimerais bien, juste pour voir sa réaction, mais ce n'est pas à moi de décider. Culver doit savoir que nous envisageons sérieusement de l'inculper. Je vais voir avec les supérieurs, mais il est peut-être temps de le faire venir. »

« Tu penses à quand ? »

« Demain. Je vais voir le procureur, puis j'appellerai Culver. »

———

J'ai appelé l'école deux fois, mais on m'a dit que Culver était occupé. La troisième fois, j'ai dit à la réceptionniste que s'il ne prenait pas l'appel, je viendrais lui parler en personne. Bien évidemment, Culver a pris l'appel.

« Inspecteur Luca, je suis très occupé. Nous sommes en plein partiels cette semaine. »

« Ça ne sera pas long, monsieur Culver. Vous allez devoir venir demain matin. Neuf heures pétantes. »

« Venir ? »

« Oui, au bureau du shérif. »

« Mais pourquoi ? Nous avons déjà discuté. »

« Le procureur veut vous parler. »

« À quel sujet ? »

« Je ne sais pas exactement, mais peut-être pour vous offrir un plaider-coupable, vous savez, pour passer d'un meurtre au premier degré à un homicide involontaire. »

« Oh mon Dieu, non ! »

« Je n'en suis pas vraiment certain, mais je vous recommanderais de prendre un avocat. Si vous n'en avez pas les moyens, je crois que le comté vous en fournira un. »

———

LA JOURNÉE du lendemain s'annonçait intéressante. Les inquiétudes du procureur concernant l'ancienneté des preuves et les circonstances de la découverte du fragment d'ongle avaient été balayées par le soutien du shérif Chester à sa convocation.

Alors que la journée touchait à sa fin, j'ai été surpris de ne pas avoir appris que Culver avait engagé un avocat. Ça m'a paru suspect, et je m'attendais à me faire avoir le lendemain matin par un refus de se présenter.

Aussi agaçant que puisse être le fait de recevoir une demande de report de sa convocation, je me suis forcé à l'accepter. Si Mme Boyle avait pu attendre vingt-cinq ans, je pouvais bien attendre deux ou trois jours de plus.

Ma main sur l'interrupteur, le téléphone a sonné. J'ai attrapé le combiné et j'ai écouté. Tout venait de changer.

UNE PETITE FOULE DE GENS ENTOURAIT, DANS L'ALLÉE, UNE
femme secouée par des sanglots incontrôlables. Deux agents
en uniforme étaient postés près de la porte d'entrée. J'ai
signé le registre et j'ai enfilé des gants et des surchaussures.

« Où est le corps ? »

« Dans le garage. C'est sur la gauche. »

Je suis entré dans la maison et j'ai refermé la porte alors
que la femme poussait un hurlement plaintif. La première
porte donnait sur la buanderie. J'ai marqué une pause, j'ai
pris sur moi et j'ai ouvert la porte du garage. En entrant, une
vague de chaleur et de nausée m'a submergé.

Une corde pendait de la trappe du grenier. Elle était
nouée autour du cou d'un homme qui me tournait le dos.

Une image de Barrow, le gamin innocent qui s'était
pendu lors de sa première nuit en cellule, m'a envahi l'esprit.
Ma première affaire revenait me hanter. J'ai chassé le gamin
de mes pensées et j'ai tourné autour du corps.

La chute n'avait pas été assez longue pour lui briser le
cou. Larry Culver était mort d'une mort atroce par strangu-

lation. J'ai dégluti difficilement et je me suis approché d'un pas.

Culver, en short et polo de golf bleu, se balançait très légèrement. Il n'y avait aucun doute sur le fait qu'il était mort. J'ai touché sa jambe, elle était froide, mais sans aucun signe de rigor mortis. Il était mort depuis quelques heures, pas plus. Combien de temps après mon appel ? Une pointe de culpabilité m'a effleuré l'esprit. Culver était responsable de sa propre mort, pas moi.

C'était difficile de regarder son visage. J'ai fait le tour du corps. Un bout de papier dépassait de sa poche arrière. Une lettre de suicide ? J'ai attrapé une échelle qu'il avait utilisée et je l'ai calée près de Culver. En retirant le papier, le corps de Culver s'est approché à quelques centimètres de mon visage. Un inspecteur de la criminelle était-il censé avoir la frousse ?

J'ai déplié le mot. Il était adressé à sa femme et à sa fille. J'avais oublié sa fille. C'était vraiment un sale métier que je faisais.

Mes très chères Marilyn et Emily,

J'espère que vous trouverez dans vos cœurs la force de me pardonner.

Vous quitter toutes les deux est la chose la plus difficile que j'aie jamais faite.

Malheureusement, il m'est impossible de continuer en sachant la peine que je vous ai causée et la honte que j'ai jetée sur moi-même et sur mon école bien-aimée.

Bien que ce soit difficile à comprendre, ma décision de quitter ce monde est ce qu'il y a de mieux pour nous tous.

Je n'essaie pas de minimiser mes actes, mais vous devez savoir que c'était accidentel et que l'indiscrétion avec Debbie Boyle était de nature isolée.

Avec tout mon amour, Lawrence

Je l'ai lu deux fois. Était-il un lâche ou avait-il choisi la solution du courage ? Quoi qu'il en soit, son désir d'éviter le déshonneur me rendait service. Un avocat de la défense aguerri aurait eu de bonnes chances de le faire acquitter lors d'un procès.

Nous devions vérifier qu'il n'y avait pas eu d'acte criminel, mais tout indiquait un suicide. J'ai pris une photo du mot de Culver et j'ai mis l'original sous scellés. Mme Culver avait le droit de voir ce mot, mais c'était une question délicate. La famille de Culver était innocente, et il n'y avait rien à gagner à rendre publique la raison pour laquelle Larry Culver s'était suicidé.

Je laisserais le shérif décider de la diffusion des informations. J'allais interroger Mme Culver et lui montrer le mot. Comme je l'ai dit, c'était un sale métier que je faisais. Le médecin légiste ne devait pas arriver avant un moment, alors j'ai sauté dans ma Jeep.

———

LE SOURIRE de Mme Boyle s'est vite effacé. Son regard a scruté mon visage alors que je me tenais dans l'embrasure de la porte. Elle savait, et j'ai hoché la tête en guise de confirmation.

Elle s'est écartée en disant doucement : « Entrez, je vous en prie. »

Nous nous sommes dirigés tout droit vers ses canapés. Moi, regardant une photo de Debbie dans des montagnes russes, elle, demandant : « Qui a fait ça ? »

« Nous pensons que c'est Larry Culver, un enseignant et maintenant proviseur du lycée Barron. »

« Vous en êtes sûr ? »

« Oui, nous avons des preuves. Bien que certaines soient circonstancielles, je suis convaincu que c'est lui. »

« Ce salaud. Je vais le tuer moi-même… »

« Ce ne sera pas la peine. Il s'est suicidé. »

« Quoi ? »

« Il s'est pendu dans son garage il y a quelques heures. »

« Alors, en plus, c'est un putain de lâche ? »

J'ai haussé les épaules. « Il a laissé un mot faisant référence à votre fille, mais ce n'était pas un aveu en bonne et due forme. Ce que nous pensons, c'est que Culver et votre fille avaient une relation amoureuse qui incluait des rapports sexuels. »

Ses épaules se sont affaissées. « Comment a-t-il pu ? »

« C'est répugnant, et il n'était pas le seul. »

« Vous voulez dire que ma Debbie avait une autre, euh, relation avec un autre professeur ? »

« Non, non. Ce que je voulais dire, c'est que nous avons découvert d'autres cas de comportement déplacé impliquant d'autres élèves et d'autres enseignants. Ça ne se limitait pas à votre fille. »

Elle a secoué la tête. « Incroyable, vraiment. Comment diable cela a-t-il pu se produire ? »

Je n'avais pas de réponse, mais mon Dieu, j'étais bien content de ne pas avoir été là à l'époque. « Je suis désolé. »

« Pourquoi ma fille est-elle la seule à avoir été assassinée ? »

« Nous pensons qu'elle allait soit révéler leur relation, soit qu'elle était tombée enceinte de Culver et voulait garder le bébé. »

Sa tête est retombée, et elle s'est mise à sangloter. Je lui ai tendu une boîte de mouchoirs et j'ai essayé de la consoler.

J'aurais aimé que Mary Ann soit là et que je n'aie pas à parler à Mme Culver après ça.

————

C'ÉTAIT une journée terriblement éprouvante, deux familles brisées en quelques heures à peine. Il était tard et j'étais épuisé, mais c'était ma dernière visite avant de rentrer chez moi. J'ai appuyé sur la sonnette et la porte s'est ouverte brusquement. Les yeux de Fred Stark se sont écarquillés.

J'ai dit : « Sortez. »

Il a hésité avant de faire un pas en avant. Je lui ai saisi le poignet et je l'ai tiré sur le trottoir. Stark avait l'air sur le point de vomir. J'ai approché mon nez à deux centimètres du sien.

« Demain matin, vous allez entrer dans le lycée Barron et vous allez remettre votre démission. Vous partez demain. Si vous voulez votre retraite, vous faites ce que je vous dis. Vous m'entendez ? »

Stark a hoché la tête.

« Si vous êtes encore là après-midi, je jure que je ferai paraître votre histoire dans les journaux et vous n'aurez rien du tout. Si quelqu'un demande la raison de ce changement d'avis soudain, vous lui direz que c'est à cause du suicide de Culver. Alors, qu'est-ce que vous faites demain ? »

« Mais qu'est-ce que... qu'est-ce que je vais dire à ma femme ? »

« Je me fiche éperdument de ce que vous lui direz. Contentez-vous de faire ce que je vous dis, ou vous le regretterez comme jamais. »

54

CELA FAISAIT UNE SEMAINE QUE CULVER S'ÉTAIT PENDU.
J'aurais dû être satisfait d'avoir résolu une affaire non élucidée, mais ce n'était pas le cas. Chester avait fait le paon, et ça
m'avait mis en rogne. La seule bonne chose était d'avoir
profité de Chester pour le pousser à demander une perquisition du garage de Papadakis.

J'étais dégoûté que l'attention se porte sur le scandale
sexuel et non sur le meurtre de Debbie Boyle. Avions-nous
vraiment besoin d'une preuve supplémentaire que le sexe
fait vendre ?

Les médias étaient passés à une épidémie de légionellose
au casino d'Immokalee, mais des changements étaient en
cours dans le district scolaire du comté. Après une audience
publique tumultueuse, de nouvelles règles régissant l'inter-
action entre élèves et enseignants ont été élaborées, et l'autorisation de financer l'installation de caméras dans chaque
école a été adoptée.

Je me demandais si c'était suffisant quand mon téléphone a sonné.

« Madame Boyle, comment allez-vous ? »

« Je vais bien mieux, en fait, inspecteur Luca. »

« Je suis content de l'entendre. »

« Je voulais juste vous remercier pour tout ce que vous avez fait pour Debbie. Sans vous, nous n'aurions jamais su ce qui lui était arrivé. »

« Merci, madame. C'est mon travail, et c'est la moindre des choses que nous puissions faire pour vous. »

« Eh bien, Brian et moi vous en sommes reconnaissants ; vraiment. »

« Je suis content que nous ayons pu élucider cette affaire, mais j'aurais aimé que tant d'années ne se soient pas écoulées. »

« Je sais que je vous ai dit que ça ne changerait rien, mais je dois vous avouer que si. J'ai l'impression que je peux essayer d'aller de l'avant, maintenant. En fait, je pense à déménager dans quelque chose de plus petit, de plus près de l'eau. »

« C'est une excellente idée. Une nouvelle maison, un nouveau départ. Je suis sûr que tout ira bien pour vous. »

———

DEUX VALISES ÉTAIENT OUVERTES sur le sol de notre chambre. Deux bagages pour quatre jours ? Je n'avais même pas envie d'aller à Key West. Je ne pêche pas, et nous avons de superbes plages ici même. La seule chose qui m'empêchait de perdre patience était la nuisette rose au sommet d'une pile de vêtements.

« Qu'est-ce que tu fais, Mary Ann ? »

« Je fais les valises. Je ne t'ai pas entendu entrer. »

« Tu penses que tu as assez de vêtements ? »

« Je ne les prends pas toutes les deux, Frank. La fermeture Éclair de la marron est cassée. »

« Oh. » Tenir sa langue avait parfois du bon. « Mme Boyle m'a appelé juste avant que je ne parte. »

« Qu'est-ce qu'elle a dit ? »

« Elle voulait me remercier. Elle a dit qu'elle allait essayer d'aller de l'avant, peut-être même de quitter cette maison. »

« Je ne comprends pas comment on peut continuer à vivre au même endroit. C'est un rappel constant. »

« Je sais. C'est bien de la voir essayer. »

« Oh, tu as vu la photo sur le comptoir ? »

« Non, quelle photo ? »

« Celle que Bert a faite pour toi. Je l'ai fait encadrer. C'est si mignon. Tu l'as vraiment impressionné. »

Oh-oh. Est-ce sa façon d'amener le sujet d'avoir un enfant ? Je ne peux pas avoir quelques jours de congé avant de devoir commencer à prendre des décisions qui changeront ma vie ?

« Merci. Je l'apporterai au bureau à notre retour. »

« À quelle heure tu veux qu'on parte demain ? »

« Je ne sais pas, peut-être huit heures ? On y sera vers deux heures. »

« Ça me va. Je vais commencer à préparer le dîner. »

« D'accord. »

Alors que Mary Ann passait près de moi, mon portable a sonné. Je l'ai sorti. « Oh-oh. »

« Qu'est-ce qui se passe ? »

« C'est Chester. »

Les mains sur les hanches, elle a dit : « On part en vacances. Je me fiche de ce qui se passe. »

« Allô, shérif. »

« Salut, Frank. Il y a du nouveau. »

« Quoi donc, monsieur ? »

« Vous aviez raison pour Papadakis. Le coffre contenait les icônes manquantes. »

―――――

MERCI D'AVOIR PRIS le temps de lire **Un cas non résolu.** Si vous avez aimé, n'hésitez pas à en parler à un ami ou à poster un court avis. Le bouche-à-oreille est le meilleur ami de l'auteur. Merci, Dan.

Dan a une lettre d'information mensuelle qui présente ses écrits, des articles sur le renforcement de l'estime de soi et de la confiance en soi, ainsi que des articles éducatifs sur le vin. Il met également en lumière les livres d'autres auteurs qui sont en promotion. Inscrivez-vous sur www.danpetrosi ni.com.

LIVRES DE DAN PETROSINI

<u>La série Mystère Luca</u>

Suis-je le tueur ?

Disparus

Le Meurtre de Serenity

Troisièmes Chances

Une affaire bien froide

Flic ou Tueur ?

Faire taire Salter

Le Faux Pas d'un tueur

Enjeux incertains

Le Tueur de grand-père

Vengeance dangereuse

Où sont-ils ?

Enterré au lac

Le Tueur de la réserve

Personne n'est en sécurité

Vendre son âme à l'or

<u>Secrets à suspense</u>

Le Dilemme de Cory

La Fuite de Cory

La Transformation de Cory

Dan est un auteur à succès figurant sur les listes de best-sellers de USA Today et d'Amazon. Il a écrit sa première histoire à l'âge de dix ans et aime raconter des histoires ou des blagues.

Dan trouve ses idées d'histoires en explorant la question : « Et si ? »

Dans presque toutes les situations où il se trouve, Dan se demande : « Et si ceci ou cela se produisait ? Et si cette personne mourait ou faisait quelque chose d'inhabituel ou d'illégal ? »

Le tourbillon incessant de son esprit lui fournit une matière abondante pour tisser des histoires intéressantes.

Passionné de livres et de films aux rebondissements imprévisibles, Dan façonne ses histoires pour empêcher les lecteurs d'en deviner l'issue. Il écrit tous les jours, force les mots à sortir si nécessaire, et a écrit plus de vingt-cinq romans à ce jour.

Ce n'est pas une question de vouloir écrire, pour Dan, c'est une nécessité.

Dan est convaincu que les gens peuvent réaliser leurs rêves s'ils se concentrent et agissent, et il les y encourage.

Son dicton préféré est : « Le prix de la discipline est toujours inférieur au coût du regret ».

Dan rappelle aux gens de chasser la négativité de leur vie. Il la croit contagieuse et conseille d'éviter les personnes négatives. Il sait qu'adopter un état d'esprit véritablement positif donne l'impression que la vie est truquée en votre faveur. Quand il s'en écarte, il se dit : « On ne peut pas passer une bonne journée avec une mauvaise attitude. »

Marié, père de deux filles et propriétaire d'un bichon maltais capricieux, Dan vit dans le sud-ouest de la Floride. Originaire de New York, Dan a enseigné dans des universités locales, écrit des romans et joue du saxophone ténor dans plusieurs groupes de jazz. Il boit aussi beaucoup trop de vin et ne se prend jamais, au grand jamais, au sérieux.

Il publie une newsletter bimensuelle présentant des articles, ses écrits, ainsi que des offres spéciales et de bonnes affaires.

www.danpetrosini.com